La collection « Azimuts » est dirigée
par Monique Gagnon-Campeau
et Patrick Imbert

D1393127

De la même auteure

Angela, Montréal, Québec-Amérique, 1999.
sr@fantome.com, à vos risques et périls, Granby, Éditions de la Paix, 1999.
L'Été de tous les maux, Granby, Éditions de la Paix, 1998.
Madame de Siam, Hull, Vents d'Ouest, 1998.
Le Vieux Maudit, Hull, Vents d'Ouest, 1995.
Dis-moi que tu m'aimes ben gros…, Val-d'Or, éditions D'ici et d'aillcurs, 1992.
Le Ciel appartient aux aigles, Val-d'Or, éditions D'ici et d'ailleurs, 1988.

Les enfants Beaudet

À Noël Audet, mon très cher ami,
Qu'un jour, une grâce divine
Plaça sur mon chemin.

Remerciements

À Monique Gagnon-Campeau
qui, après avoir lu notre confession,
a bien voulu nous assurer de la justesse de nos mots,
quand on sait que les mots, parfois,
deviennent l'affaire de toute une vie.
Pour sa grande complicité
et sa rigueur exemplaire,
nous lui décernons ce diplôme
de citoyenne émérite.

Rose, Adèle, Édith et Olivier Beaudet

On dit que je suis jolie et même que je ris
Dans le fond, je pleure, pleure ma douleur
La solitude m'envahit et me laisse mourir
Je voudrais partager mes moments les plus chers
Avec une amie sincère.

Émily VAILLANCOURT
14 ans

Première nuit

ADÈLE DIT qu'il y a un temps pour penser et un autre pour refaire ses forces. Il n'y a que moi pour garder les yeux ouverts jusqu'aux petites heures du matin, comme en ce moment, à ruminer ce qui s'est passé dans la journée. Nous sommes au bord de cette première nuit loin de notre mère, et je sens qu'elle sera longue à traverser. Qu'est-ce qui pourrait bien me faire tomber de sommeil ?

Il y a plusieurs lits dans ce dortoir. Au moins une quinzaine. Mais il n'y a que nous quatre pour occuper la pièce. Adèle et Édith dorment chacune dans un lit, à côté du mien. Olivier s'est collé contre moi, dans le mien, un lit aux draps blancs et qui sentent le neuf. Mon oreiller est moelleux. Il doit y avoir plein de plumes d'oie dedans. Ma tête s'y enfonce. Je la sens pesante. Les meilleurs oreillers sont faits de plumes d'oie, c'est ce que disent les gens de la télévision. Il y a des fenêtres, aussi, impossibles à ouvrir à cause des vis rivées aux cadres. Des fenêtres qui sont si hautes que tout ce qu'on peut voir, de l'extérieur, c'est un ciel brillant d'étoiles. Maman disait qu'il y en avait une pour chaque être sur la terre, et je me demande où sont celles que Dieu a décidées pour nous.

Je croyais qu'un orphelinat, c'était amusant comme dans une cour d'école. Des cris, des rires. Chez nous, la nuit, il y avait le

bruit des autos dans la rue pour nous porter au sommeil. Le
silence est partout, ici. Dans les murs, dans les longs couloirs aux
planchers recouverts de tuiles. Mes oreilles bourdonnent. Comment peuvent-ils faire, mes sœurs et mon frère, pour arriver à
dormir dans un dortoir d'où on ne peut sortir autrement qu'escor-
tés par des surveillants au visage figé et froid ?

À notre arrivée, ce matin, un gardien nous a conduits ici et il
nous a dit que lorsque notre mère irait mieux, on nous permettrait d'aller la voir. Elle est à l'hôpital Youville de Noranda. Là où
on soigne des malades de toutes sortes, et même des fous. Maman
fait la folle chez les fous ! Il y a une petite voix, dans ma tête, qui
me souffle qu'on ne la reverra peut-être plus jamais.

Votre mère se porte très mal, nous a dit un grand monsieur à
qui tout le monde semble obéir, ici. Nous avons beaucoup à nous
dire, a-t-il ajouté. Qui s'occuperait de vous si nous vous laissions
à vous-mêmes ?

Je me suis couchée en pensant à cette parole. Bientôt, il fera
clair et je ressasse encore : *Qui s'occuperait de vous si nous vous laissions à vous-mêmes ?* C'est dans la tête de maman que ça ne va pas.
Dans sa tête, il y a un grand fleuve de larmes. Elle n'arrive plus à
les contenir et ça coule, ça coule, et ils attendent qu'elle les sèche
pour nous retourner auprès d'elle. On doit être dans un orphelinat pour les enfants à qui il ne manque pas les parents, mais qui
n'ont plus le droit de les voir. Nous allons vous garder ici quelque
temps, nous a dit le monsieur qui décide de tout et qui porte de
beaux souliers. Ce sera long ? lui a demandé Adèle. On verra…
qu'il lui a répondu. Oui, Monsieur, a fait Édith. Oui Monsieur, a
répété Olivier… Votre mère, a repris l'homme en appuyant sur les
mots, a besoin de se reposer un peu. Vous comprenez ?

Oui, Monsieur.

On s'est tous mis à pleurer. Puis, notre gardien a dit à mes
sœurs et à mon frère de le suivre. Je suis restée seule avec le grand
décideur. Celui qui porte des souliers luisants et des bagues aux
doigts, dont une avec un fer à cheval, en vrai citoyen de première
classe. On est entrés dans une salle aux murs immaculés. De longs
tubes fluorescents couraient au plafond, comme ceux de l'école,
et ils éclairaient la pièce à m'en faire mal aux yeux. Il m'a fait signe

de m'asseoir à la grande table. Il a pris place à l'autre bout. Il était tout de noir vêtu. Les prêtres s'habillent tout en noir. J'ai pensé que c'était possible qu'un prêtre dirige un orphelinat, puisqu'ils sont faits pour être bons avec les enfants. Seulement, je n'avais encore jamais vu de prêtre porter de grosses bagues aux doigts. Des évêques, oui. Mais j'ai gardé tout ça pour moi. Adèle affirme qu'il vaut mieux se taire, parfois, plutôt que de dire des bêtises.

L'homme aux beaux souliers m'a demandé : T'as quel âge, Rose ? J'ai répondu : Dix ans, Monsieur. Ma sœur Adèle en a quatorze… J'ai ajouté : Édith, douze et Olivier sept…

L'homme en noir ne portait pas de petit col blanc. J'ai réfléchi un bon moment à ce détail, puisque le sommeil ne venait pas… Je commence à distinguer les différents tons de blancs sur les murs, et je ne sais toujours pas si je devrais l'appeler mon Père ou Monsieur. Il m'a demandé : Tu demeurais où, l'an passé ? Sur la rue Perreault, Monsieur… Est-ce que t'aimais vivre là ? Non. Il y avait souvent de l'eau dans la cave. Assez pour se baigner. Et de la vermine. Ça puait.

Le prêtre m'a regardée sans rien dire. Il y avait un grand miroir sur le mur en face de moi, dans la salle, un miroir comme le soir, qui me donnait l'impression qu'il y avait une autre pièce, juste derrière. Comme un autre monde. Mais je pouvais m'y voir quand je parlais. Quand je l'ai raconté à Adèle, au souper, elle m'a dit que pour croire en une pareille chose, il faudrait qu'elle le voie aussi. Un miroir qui nous ouvre la porte sur un autre monde, ça n'existe qu'à la télé. Si maman pouvait être là pour m'expliquer ce mystère… Je suis certaine d'avoir vu des gens bouger, derrière. Qui semblaient prendre des notes pendant que je parlais.

Le prêtre m'a présenté un panier de fruits appétissants. Je lui ai dit : Non merci ; on nous a fait dîner en arrivant, Monsieur. C'était bon. Il y avait même du pamplemousse. C'est amer et on dirait un citron gras. C'est peut-être son cousin. Mais je ne peux pas dire si ça goûte pareil. Parce que du citron, Monsieur, on n'en a jamais mangé, chez nous. Ça coûte trop cher. Mais c'est très bon pour le scorbut… Il a souri quand je lui ai dit ça. Je me suis sentie rougir, mais il était si invitant, son sourire. On en aurait dit un de bon papa. Vous savez c'est quoi, le scorbut ? que je lui ai demandé. Ça vous transforme les gencives et les dents d'un homme en gencives et en dents de loup-garou. On a même vu un soldat en mourir, dans un film de guerre, à la télé, derrière la vitrine du magasin de meubles Reily. Avant, le marchand nous laissait entrer pendant les films. Mais quand il a compris qu'on n'achèterait jamais de télé, on est retournés sur le trottoir. On a quand même continué à la regarder, sans le son. Dans le film dont je vous parlais, on a vu aussi un soldat du même régiment ne pas mourir du scorbut, parce qu'il mangeait son citron tous les jours…

De temps à autre, le prêtre faisait oui de la tête. Et : han, han ! Ça me donnait envie de lui en dire beaucoup…

⁖

Adèle se réveille…
Tu ne dors pas, Rose ?
Non. Je pense.
Tu penses trop.
Je le sais.
Tu penses à quoi ?
À ce que j'ai dit au prê… à l'homme qui m'a questionnée.
T'a-t-il dit ce qu'il faisait dans la vie ?
Euh… oui.
Alors ?
Il s'occupe de…
Mais va ! Dis-le !
Laisse-moi le temps ! Il se pratique sur les enfants de l'orphelinat parce qu'il veut… devenir… professeur pour orphelins. Je lui rends un très grand service en répondant à ses questions, qu'il m'a dit.

Mais nous ne sommes pas orphelins, Rose.

Je le sais, Adèle, et je le lui ai dit. Mais ça n'a pas eu l'air de le déranger.

Un citoyen qui ose dire que des gens de notre rang lui rendent service ? Peuh ! On aura tout vu, Rose. T'as tourné ta langue sept fois dans ta bouche avant de parler ?

À chacune de ses questions, oui.

Est-ce qu'il a été gentil avec toi, Rose?

Oui. On a parlé du temps qu'il faisait. Il m'a demandé si nous aimions ça, l'orphelinat, et si nous ne manquions de rien. Je lui aurais bien demandé une bière. Je ne sais jamais ce qu'il faut répondre quand un citoyen me pose des questions.

Tu ne lui as pas raconté nos secrets, n'est-ce pas?

Tu penses bien que non, Adèle. Comme je t'ai dit, je ne lui ai parlé que du scorbut, des citrons, de la guerre et des loups-garous, chez Reily.

Oublie la bière tant que nous serons ici, Rose, et rappelle-toi qu'il ne faut rien dire d'important, pas même en confession. Compris?

Ça va. Pas même en confession, Adèle.

Tu t'exprimes comme je te l'ai appris? Avec des mots recherchés? Sans oublier la négation?

Sans oublier la négation, Adèle.

Tu sais, Rose, à quel point c'est important de soigner son langage quand on s'adresse à cette classe de gens?

Oui. Question qu'ils prêtent attention à ce qu'on dit et qu'ils nous respectent, malgré notre rang.

Les belles manières et le langage raffiné ne coûtent rien, Rose.

Je le sais, Adèle. Et il ne tient qu'à nous de nous en servir intelligemment, tu nous l'as souvent dit.

C'est une question de dignité, Rose.

Oui, Adèle, et je ne l'oublie pas.

Et papa, Rose? T'a-t-il posé des questions sur papa?

Oui. Je lui ai répondu qu'il devait se trouver quelque part, on ne sait où, à prospecter pour de l'or.

C'est ce qu'il fallait dire. Ce qu'il a fait avec tu sais qui, il faut le garder pour nous. C'est notre père, après tout. Les Beaudet ne se vendent pas aux citoyens. Compris?

Compris.

Chaque fois que tu le rencontreras, Rose, je veux que tu me dises tout tout tout. Tu m'entends? Ne me cache rien. Sinon, il finira par tout découvrir et on ne reverra plus jamais nos parents. A-t-il fini de te questionner?

Non. Il veut me revoir demain.

Quand est-ce que mon tour viendra?

Il ne m'en a encore rien dit.

Tu vas parler de quoi, à l'enseignant, demain?

Euh, attends un peu… Tiens, de la fois où Olivier croyait que pisser debout ferait un homme de lui tout de suite.

C'est bien. Tu vas même le faire rire…

Je le crois aussi.

Lui as-tu demandé des citrons?

J'ai oublié. Je le ferai demain…

Rendors-toi, Rose. Je veille…

❧

Je n'ai pas sommeil. Autant garder le visage tourné vers le mur… Je sais qu'Adèle veille sur nous. Adèle l'a toujours fait. Même du temps de maman. Mais je ne crois pas pouvoir tenir ma langue bien longtemps. Le prêtre pose sur moi un regard de si bon papa… Un papa prêt à tout entendre. Tu peux tout me confier, me disaient ses yeux et son sourire, dans la salle de confession. Même les plus vilains secrets, Rose, tout ce qui s'est passé pour que vous en soyez rendus là. Je comprendrai… À vrai dire, je n'en peux plus de mentir, de commettre de mauvaises actions et de me coucher, le soir, avec l'âme pesante de tout ce qu'on a fait dans la journée. Comme un manteau que je traînerais sur mon dos après que la pluie s'est abattue dessus. Adèle dit que j'ai une curieuse manière de voir les choses et que je finirai comme maman, à l'asile, à force de remettre nos agissements en question. Il faut bien vivre, Rose, m'a dit ma sœur, une fois. Ce qu'on a fait sur la rue Perreault, c'était pour une bonne cause. On le voit tous les jours à la télé. Il y a des guerres, des pays à défendre, des familles à secourir. Robin des Bois faisait des tas de choses hors-la-loi, pour l'honneur. Tout est question d'honneur en ce monde. Tu saisis?

Ouiiiiiii! Je t'ai dit que je comprenais…

Adèle m'énerve. Si tout ce qu'on a fait sur la rue Perreault était pour l'honneur, comment se fait-il que papa ait disparu de notre vie, que maman en ait perdu la raison, et qu'on nous ait enfermés ici ? C'est pour ça qu'il y a cette petite voix, dans ma tête, qui me répète que nous sommes peut-être ici pour bien plus longtemps que ne le pense Adèle. Mais dans la Bible il est dit : *Péché avoué sera pardonné,* ou quelque chose comme ça. En somme, si je confesse nos péchés au prêtre, il devra les absoudre. Plus de fautes, plus de raisons de nous garder ici, je me dis. Même un sans-génie comprendrait ça, dirait maman.

Je voudrais tout raconter à l'homme en noir. Mais par où commencer ? Je ne me rappelle même pas qui de nous, les Beaudet, a commis son premier gros péché. Et comme Adèle se tient loin des confessionnals... — un confessionnal, des confessionn... nals ? —, qu'il y a si longtemps que mes parents ne sont pas allés à l'église... quelqu'un doit le faire. Et puis, en leçon de catéchisme, j'ai appris que mourir en état de faute mortelle nous ouvrait les portes de l'enfer. Je veux avoir l'âme immaculée, moi, au cas où, un matin, saint Pierre m'attendrait à mon réveil. Une belle âme qui aurait la pureté du drap que j'ai vu claquer au vent, dans la cour de l'orphelinat, ce matin. Sur lequel le bleu du ciel se déposait. Une telle blancheur... Sans trous ni pièces... Mon âme, je lui veux aussi l'aspect satiné des belles robes de mariées derrière la vitrine du magasin Bucovesky, rue Principale. Elle se cache, là, près de mon cœur, semblable à l'intérieur d'une cheminée, que du charbon humide aurait croûté d'une épaisse couche de suie. Parfois, mes péchés y prennent tellement de place qu'ils pressent contre ma poitrine et que je manque d'air, comme si j'étais au bord de la noyade. Quand je frapperai à la porte de la Mort, je dirai à saint Pierre : Je suis Rose Beaudet, j'ai dix ans et je viens de me blanchir l'âme au prêtre. Il le dira lui-même : ta place, Rose, est à présent *au plus haut des cieux.*

Le soleil se lève. J'ai encore trop ruminé, cette nuit. J'ai même cherché le moyen d'assommer le gardien et de nous enfuir ensuite. Avec une batte de base-ball, par exemple. Il y en a nécessairement, dans un orphelinat. Les battes vont avec les enfants, c'est évident. Adèle me dirait : Du moment que c'est pour une bonne cause... Moi, je ne sais plus. À moins que je m'en confesse au prêtre seulement après l'avoir commise, la faute? Où est-ce que je trouverais une batte, ici, où il est impossible de mettre la main sur quelque chose qui traîne, ne serait-ce qu'une brindille? Mais il y a une chose que je ne dois surtout pas oublier, c'est les citrons. Et puis je voudrais ravoir nos chats. Constance, ma petite chatte, doit se demander pourquoi je ne suis pas là pour m'occuper d'elle…

Deuxième jour

C'EST NORMAL, Monsieur, qu'une salle aussi grande serve de confessionnal? Ah bon… si vous le dites. C'est vous le prêtre, après tout, et on est à l'orphelinat, pas à l'église, je l'oubliais. Pardonnez-moi. Je me rappelle avoir vu dans un film de guerre, à la télé, un prêtre confesser des soldats directement sur le champ de bataille. Dieu ne choisit pas l'endroit où il absout les péchés de ses enfants, n'est-ce pas? Merci d'être d'accord avec moi. Je me confesse donc à vous, mon Père, de nos péchés. Nous, les Beaudet, avons commis des fautes impardonnables et il faut bien que quelqu'un les avoue, au cas où Dieu viendrait nous chercher dans notre sommeil, comme un voleur. On ne sait jamais quand notre dernière heure est près d'arriver, Monsieur. Avec tous les crimes qu'on porte sur notre dos, je crois qu'on risque les travaux forcés, la potence ou, pire, de finir comme Marie-Antoinette, dont Adèle a appris la triste fin en leçon d'histoire. Un jour, la tête de Marie-Antoinette a roulé dans un panier et pourtant, c'était une reine. N'empêche que je n'en peux plus de peser les mots qu'il faut dire. Vous me promettez de nous rendre à notre mère si je ne vous cache rien? Seulement, n'oubliez pas le sceau de la confession. Si Adèle apprenait que je me confie ainsi à vous, ça irait mal pour moi.

Cette photo de nous cinq dans la balançoire, je peux la garder? Merci. C'est le seul souvenir qui me reste de mon grand frère Jacô... Mes sœurs et Olivier sont toujours là, c'est vrai, mais, très souvent, je suis à ce qui se passe de beau dans ma tête. Je devrais plutôt dire : à ce qui se passa de beau, jadis, dans ma tête. Je parle du passé, de notre vie passée. Je connais les différents temps des verbes, vous savez? En classe, sœur Marie-de-la-Providence nous les enfonçait dans le crâne à coups de phrases complètes. Puis, le soir, Adèle s'y mettait à son tour. C'est le présent de l'indicatif que j'ai compris tout de suite. Le passé ne se répète pas, lui, même s'il était... s'il *fut* merveilleux. Le présent de l'indicatif, il n'y a que ça de vrai. Mais il passe si vite qu'il faut y être très attentif, comme l'arc-en-ciel qui s'évapore sans crier gare, si on se laisse distraire par autre chose. Le futur, il ne faut pas s'y fier. Maman disait : Un jour, les enfants, nous aurons ceci *si*, nous accomplirons cela *si*... Le futur va avec les *si* et les *si*, chez nous, veulent trop souvent dire : Oubliez ça, les enfants. Ce ne sera pas encore pour demain... Vous me suivez, Monsieur?

Pour en venir à la photo... On en avait assez de se baigner en petite culotte, au lac Kiwanis et tante Thérèse, la sœur de maman, nous avait acheté des costumes de bain neufs. Elle disait qu'on provoquait les mauvaises pensées des maquereaux par nos craques, nos fesses, et les bites de nos frères qui transparaissaient à travers nos petites culottes mouillées. J'étais contente d'être une fille, ce jour-là. Les costumes de bain des gars sont toujours banals. Le mien et celui d'Édith bouffaient aux fesses, les motifs imitaient le léopard et, même mouillée, ma craque, je la gardais pour moi. J'ai senti mon cœur se remplir de rires, en l'enfilant, et j'ai même dormi avec toute une semaine.

Tante Thérèse voulait que maman nous prenne en photo. Adèle m'a dit : Place-toi à droite. Mais Jacô était à gauche. Alors j'ai dit non et j'ai gardé la pose derrière mon grand frère. Maman a cité ce proverbe : *Qui se ressemble s'assemble,* puis elle a dit : *Cheese*! Mais personne ne voulait sourire, ce matin-là. L'air était chargé de tristesse. Comme un soir du mois d'août, quand la brume monte des alentours. Une brume de tristesse, c'est ça. Ça se voyait presque. Un air comme ça, on n'oublie pas, Monsieur.

Ça reste ici, à l'arrière de la tête où je pose ma main, et là, en dedans, et ça fait venir des larmes, même quand on n'y pense pas. C'était la veille de l'accident. Si j'avais été plus attentive au présent, voyez-vous, peut-être aurais-je pu étirer ce temps des verbes et garder Jacô avec nous encore quelques années... Sœur Marie disait : Tout est possible dans la vie. Il suffit de le vouloir très fort... Je n'ai pas dû y mettre assez du mien. Je le regrette, aujourd'hui.

Maintenant, nous sommes quatre. Ça ne prend pas une sep-tième année comme Adèle pour soustraire un de cinq. Mais ça prend un grand bout de vie pour revoir le temps où Jacô était avec nous. Je n'arrive pas encore à m'y faire. Je me dis que si je me con-centrais très fort, je retournerais prendre la pose derrière mon grand frère. Sur le petit carré de papier glacé, il vit toujours. C'est ce temps-là que je voudrais retrouver.

Regardez : le plus grand des deux, assis sur le plancher de la balançoire, c'est lui, Jacô. Lui qui ne faisait pas une manie des proverbes, qui avait même de la difficulté à lire l'histoire de Trotte-Menu, dans mon livre de lecture. Mais je le trouvais très intelli-gent. Il avait douze ans. C'était mon préféré. Il aimait faire le drôle. Il disait que la vie est trop triste quand on ne rit pas. Cette belle parole, il l'avait prise dans sa tête et j'y croyais par-dessus tout. Je ne veux pas oublier mon frère. Voyez son attitude... Il tient Olivier par le cou. Il le serre fort, une jambe par-dessus la sienne, comme s'il avait peur qu'on le lui enlève. Olivier, le dernier-né de la famille, qui n'écoute à peu près rien de ce qu'on lui dit. Pas plus les belles phrases des grands livres que les réprimandes.

Adèle s'était placée au centre et nous avait prises par les épaules, Édith et moi. Encore aujourd'hui, Édith n'aime pas se faire toucher. À douze ans, on a le droit de protester. Elle dit : Ce n'est pas parce qu'Adèle en a quatorze, que je dois me plier à ses caprices... Ça lui plaît de la provoquer. Ça se voit dans ses yeux. Édith, c'est aussi la préférée de maman. Tout ce qu'elle dit fait s'il-luminer les yeux de notre mère. Tante Thérèse ajoute qu'elle s'ex-prime mieux que moi. Tu devrais prendre exemple sur Édith, Rose, va-t-elle jusqu'à me dire. Tu n'as jamais d'opinion à toi. Qu'est-ce qu'il y a, dans ta tête? Un oiseau timide? C'est aussi pour ça, Monsieur, que je m'efforce d'articuler et de soigner mon langage. J'en ai assez qu'on me compare à Édith! Mais passons. On n'est pas ici pour médire de tante Thérèse ni de ma sœur...

Je peux avoir un peu d'eau? Je n'ai pas l'habitude des longs discours, vous savez. Dans notre famille, c'est plutôt Adèle, le porte-parole. Le *porte-pensée* serait plus juste. Peu importe.

On pourrait presque dire, Monsieur, que le mal a commencé le jour où madame Patoine, notre voisine, nous a fait cadeau de sa bible et de son encyclopédie, dans lesquelles on trouve plein de proverbes. Les malheurs ont fait leur nid chez nous presque tout de suite après. Maman adorait les proverbes. Elle disait : C'est plus facile d'affronter la vie quand on comprend comment fonctionne le monde. Les citations de nos livres l'aidaient à garder le moral, vous comprenez. Elles remplaçaient les pilules pour les nerfs, si vous voulez. Maman n'avait qu'à dire : *À chaque jour suffit sa peine,* et on la voyait nouer vaillamment son tablier de serveuse autour de sa taille et filer au travail.

Les proverbes ont contaminé ma sœur aînée. Avec le temps, c'est devenu, chez elle, une vraie maladie. Adèle nous lit des pages de l'encyclopédie tous les soirs, en plus du grand livre des proverbes de la Bible, apprend par cœur les citations qui font son affaire, puis nous les flanque sous le nez dès qu'on la regarde de travers. Même ici, à l'orphelinat. Celui qu'elle préfère, c'est : *Qui veut la fin, prend les moyens.* Quand il tombe de sa bouche, je sais qu'on va commettre des choses pas bien.

Ce n'était pas tant le fait d'être pauvres qui me dérangeait sur la rue Perreault, Monsieur. Il y a des enfants dans notre quartier qui, en plus d'avoir des trous dans leurs souliers, ont des poux... Pas nous! Rassurez-vous... Ce qui me dérangeait le plus, moi, c'était les moyens que prenait Adèle pour nous élever à la citoyenneté. Et il y avait papa, aussi. De ce qu'il a fait, il faudrait bien que je vous parle. J'ai besoin de nous confesser de tout, vous comprenez? On aurait dû interdire à Adèle d'emporter ses livres ici. Nos chats, ç'aurait été mieux, Monsieur.

Vous avez eu des nouvelles de notre mère? Vous agitez votre crayon entre vos doigts... Je comprends. Vous n'avez pas que moi à confesser.

⁓

Les savants disaient que le passage de Louri Gagarine autour de la planète allait changer le cours de nos vies… C'est peut-être ce jour-là, à bien y penser, que la nôtre s'est mise à tourner dans le mauvais sens. Le Vostok allait s'élever dans le ciel et toutes les télés, chez Reily, étaient en marche. Jacô voulait à tout prix assister au décollage. Mais nous avions rendez-vous avec la cuisinière de l'hôpital Youville, comme chaque semaine — une idée de maman, qui en avait assez qu'on tire le diable par la queue —, voir si elle ne remplirait pas de viande et de légumes chauds les grosses conserves du chariot qu'on tirait. Jacô insistait. Il a fallu faire un détour, rue Gamble, pour nous rendre compte de l'événement. Mais des gens s'étaient déjà attroupés devant le commerce et ils nous bloquaient la vue des télés. Nous avons donc repris notre marche vers la rue Dulac, pour longer ensuite l'Osisko en direction de l'hôpital. Si vous aviez vu l'air exaspéré d'Adèle…

Qu'est-ce que ça changera pour nous, avait-elle jappé, de voir un Soviétique faire le tour de la planète ? Ça nous remplira le ventre ? Mon frère Jacô avait riposté : Qui te dit que je n'ai pas envie de devenir astronaute ? Peuh ! a fait Adèle. Toi, astronaute ? C'est à peine si tu sais reconnaître tes A et tes B dans un livre. Comment feras-tu pour manœuvrer une fusée avec des milliers de boutons sur le tableau de bord ? COMMENT FERAS-TU ? lui criait-elle, le visage rouge de colère. Comme papa ! a lancé Jacô. Je flanquerai trois ou quatre coups de poing dans le tableau de bord, je crierai : VAS-TU PARTIR, HOSTIE DE TACOT ! ET… Espèce d'idiot ! a répliqué Adèle.

Pendant qu'ils s'obstinaient, Olivier visait les boîtes de conserves avec des cailloux. Ce qui a fait redoubler la rage d'Adèle, qui a lâché Jacô pour crier à Olivier : TU VEUX ME METTRE EN COLÈRE ? Oui, qu'il a répondu… T'as l'air d'une vraie sorcière quand tu te fâches… J'ai vu le visage d'Adèle rougir, Monsieur, ses traits se déformer, des cordes apparaître sous la peau de son cou, ses lèvres s'étirer pour découvrir ses dents jusqu'en arrière, ses paupières s'ouvrir à un point tel qu'on aurait dit les yeux du diable. Ses poings tremblaient au visage d'Olivier, ce qui m'a fait me demander si Adèle n'avait pas attrapé la rage. Mais Olivier continuait de viser les boîtes de conserve avec des cailloux. Adèle a voulu l'attraper. Olivier riait toujours. Il s'est mis à courir autour du chariot, Adèle lui criant : ATTENDS QUE JE T'ATTRAPE, PETIT MORVEUX. JE VAIS TE TUER !

Olivier s'est mis à courir plus vite. Adèle toussait tout en hurlant de plus belle. Moi, je ne bougeais pas d'un poil, Monsieur, même si j'avais une grosse envie de rire de voir Olivier se ficher d'Adèle. Je savais que si elle s'en prenait à moi, je ne serais pas mieux que morte ! Est-ce que c'est normal d'avoir autant envie de rire, quand quelqu'un se fait servir une raclée par un autre membre de sa famille ? C'est comme ça chez nous, Monsieur. Passons… Je restais là, à rire juste dans mon ventre, quand Jacô s'est mis en travers d'Olivier et d'Adèle. Ma sœur secouait Olivier comme le faisait sœur Marie-de-la-Providence, avec Billy, le plus indiscipliné de tous les élèves de la classe de quatrième. Puis, en visant Olivier de son regard de sorcière, Adèle a dit : Je te tue si tu te fiches de moi une autre fois… Adèle a le mot *tuer* en bouche dès qu'elle se met en colère, Monsieur.

Amenez-vous ! nous a-t-elle dit, entre deux souffles. On va manquer la cuisinière…

Un peu plus loin, Tom, le laitier de notre quartier, remontait la rue sur son gros tricycle de livraison. Regardez-le, nous a dit Adèle. Même avec le pied bot, cet idiot gagne mieux sa vie que nous…

C'était vrai, Monsieur. Non pas que Tom soit un idiot, mais qu'il arrive à bien gagner sa vie, malgré son pied boiteux. Il marche à cloche-pied, mais il pédale comme un forcené. Avec son gros tricycle de livraison, il distribue le lait à presque tout le quartier et il se fait encore plus de pourboires que maman. Il venait de s'offrir une télévision… pardon : un téléviseur. Il nous avait même invités à aller regarder Popeye et Olive avec lui.

Faire plus de pourboires qu'une serveuse, en livrant simplement du lait, c'est plus digne que de tirer un chariot jusqu'à l'hôpital, Monsieur. Mais *faute de grives on mange des merles*, disait maman, quand on se plaignait de ne pas avoir de bicyclette ou même de tricycle… Vous ne consignez pas ce proverbe ? Pour vous, c'est peut-être de l'enfantillage, mais pour nous qui avons ordre d'Adèle de nous exprimer en citoyens de première classe, les proverbes et les citations de la Bible, Monsieur, c'est ce qu'il y a de plus sacré.

❧

Vous regardez souvent votre montre. Vous avez rendez-vous avec un autre pêcheur, je présume. Vous reviendrez demain? Dites-moi… Est-ce que maman s'en sortira? Je prie Dieu le soir pour cela.

Vous avez des citrons? Merci. Ça goûte bon, j'imagine. Juste à voir la couleur…

Deuxième soir

Quelles questions t'a-t-il posées, Rose?

Aucune, Adèle. Il m'a apporté un jeu et m'a demandé de m'amuser avec, pendant qu'il m'observait et prenait des notes. Ensuite, une dame est venue. On s'est promenées un moment dans la cour. J'ai gardé la tête baissée et je n'ai pas ouvert la bouche.

Qu'est-ce qu'il nous veut exactement?

Rien de plus que de devenir un très bon enseignant, Adèle.

A-t-il dit s'il me questionnerait à mon tour?

Me rappelle pas…

Ne coupe pas tes phrases.

Je ne me rappelle pas.

Bien… Pourrons-nous ravoir nos chats?

Je ne sais pas.

Et maman?

M'en a pas parlé.

Qu'est-ce que je viens de te dire?

Il ne m'en a pas parlé…

C'est mieux… Tenez: j'ai coupé les citrons en deux. Ça nous en fait, à chacun, une moitié. Mangeons!

Yark!

Qu'est-ce qu'il y a, Olivier?

J'aime mieux mourir du jesorspus.

Scorbut, idiot! Mange, si tu veux sortir d'ici.

Non!

Rose et Édith… Donnez-lui l'exemple!

Non!

Qu'est-ce que tu dis, Édith?

J'ai dit non! C'est amer et ça me pince, dans les oreilles.

Et toi, Rose?

Moi, c'est pareil…

MANGEZ! C'est moi qui commande, ici.

Deuxième nuit

Olivier et Édith ont refusé de manger leur moitié de citron. C'est vrai que c'est amer, très amer, même, mais c'est vrai aussi que ça protège du scorbut. C'est écrit dans l'encyclopédie…

Constance? C'est toi? Minou minou minou! Viens à moi, ma belle petite chatte. Là… Qu'est-ce qui t'arrive? Tes dents… Tes gencives… T'es apeurante comme un loup-garou. Mange vite ton citron, je t'en supplie!

Troisième jour

Du jus de citron... Cette marque d'attention me touche, Monsieur. C'est moins amer que le fruit, vous savez. Y'a-tu dedans... Pardon, il m'arrive de m'exprimer comme une indigente. Si Adèle m'entendait! Ah la la... Le jus contient-il de la vitamine C pure à 90 pour cent? Encore votre crayon et votre calepin. Vous souhaitez écrire un livre? Vous avez répondu : Je pense pas. Je vous signale que vous avez omis la négation. Le *ne,* si vous préférez. Adèle en fait une maladie, de la négation. Il n'y a pas d'à-peu-près avec elle, même dans la façon de dire les choses *Ce que l'on conçoit bien s'énonce clairement et les mots pour le dire viennent aisément,* comme elle dit. Est-ce que vous saviez ça? Pas grave. Ce n'est pas grave. Pardon? Oui, je poursuis.

Le matin du Vostok, chez Reily, on n'avait pas fait la moitié du chemin en direction de la cuisine de l'hôpital, avec notre chariot, que Lucie Mackoy nous avait rejoints. Lucie Mackoy, c'était la fille de Pat, un citoyen aisé de notre ville. Douze ans, comme Édith. Une vraie vache! Euh... Pardonnez-moi cet écart de langage. Mais Lucie Mackoy nous faisait chier, Monsieur, avec sa bicyclette chromée et toutes ses belles choses. Elle allait à Notre-Dame-du-Sourire, un pensionnat pour filles qui n'autorise les sorties que les fins de semaine. Les parents de Lucie craignaient

qu'elle n'attrape des poux, à Sainte-Bernadette, mais ils espé-
raient, surtout, que les Sœurs grises qui enseignaient à Notre-
Dame lui transmettraient leur ferveur.

Lucie était la petite amie de Billy, qui avait quatre ans de plus
qu'elle, vous vous rendez compte ? Il aimait bien flanquer ses
mains dans la petite culotte de Lucie, quand il en avait la chance.
Ça se faisait à la brunante, dans le garage de Pat Mackoy, et on
pouvait les voir se tripoter pendant des heures... Comment on
s'y prenait ? On grimpait sur le toit du garage et on se collait un
œil à une fente... Quoi ? Si on se sentait honteux de le faire ?
Non ! Quelle question ! C'étaient eux qui pratiquaient le vice. Je
peux continuer ? Remarquez que je ne vous demande nullement
l'absolution pour les péchés de Lucie. Elle ne la mérite pas. Mais
passons.

Un jour, Pat Mackoy a surpris sa fille et Billy dans le garage.
En flagrant délit de vice. Billy avait la bite à l'air, raide comme un
manche de moppe. Passons. Pat Mackoy lui a ramené un bon
coup de pied au derrière — il portait des souliers aux bouts très
pointus, comme pour mal faire —, a attrapé sa fille par les
cheveux, lui a flanqué trois ou quatre gifles — ce qui a fait plaisir
à Adèle, pendant qu'Olivier se tordait de rire — et il a dit que la
prochaine fois que sa fille, le sang de son sang, commettrait pareil
sacrilège sous son toit, il la tuerait. Il l'a traînée par les cheveux,
du garage à une flaque de boue, l'y a lâchée et, ensuite, l'a traitée
de sale putain devant tout le quartier. Puis il a menacé de tirer sur
Billy le forniqueur s'il remettait les pieds dans sa cour. Alors, à son
tour, Lucie a menacé son père de disparaître de sa vie.

Un soir, elle n'est pas rentrée. Après avoir fait le tour du
quartier et frappé aux portes de tous les voisins, Pat et sa femme
ont appelé la police. Quand les policiers ont demandé à Billy s'il
savait où se cachait Lucie, il a fait la carpe. Quand ils nous ont
demandé, à notre tour, si on était au courant de rumeurs qui cir-
culaient, à propos de Tom et elle, si c'était vrai que Lucie lui
menait la vie dure à cause de son pied bot et de son métier, si
c'était vrai aussi que Pat Mackoy rudoyait souvent sa fille, on a
haussé les épaules... Garde le nez dans tes affaires, disait maman,
et tu vivras tranquille... Tout ça ne nous regardait pas, vous com-

prenez, Monsieur? Mais qu'est-ce qui me prend de vous parler de cette chipie? Pardon? Si je sais où elle se trouve? Pourquoi me demandez-vous ça? Elle nous en a tellement fait voir, à nous, les Beaudet, n'espérez pas qu'on se fasse du souci pour elle, quand même!

Tout ce que je peux vous dire, Monsieur, c'est que Lucie a envoyé chier son père après sa raclée. Dans son dos, bien entendu. Une semaine après cette raclée qui faisait encore rire Olivier, Lucie décidait que puisque Billy n'avait plus le droit de lui faire la chose dans la cour paternelle, elle s'y mettrait ailleurs. On a pu la voir s'en donner à cœur joie avec Gino, cette fois, le fils de Luigi, le barbier. Oui Monsieur! En plein devant la fenêtre du laitier, le portant au péché d'impureté en le faisant se coller le nez contre sa fenêtre, pour ne rien manquer de la scène. Quand c'est gratuit, disait papa, on ne crache pas dessus... Billy a surpris Gino, les mains dans la petite culotte de sa Lucie adorée. Il a couru chercher le fusil de l'oncle chez qui il habite. Billy a perdu ses parents peu après sa naissance, Monsieur, mais ça ne me ferait pas verser une larme et là n'est pas l'important. L'arme à la main, il a braqué Lucie et Gino en jurant qu'ils ne l'emporteraient pas en paradis.

Tom était toujours à sa fenêtre, à épier leurs tripotages. En apercevant ce témoin gênant, Billy a baissé son arme et a dit à Lucie et au fils de Luigi que si jamais il les trouvait sur son chemin... Lucie l'a envoyé chier et elle a embrassé Gino sur les lèvres, devant lui...

Jurer, Monsieur, c'est faire serment, n'est-ce pas? C'est grave. Billy jurait de tuer, et je me suis dit qu'un jour, il faudrait bien qu'on le prenne au sérieux. Il y est pour beaucoup dans toute cette histoire. Quand il décidait de s'en prendre à quelqu'un, rien ne pouvait l'arrêter. Tom vous le dira, lui qui a longtemps subi ses méchancetés, tout comme celles de Lucie. Plusieurs fois, Tom a dû retirer son tricycle du lac Osisko, et qui croyez-vous qui l'y avait flanqué? C'était l'enfer sur terre pour celui ou celle que ces deux vauriens avaient dans leur mire, Monsieur. Nous pouvons en témoigner personnellement, nous, les Beaudet.

Il ne faut pas leur donner l'absolution, à ces enfants du diable, Monsieur. Surtout qu'Adèle leur souhaite l'enfer... Si je remettais la chose en question, j'y laisserais mes dents, c'est certain.

Il est encore dit, dans la Bible : *Avant de regarder la paille qu'il y a dans l'œil du voisin, vois la poutre qui se trouve dans le tien...* Mais je ne pouvais passer sous silence cet incident, Monsieur. Il me faut tout vous dire, si je tiens à votre absolution complète, vous comprenez? Donc, Billy et Gino tournant autour de Lucie Mackoy, c'était scandaleux, il faut bien l'admettre. Le diable poursuivait cette fille, il n'y a pas de doute. Mais tant que ça ne nous touchait pas... Peu de temps après cette histoire — oui, il faut bien que je vous le confesse — nous avons mis la main sur une lettre adressée à notre père, et qui disait : *Tu me donnes de l'argent pour mon silence, Laurent Beaudet, ou je raconte tout à ta femme...* Et c'était signé : *Ta princesse.* Ensuite, nous avons vu notre père en recevoir une autre, la lire pendant qu'il se croyait seul, rougir de rage ou de honte, la chiffonner et laisser tomber, pour lui-même : Elle va avoir affaire à moi, cette agace-pissette!

Nous avons trouvé les lettres et les avons brûlées, avant que maman mette la main dessus. Notre père était si imprudent. D'ailleurs, si le quartier en était venu à apprendre le péché de luxure de papa... Tst tst tst! Ça aurait tué maman. Si papa en a reçu d'autres, nous ne l'avons pas su. Mais il a fini par prendre le large, par une belle journée où maman s'était mise à croire en des jours meilleurs et que Lucie avait disparu du paysage. Lucie Mackoy, c'était toute une garce, Monsieur. Elle aurait pu faire bander une carotte dans un frigo, dit parfois ma sœur. Pardonnez-lui cette manière vulgaire de s'exprimer. Mais il suffit de mentionner le nom de la fille de Pat pour qu'Adèle lui souhaite la mort... En fait, plusieurs personnes souhaitaient le pire châtiment à Lucie Mackoy, mais on peut dire qu'elle le cherchait, n'est-ce pas?

L'accident de Jacô? Comme c'est loin et près de moi, en même temps... Nous étions en route pour l'hôpital, notre chariot à la traîne. Jacô fermait la marche, un gros caillou à la main, ne lâchant pas des yeux Lucie qui, elle, répétait à qui mieux mieux : *Les Beaudet sont des ânes qui mangent dans la main des autres...* Jacô a vu rouge. Mais dire : Jacô était furieux, ce serait plus juste.

Il a poursuivi Lucie pendant que celle-ci continuait à nous narguer. Jacô lui a lancé le caillou en plein front. *Qui s'y frotte s'y pique*, salope! a crié ma sœur aînée à Lucie. Olivier a pouffé de rire, bien entendu.

C'est à ce moment-là que mon grand frère s'est retrouvé au beau milieu de la rue. Une auto noire l'a frappé. Le conducteur, affolé, en est sorti aussitôt, s'est penché sur lui et a couru chercher de l'aide.

Adèle avait le teint pâle. Nous restions là, à le regarder, à nous demander ce que notre sœur déciderait de faire, ou bien s'il fallait aider Jacô à se relever; j'ai même pensé qu'il nous faisait une bonne blague. Pendant ce temps, la viande et les légumes refroidissaient, dans leurs conserves. Les microbes, vous voyez. Des saletés de bibites. Lorsqu'on laisse traîner un tantinet — tante Thérèse dit souvent ça, un tantinet — la viande au soleil, la corruption s'y installe. *Dis-moi ce que tu avales et je te dirai comment tu finiras*, dit ma très chère sœur la savante. Tante Thérèse l'a appris à ses dépens. Un jour qu'elle était venue nous visiter, ça lui a pris tout d'un coup. Elle a couru aux toilettes, y a passé une bonne demi-heure, et quand maman a frappé à la porte pour savoir si elle était encore en vie, tante Thérèse lui a crié : Je suis en train de me chier le cœur, Laure! Fiche-moi la paix, tu veux? Maman a pouffé de rire. Moi, je voyais déjà tante Thérèse, blanche comme un cadavre, les culottes et le corset baissés aux chevilles, la tête pendante et la bouche grande ouverte, dans une position de morte sur le siège de toilette. Comment j'aurais fait ensuite, pour aller au petit coin, en sachant que notre tante s'y était « chié le cœur » ?

Adèle a secoué notre frère, toujours étendu sur l'asphalte.
Lève-toi, Jacô! Obéis! Cesse de faire l'idiot.
Regarde! je lui ai dit. Il saigne des oreilles.
C'est rosé, m'a fait remarquer Adèle. Ça ne doit pas être grave. Lève-toi, Jacô! Ça ne marche pas avec moi.
Jacô fixait le ciel comme si Gagarine passait en flèche au-dessus de nos têtes. Adèle a dit : Cette fois, il ne fait pas semblant. Rose et moi allons utiliser le chariot pour le transporter à l'hôpital. Édith, tu resteras ici avec Olivier. Vous surveillerez les boîtes, au cas où la Mackoy reviendrait. Nous ne serons pas longtemps.

Édith allait protester quand on a entendu une sirène. Une ambulance tournait au coin de Monseigneur-Tessier. Jacô est à peine inconscient, répétait Adèle. Ce n'est rien. Rassurez-vous.

Je peux ravoir du jus de citron? Pardon? On dit de la citronnade? Quel mot adorable! Merci de votre générosité... Ahhhhh, ça fait du bien!

J'ai demandé à Adèle : On peut être dans les pommes, même les yeux ouverts? Ma sœur m'a apostrophée : Où vois-tu des pommes, ici? Je t'ai souventes fois demandé de t'exprimer intelligemment. Nous avons déjà notre rang à assumer; faudra-t-il encore faire de nous des enfants sans vocabulaire? Voulez-vous vivre de mendicité toute votre vie et vous faire regarder de haut?

J'ai rougi, puis je lui ai dit : Regarde, son inconscience le fait saigner du nez...

Ce n'est rien! a pesté Adèle. Ce n'est pas la première fois que ça lui arrive.

On s'est penchés sur notre frère, elle, moi, Édith et Olivier.

Ça s'est arrêté, a dit Adèle. Qu'est-ce que je vous disais? Elle s'est remise à le secouer : Réveille-toi, Jacô. Allons! Cesse de faire l'imbécile. Ce n'est pas le moment de t'amuser. La viande va s'avarier et tu seras vertement sentencé.

Penchés sur lui et morts d'inquiétude, nous suppliions notre frère de nous répondre, Monsieur. Mais Jacô s'entêtait à fixer le ciel. Je sentais qu'il s'éloignait de nous, pour se rapprocher, même si je le voyais mal à travers mes larmes, d'un firmament sans nuages.

L'ambulance s'est arrêtée, tout près. Les ambulanciers nous ont dit : Faites de la place! L'un d'eux a même crié à Adèle de ne plus toucher à Jacô. Puis ils ont glissé une longue planche sous notre frère, lui ont passé une bande de tissu rigide autour du cou, et un autre a dit : Il respire encore. Vite!

Ils ont embarqué Jacô dans leur véhicule, sans nous laisser le temps de leur dire qu'on n'avait pas les moyens de payer son transport à l'hôpital. Mais on ne nous a pas demandé notre avis. On ne demande jamais ce qu'en pensent les enfants Beaudet. Si on paradait avec de beaux bijoux, ou avec des bicyclettes aux rayons chargés de jolies perles en plastique, ce serait différent, Monsieur. On nous dirait : Qu'est-ce qu'on peut faire pour vous, mes chers enfants ? Mais passons…

Nous sommes rentrés sans nous rendre au restaurant prévenir notre mère. Nous nous sommes dit que les docteurs sauraient bien soigner Jacô et qu'il nous reviendrait avant maman. Il nous raconterait qu'il s'est réveillé avec dix, vingt, non… cent aiguilles dans les deux bras! Et qu'il les aura regardées avec une sage indifférence. Qu'est-ce qu'une centaine d'aiguilles qui vous transpercent la chair, quand vous avez survécu aux roues d'une auto? Jacô porterait d'énormes bandages à la tête et aux jambes. Olivier le prendrait pour une momie, la même qu'on a vue dans le film *The Momy*, au sous-sol de l'église Saint-Joseph, et Jacô ferait le clown pour faire peur à son jeune frère. Et pour nous montrer, surtout, que se faire frapper par une auto, ce n'est pas la fin du monde. La prochaine fois, nous dirait-il, ça me prendra un autobus pour me jeter par terre. Un autobus! Il bomberait le torse, comme la fois où Adèle lui avait désinfecté un genou avec du savon, après qu'il eut sauté du toit du garage de Pat. Adèle n'était même pas arrivée à lui tirer une grimace de douleur. Il ajouterait que rien ne peut lui arriver puisqu'il est invincible comme notre modèle, Al Capone, au canal 2 chez Reily…

J'ai bien dit Capone, Monsieur. Tout jeune, cet homme gagnait sa vie à cirer des souliers. Oui Monsieur. Devenu un homme, on le surnommait *Le roi de Chicago*. *Le* citoyen de tous les citoyens de Chicago. Sa mère et ses frères, Capone en prenait grand soin, c'est moi qui vous le dis. Sa famille avait sa propre loi : régler ses problèmes plutôt que d'appeler la police. Comme nous. Tenez, à Chicago, personne ne lui refusait l'hospitalité. Chacun lui ouvrait sa porte avec le sourire et le respect dû à son rang. C'est parce qu'il assurait la protection de presque tout le monde, justement; on l'a vu, chez Reily. Capone, c'était Capone, Monsieur. Et Jacô aurait bien aimé se faire appeler Alphonse, comme lui. Si le type n'a pas eu à payer pour la plupart de ses fautes, c'est parce qu'il avait toujours une bonne cause en tête, Monsieur. Des œuvres de charité comme, par exemple, des comptoirs de nourriture gratuite pour les chômeurs, des soupes populaires. Tout ça est l'invention de Capone, Monsieur. Si ce n'est pas avoir à cœur la cause des moins nantis…

Mais il a fait des jaloux, bien sûr. Sa popularité en agaçait plus d'un. Sans cesse, il devait se tenir sur ses gardes. *Donne à manger à un cochon*, disait maman, *et il viendra chier sur ton perron…* Savez-vous que le verbe chier figure au dictionnaire? Étonnant, n'est-ce pas?

Capone s'est acharné toute sa vie à faire le bien, Monsieur. Comme Dieu, il a eu pitié des petites gens, allant jusqu'à partager, dans sa très grande générosité, les soirées de femmes de mauvaise vie. Capone n'avait pas de préjugés, Monsieur. *Qui n'a jamais péché…* disait Jésus à ceux qui voulaient lapider Marie-Madeleine… Jacô aussi a sacrifié sa vie pour une bonne cause. La nôtre. Il est sûrement au ciel, à présent, en train de se prélasser dans un confortable fauteuil de cuir noir, aux côtés de Capone, l'un et l'autre se rappelant leurs meilleurs coups…

Repenser au jour de l'accident de mon frère me fait encore très mal, Monsieur. Les heures passaient, à la maison, mais Jacô se faisait attendre. Chacun notre tour, nous sommes sortis voir si notre frère n'était pas près d'arriver. Bientôt il a fait noir, et c'est maman qui est rentrée, après que la police l'eut fait demander à l'hôpital, au chevet de son fils. Maman avait les paupières enflées et le regard dans le vague. Elle nous a dit que notre frère reposait dans un tiroir de la morgue : comme une vulgaire pièce de viande, mes enfants… Une image stupide m'a traversé l'esprit : Jacô en cubes saignants dans nos boîtes de conserves. Je m'en confesse, Monsieur. Maman nous a dit aussi que si on voulait lui faire nos adieux, il faudrait se rendre, le lendemain, au salon mortuaire.

La maison s'est remplie des cris d'Adèle et de ceux d'Édith. Ça s'est mis à élancer dans ma tête. Juste là, au milieu du front. J'avais mal au cœur, aussi. Olivier se plaquait les mains contre les oreilles. Comme ça. Adèle a hurlé à maman : Tu mens! Tu l'as fait transporter à l'orphelinat Saint-Michel et tu veux nous le faire oublier, en nous faisant croire à sa… Jacô est mort, a jeté maman, entre deux sanglots, et ce n'est la faute de personne… C'EST CELLE DE NOTRE PÈRE ! a encore hurlé Adèle. S'IL TRAVAILLAIT AU LIEU DE… Ma sœur s'est arrêtée net de parler. J'ai eu peur qu'elle ne révèle à maman la correspondance secrète de notre père.

Un homme, c'est fort et ça doit montrer l'exemple. Papa n'a pas pleuré, quand maman lui a appris le décès de son fils. Mais la nouvelle l'a fait sortir de la taverne. Il a passé toute la soirée, puis toute la nuit assis à la table, la tête appuyée sur les mains, à fumer une Export A après l'autre, comme si le temps n'existait plus. C'était la première fois que nous le voyions aussi abattu. Je me suis dit que s'il s'était levé, le matin, pour aller travailler à la mine, comme tous les autres pères, Jacô serait encore avec nous. On aurait pu être riches, nous aussi. Il n'arrive jamais de malheurs aux riches…

Maman a fini par dire : Il faut aller au lit, mes enfants. Nous avons une longue journée devant nous, demain… Dites-moi, Monsieur : peut-on se laisser aller au sommeil, quand celui qu'on chérit vient de mourir sous nos yeux ?

Troisième soir

Alors, Rose ?

Alors rien. J'ai raconté la mort de Jacô à l'enseignant et il m'a dit que maman s'en remettra. On ne peut pas pleurer un mort toute une vie, qu'il m'a dit.

Mais maman n'est pas virée folle rien que pour ça, tu le sais bien, Rose.

Je le sais, et je n'ai rien dit d'autre.

T'as gardé pour toi l'histoire de papa avec tu sais qui ?

Ouiiiiii !

Les lettres de chantage, tu n'en as pas soufflé mot ?

Je t'ai dit que j'ai tout gardé pour moi, Adèle. Qu'est-ce qu'il faut que je fasse pour que tu me croies ?

Jure-le !

…

Qu'est-ce que t'attends?

… Je le jure.

Qu'as-tu fait d'autre avec l'enseignant?

Il m'a apporté un nouveau jeu. Je m'y suis mise et il a écrit dans son calepin, pendant ce temps-là. Je fais des tas de dessins et il en recouvre les murs. Il me demande ensuite de lui raconter ce qu'ils représentent pour moi.

Tu me dis tout?

Je te dis tout, Adèle…

Tiens, prends ta part de citron, Rose.

Et Édith?

Moi, je veux rien savoir du citron!

Ta négation, Édith…

J'ai dit : Je-veux-rien-savoir!

Et toi, Olivier?

Moi non plus.

Laisse-les faire, Rose. S'ils attrapent le scorbut, ils s'en repentiront.

Troisième nuit

Quand j'ai dit à ma sœur : Je le jure, j'avais la main droite dans mon dos et deux doigts croisés, pour ne pas que ça compte. Je ne pouvais pas mentir au prêtre, tout de même, mais dire la vérité à Adèle ne m'aurait pas fait grand bien, c'est certain. Déjà, quand je lui promettais des choses et que je croisais deux doigts, ou mes jambes, elle me criait : Ça ne compte pas! Promets pour de vrai, cette fois! Elle n'a pas porté attention au fait que j'avais les doigts croisés dans le dos, quand elle m'a demandé de jurer. Alors j'ai pu faire semblant et je ne vois pas de péché là-dedans…

Maman, es-tu en train de penser à nous dans ton lit d'hôpital? Qu'est-ce qu'ils te font? Est-ce qu'ils t'électrocutent la tête? T'ont-ils attachée à ton lit? Est-ce qu'ils te savonnent le cerveau pour que tu nous oublies? J'ai peur, maman. J'ai peur de trop en dire, mais il faut bien que je nous confesse. Je ne comprends pas ce qui nous arrive… C'était pourtant pour la bonne cause, ce qu'on a fait sur la rue Perreault. Pour la bonne cause et pour t'aider à nous élever au rang de citoyens. Pourquoi est-ce qu'on nous retient ici? Est-ce que tu peux le comprendre, toi? Et papa, lui, où est-il passé? M'entends-tu, maman?

Quatrième jour

SAVIEZ-VOUS, Monsieur, que le sommeil est le frère jumeau de la mort? On s'instruit, quand on a une sœur comme Adèle pour nous réciter l'encyclopédie et la Bible... Toujours votre crayon, et ce fameux calepin dans lequel vous griffonnez depuis avant-hier. Je peux voir? Bon, tant pis... Il m'est arrivé de faire la même chose, pendant le cours de religion. Mais sœur Marie n'a pas traîné. J'ai dû me rendre au bureau du directeur récupérer mes dessins... Pardon? Oui, mon frère Jacô...

Quand je suis entrée au salon funéraire, ce jour-là, mon cœur battait en fou et j'avais l'estomac à l'envers. Jacô y reposait dans des draps satinés. Tout le monde qui s'amenait ne parlait que du terrible accident qui avait causé sa mort. Pour lui donner un semblant de vie, on lui avait mis du fard sur les joues, comme le faisait notre mère, le matin, pour cacher aux autres ses paupières enflées. C'était comme si mon grand frère dormait. Je cherchais à le reconnaître, sous ces traits nouveaux qu'on lui avait donnés. C'était Jacô, mais pas le nôtre. Le nôtre riait, le nôtre se réveillait dès que je lui soufflais dans les narines. Jamais je ne l'avais vu aussi sage. J'avais la gorge serrée. Avant, il lui arrivait de me faire taire, tellement j'avais de choses à lui raconter. Oui, à Jacô je racontais ma vie, Monsieur. Les grandes peines comme les petites. Mes rêves en couleurs, parfois. Mais là, il attendait, comme s'il voulait me signifier : Tu peux y aller, Rose. T'as tout le temps du monde, maintenant.

J'aurais aimé que mon père me prenne par la main pour me conduire à mon frère. Il me semble que c'est comme ça que ça doit se passer quand on fait connaissance avec la mort, surtout celle d'un être cher. On le voit parfois à la télé, rue Gamble, ou au sous-sol de l'église Saint-Joseph. Vous savez qu'on peut y voir des films tous les dimanches ? Quand on aura de l'argent, on n'aura plus à les regarder au travers des fenêtres fermées. Un film est toujours plus intéressant avec le son, croyez-moi.

Ça me rappelle la fois où Adèle m'avait demandé… non, m'avait *commandé* de me rendre chez Reily, à quatre heures pile, me coller l'oreille contre la vitrine pour tâcher d'entendre, à la télé, quand passerait la biographie d'Al Capone. Ce jour-là, comme pour mal faire, un travailleur forait la rue avec son marteau-pilon. À l'écran passaient des scènes de la vie de Capone. Mais le commentateur avait beau articuler — comme s'il le faisait spécialement pour moi —, je ne pouvais rien déchiffrer sur ses lèvres. Je suis donc entrée dans le commerce demander au marchand la permission d'écouter sa télé. Il m'a répondu, avec un sourire : Fous le camp ! Je suis retournée sur le trottoir, et puis j'ai réfléchi. Adèle dit tout le temps : Quand t'as une idée en tête, mène-la jusqu'au bout, quoi qu'il arrive… Je ne pouvais retourner à la maison sans l'information qu'elle m'avait demandée. J'ai pensé raconter à Adèle que la biographie d'Al ne passerait qu'à la radio. La nôtre ne fonctionnait plus, alors Adèle en ferait son deuil — c'est une expression que maman employait volontiers, quand un projet n'avait aucune chance de se réaliser. Vous comprendrez, Monsieur, qu'on était souvent en deuil, chez nous… Mais passons. Adèle, qui ne fait jamais le deuil d'une de ses idées, a proposé un autre moyen : On va aller l'écouter à l'épicerie. Demain, à quatre heures ?

J'ai fait : Euh… c'est ça, en sentant que les choses allaient bientôt se gâter.

Le lendemain, on s'est rendus chez Roy Marketteria. On s'est braqués devant la radio, tout près d'une caissière qui, en nous apercevant, a tenu à nous faire savoir que notre crédit était rendu au plafond et que si on avait les moyens de se nourrir, il faudrait bien les avoir, aussi, pour payer la nourriture qu'on ingurgitait aux dépens de l'épicier, toujours trop généreux avec les gens comme nous… Gnan gnan gnan! que je lui ai répondu, dans ma tête. On s'est braqués devant sa radio et on a fait comme si on avait soudainement perdu l'ouïe… Non, pas *Louis*. L'ou-ï-e, Monsieur.

La caissière nous a demandé si on avait l'intention de faire du camping près de son comptoir. Adèle a dit : On vient pour la radio… La caissière lui a répondu que si on voulait se la procurer, on n'avait qu'à lui allonger vingt beaux dollars. Adèle a fait semblant de rien et lui a demandé : Savez-vous quand Capone va s'amener? La cuisinière lui a répondu : C'est qui, lui? Un autre client qui mange sur le dos des autres, j'suppose? Je l'ai trouvée encore plus idiote que Lucie Mackoy, Monsieur. Ce qu'il y en a des gens stupides, sur cette terre…

Quatre heures ont sonné. La radio s'est mise à raconter la vie de Ti-Zoune, le père d'Olivier Guimont. Vous connaissez? Adèle a eu l'air bête. Elle a redemandé à la caissière quand Al Capone allait passer, puis elle m'a fixée avec de grands yeux de sorcière enragée. Je n'ai pas fait ni une ni deux. Je suis sortie de chez Roy Marketteria à toutes jambes, Adèle à ma poursuite, Olivier se tordant de rire, Édith qui observait la scène sans réagir, comme si elle regardait un film. Adèle hurlait, en toussant : *Si tu m'as fait manquer Al, Rose Beaudet, je t'arrache les oreilles dès que je te mets la main au collet!*

Je ne suis rentrée que le soir, Monsieur, avec mon estomac qui gargouillait à cause de la faim. Je m'étais préparée mentalement — ça se dit — à recevoir toute une raclée de ma sœur. Quand elle m'a fait ma fête — ça se dit aussi, même si on se passerait bien de ce genre d'anniversaire —, j'ai promis à Adèle que la prochaine fois qu'il serait question d'Al, à la télé, j'aurais l'horaire écrit sur un bout de papier, ou gravé sur mon front, s'il le fallait, et que je lui allongerais tous les commerces qui en parleraient en ville.

Adèle m'a donné des bises sur les oreilles pour faire disparaître la rougeur et la douleur qui persistaient, après qu'elle eut tenté de me les arracher, dans sa colère. Ensuite, elle m'a bercée pour faire cesser mes larmes, et j'ai pensé que si Al Capone venait habiter chez nous, jamais je ne me mettrais en travers d'Adèle et lui. Quand la rage s'empare de ma sœur, Monsieur, que Dieu vous protège les oreilles et la crinière!

Papa, lui, n'a rien dit à Adèle quand il m'a vue, les oreilles enflées et rouges comme celle d'un singe. Et au salon funéraire, il n'a fait aucun cas de ma peine, à voir Jacô dans son cercueil, pas plus de celle de mes sœurs et d'Olivier, d'ailleurs. Il n'en avait pas pour ses enfants. Je me suis dit qu'il aurait dû nous prendre dans ses bras, chacun notre tour, mes deux sœurs, Olivier et moi, pour nous montrer qu'il n'y avait pas que Jacô dans sa vie. J'aurais voulu le lui faire savoir. Mais les mots ne me venaient pas.

L'oncle Nicolas, le frère de maman, était présent. Me voyant songeuse, il m'a demandé : À quoi est-ce que tu penses, Rose? Je sais : t'analyses les gens, n'est-ce pas? T'es beaucoup plus… comment on dit ça, déjà? Ah oui : t'es beaucoup plus *perspicace* que tu le laisses voir.

L'oncle Nicolas, c'est un vrai cœur. Il vit seul, comme Tom, mais il a déjà eu une femme. Elle l'a quitté pour un autre, qu'elle prétendait plus intelligent et plus instruit que lui. En partant, elle a même emporté la télé! En tout cas, ça m'a fait du bien de savoir que j'étais perspicace. Si je garde si souvent le silence, Monsieur, ce n'est pas parce que je n'ai rien à dire ou qu'il n'y a que du vent dans ma tête. C'est parce que j'analyse les gens, voilà. J'aime ce mot-là. Il fait savant et j'impressionnerai Adèle, quand je le dirai.

Papa, au salon, faisait son frais dans son costume neuf. Il paradait devant la mère de Lucie comme si de rien n'était. Quand on a neuf ans, on est en mesure de comprendre certaines choses, vous savez. On saisit le sens des regards, des murmures; les tendresses à la sauvette, entre notre père et la citoyenne Mackoy. La scène repasse, dans ma tête, comme si papa y commettait, une autre fois, son péché de luxure. Je l'ai vu lui effleurer la main, puis il a fait mine de lui murmurer quelque chose, mais il a pris le temps de respirer son parfum, dans son cou. Il n'avait pas assez de Lucie, il lui fallait aussi sa mère! Pfft! Dès que maman lui tournait le dos, il désobéissait au neuvième commandement —

L'œuvre de chair... vous vous rappelez? — même devant son fils décédé. Donnez-lui l'absolution, au cas où la mort le frapperait sans crier gare.

Adèle le tuait du regard. Je ne trouve pas de mot plus juste. Mais notre père était si occupé à montrer à la femme de Pat les marques au front de Jacô, sous le maquillage, qu'il ne s'en rendait pas compte. Il lui expliquait quels os le responsable de la maison des morts avait dû remettre en place, pour donner l'illusion, pendant quelques jours, qu'il n'était rien arrivé de tragique à notre frère...

Papa, c'est comme Jacô, le jour de ses funérailles. Je veux dire qu'il nous a toujours paru un peu étranger. Comme s'il se sentait plus à l'aise avec les enfants des autres. Vous pouvez m'expliquer ça? Il y a toujours eu cette gêne à lui demander de nous prendre sur ses genoux, de nous emmener en balade. S'il était venu vers moi, qu'il avait passé sa main dans mes cheveux, peut-être que ça m'aurait portée aux larmes. Et les autres ne m'auraient pas dévisagée avec un air de reproche, comme si je n'avais pas été peinée par la mort de mon frère.

Jacô disait que rire était mieux que chialer. J'aurais voulu rire pour lui faire plaisir, pour lui montrer que je n'avais pas oublié ce qu'il m'avait appris. Pour lui. Me tenir les côtes pendant que mon rire envahirait toute la salle, renverser la tête en arrière comme il le faisait, lui, lorsqu'il riait. Mais au salon funéraire, les drôleries n'ont pas leur place, Monsieur. Il faut pleurer, c'est mieux vu.

Adèle demeurait seule dans son coin, les yeux bouffis. Elle refusait de s'approcher de Jacô. Adèle ne parlait à personne, ne voulait même pas m'avoir auprès d'elle. Quand quelqu'un cherchait à la consoler, elle le repoussait d'un solide coup de coude. Même Olivier, qu'elle aimait pourtant avoir sur ses genoux. Est-ce qu'elle n'aurait pas dû nous serrer contre elle et nous dire : Demain ça ira mieux... comme elle savait si bien le faire, quand on avait des problèmes à la maison? J'ai eu le vif sentiment que notre sœur aînée en voulait à Jacô de nous avoir obligés à nous rendre au salon funéraire, comme pour montrer à la face de tout Rouyn qu'elle n'avait pas su lui éviter cet accident fatal. C'est de la rancœur, Monsieur... C'est péché d'en vouloir aux morts, n'est-ce pas?

Reconstruire les funérailles de mon frère... Attendez que je ramène les événements au présent de l'indicatif. Sur un banc du salon funéraire, il y a ma mère qui pleure. Elle serre Édith dans ses bras. Ma sœur s'accroche à son cou, comme si elle craignait que maman ne l'abandonne à son sort de fille-en-deuil-de-son-frère. Maman est une vraie mère, ce jour-là. Je la revois passer sa belle main sur la joue d'Édith en larmes, essuyer ses yeux tristes, puis lui murmurer quelque chose de sûrement très doux, parce que ma sœur lui fait un sourire. Je dois vous préciser qu'Édith n'attend pas que maman la serre dans ses bras. Elle les lui ouvre et les referme sur elle. Puis elle se colle la tête contre son cou. Tant pis pour la gêne. C'est comme ça qu'il faut faire quand on tient à sa mère, me dit parfois Édith...

Dans un coin de la salle, j'aperçois Olivier qui retire ses chaussures. Elles sont neuves et il se plaint qu'elles lui font mal aux pieds. Lui aussi a l'air d'un étranger. Cette cravate qui n'est pas à lui et qui lui serre le cou, cette chemise empesée qui lui donne l'air prétentieux d'un Mackoy... Des bas neufs, aussi, comme le pantalon court au pli tout frais. Je me demande à quoi peut servir de porter de si beaux vêtements, quand on sait qu'il faudra les rendre dès demain...

Sœur Marie disait que pour accepter la mort, il fallait parler des décédés au passé. J'oubliais ce précieux conseil... Cela m'éviterait de nouvelles larmes, vous comprenez? Merci de votre compréhension... Je reprends. Tout ce qui se passait en temps normal, au-dehors, comme les oiseaux qui chantaient dans les arbres, le chien du voisin qui aboyait, quand un matou passait dans la rue, c'était comme si ça s'était envolé. C'était sur Jacô que je reportais toute mon attention. J'avais tant de mal à y croire... Je n'avais pas vu le temps passer. Il faisait beau, il était avec nous en route pour l'hôpital, il courait après Lucie Mackoy, puis je le retrouvais, dans cette grande salle aux tentures lourdes et peu éclairée. Jacô étendu dans la plus grande immobilité, dans des vêtements de classe, comme si je regardais la photo d'un citoyen dans un album. Ses mains, ses mains, Monsieur... blanches, et croisées sur son veston noir. Ses mèches blondes me paraissaient encore plus...

chatoyantes — Bravo! Rose, me dirait Adèle, à m'entendre employer ce mot raffiné —, à la lueur des bougies parfumées au safran, que notre mère avait déposées sur un petit lutrin, à côté de lui. Certains soirs de violents orages, leurs flammes faisaient surgir des fantômes, sur les murs de notre chambre. Jacô les observait jusqu'à ce que le sommeil l'assomme — en admettant qu'on puisse s'exprimer ainsi sans risquer d'offenser la langue.

À regarder autour de moi, je me suis dit : Voilà tout un monde. Un endroit où les gens pleurent avec grand bruit un garçon qui, lui, n'est plus attentif qu'au silence.

Dehors, c'était presque la nuit. À son sourire, je devinais que maman avait l'esprit aux jours anciens. Édith lui caressait la joue, comme pour la rappeler à son devoir de mère affectueuse. Leurs secrets avaient repris. J'en ai attrapé des bouts. Je voyais, dans les yeux de maman, une envie de reproches envers Adèle. Notre sœur aurait dû surveiller Jacô mieux que ça, semblait suggérer maman à Édith, qui approuvait de la tête. Puis ma sœur s'est levée et est allée s'agenouiller devant Jacô. Elle pleurait. Elle l'a blâmé de ne pas nous avoir suivis de près, comme Adèle le lui avait demandé.

De l'entendre lui parler aussi simplement m'a donné du courage. Veuillez le noter dans votre calepin. Je l'ai rejointe et j'ai posé une main sur celle de Jacô. Vous voyez, on ne peut m'accuser de n'avoir eu aucun égard pour mon frère décédé. Sa peau était glacée. Édith m'a demandé : Comprends-tu exactement tout ce que ça veut dire, mourir? J'ai haussé les épaules et j'ai fixé longtemps le visage de Jacô. Je sentais qu'il allait cesser de faire semblant de mourir. Il allait ouvrir les yeux, nous faire : Bouh! et se tordre d'un grand rire. Je me suis penchée vers lui et lui ai chuchoté à l'oreille : Je viens de voir Tom sur son tricycle, dehors. Il pleurait.

Édith m'a regardée de travers. Cet idiot n'a pas à faire ici! qu'elle m'a dit. Notez-le dans votre carnet — ou votre bloc-notes, si vous préférez : c'est Édith qui le traitait ainsi. On ne pourra prétendre que je parle de lui de façon aussi vexante. Jacô, c'était bien le « petit diable » de Tom. C'est comme ça que le surnommait le laitier. Tom lui offrait souvent des sacs de sucettes, juste parce que mon frère le rendait de bonne humeur. Et, je tiens à en témoigner, jamais Tom, quoi qu'en dise Édith, n'a tenté de l'attirer avec des friandises pour jouer avec sa chose. Notez aussi que jamais, non plus, Tom n'a cherché à tripoter Lucie Mackoy. Jamais il ne l'a suivie, un soir, au bord de l'Osisko, pour la forcer à le caresser au bon endroit. Édith, voyez-vous, aurait bien voulu attirer l'attention des autorités sur ce pauvre type. Elle croyait que cela éviterait à papa d'avoir à rendre des comptes à la police, à cause de ses propres secrets.

Édith n'avait pas tout à fait tort, Monsieur. Comment papa, qui ne travaillait jamais plus d'un mois d'affilée, avait-il les moyens de se soumettre au chantage de Lucie? Mais Adèle a fait taire Édith. Je te pète les dents si jamais tu répètes ça! lui a-t-elle fait savoir. Mais passons, Monsieur. Je ne suis pas ici pour vous parler des malheurs de Lucie. On n'en a rien à péter, nous, et Adèle est bien contente de sa disparition. Un jour, j'irai cracher sur sa tombe… qu'elle a dit. Veuillez absoudre ma sœur pour cela et pardonnez-moi, Monsieur, d'avoir fait dévier ma confession. Quelle manière j'ai de vous parler des funérailles de mon frère, n'est-ce pas? Tst tst tst!

À un moment donné, les pleurs de maman ont envahi tout le salon funéraire. Pour la première fois, j'ai entendu toute la profondeur de sa souffrance. Elle m'a fait peur. Papa s'est approché pour la serrer dans ses bras. Mais elle était toute à ses cris et il n'y avait que tante Thérèse qu'elle entendait. Édith pleurait, elle aussi. Quand papa tentait de la consoler, elle s'en dégageait. Olivier pressait ses paumes contre ses oreilles. À un point tel que ses mains en tremblaient. Comme si notre mère était faite de cristal et que ses cris annonçaient son éclatement prochain. Adèle ne bronchait pas. Moi, j'aurais voulu me pousser de l'endroit, m'agripper à la taille de Tom, dehors, et filer, droit devant, jusqu'à ce que nous ayons fait un tour complet de la terre. Peut-être ainsi aurions-nous pu revenir en arrière — dans le temps, je veux dire —, et retrouver Jacô juste avant l'accident?

On nous a prévenus qu'on allait fermer. Le temps accordé au petit diable devait prendre fin, à un moment donné. Les gens se sont mis à se disperser. Peut-être même étaient-ils soulagés? On ne peut pas se sentir à l'aise devant une mère qui appelle à grands cris son petit garçon mort.

Papa et l'oncle Nicolas ont rabattu le couvercle du cercueil sur le visage de mon frère. Madame Mackoy a jeté un dernier regard à notre père, puis elle a quitté notre vie. Aidé de l'oncle Nicolas, papa a soulevé le cercueil de sa plate-forme. Maman, avec ses pleurs, leur a emboîté le pas. Le cercueil était petit, dans les bras des deux hommes, mais il transportait la mort de mon frère. Je me suis dit : C'est ainsi. Les garçons vont toujours au-devant des coups. Comme les gangsters qui n'ont peur de rien et qui sont prêts à mourir, s'il le faut, les petits diables ne font jamais rien comme les autres… Écrivez-le. On ne pourra plus m'accuser de n'avoir jamais d'opinion à moi.

Maman s'est retirée en pleurant dans les bras de tante Thérèse. Adèle nous a accordé son attention et je me suis sentie moins seule. Ma sœur m'a demandé : Et toi, tu pleures pas? Je lui ai rappelé : Ta négation, Adèle… Elle a acquiescé : C'est vrai. Puis, tu n'as pas envie de pleurer, Rose? J'ai fait : Est-ce obligé? J'aimais Jacô, tu sais… Je te crois, m'a répondu Adèle. Parfois, la peine est trop grande et elle bloque les pleurs. T'as un blocage, Rose, mais ce n'est pas grave. Quand je te dis que tu n'as rien que du vent dans la tête, je ne le pense pas. Mais j'aimerais que tu cesses de rougir quand on te parle… Nous, les Beaudet, on est aussi des personnes. Je veux que tu regardes toujours les citoyens dans les yeux. Sans la moindre gêne. C'est une question de dignité…

Je…

Je sais, m'a dit Adèle. C'est plus facile à dire qu'à faire. Donne-moi la main et prends celle d'Olivier.

Édith demeurait dans son coin, notre sœur Édith, comme si elle n'appartenait plus à personne.

Tu t'amènes? lui a demandé Adèle.

Pour une fois, Édith s'est empressée de prendre l'autre main d'Adèle.

✌

Regardez l'oiseau, là-bas, derrière le grillage… N'est-ce pas un curieux animal? *Il ne sème ni ne récolte,* dit la Bible, mais il est libre comme le vent et ne meurt jamais de faim. J'aimerais être un oiseau. Pour m'envoler là où la tristesse n'existe pas… Jacô? Oui, j'y reviens…

On allait transporter son corps au cimetière Saint-Michel. L'oncle Nicolas lui creuserait une fosse dès qu'il aurait terminé celle du vieux Clophas, son voisin. Toute une soirée, une nuit et une longue journée pour notre frère à dormir seul. Ça ne lui était encore jamais arrivé. Olivier voulait qu'on demeure avec lui, le temps que notre oncle termine son travail. Il lui raconterait des histoires, enfin, des bouts de celles dont il pouvait se rappeler. Vous voyez le genre, quand on a sept ans et qu'on croit avoir déjà tout vu! Il lui réchaufferait les mains, qu'il disait, lui glisserait une sucette de Tom dans la bouche. Tante Thérèse lui avait dit : Écoute-moi, Olivier : on réserve les charniers aux morts. Seulement aux morts. Ton frère a suffisamment fait de bêtises dans sa courte vie, tu vas pas t'y mettre à ton tour! Tu m'écoutes?

Olivier n'avait pas envie d'écouter : Jacô avait toujours eu peur, dans le noir. Ça lui prenait une veilleuse pour dormir. Comme nous. Était-ce si difficile à comprendre?

Partout dans le cimetière, il y avait des croix. Mais ce matin-là, il y avait, en plus, trois trous fraîchement creusés. Tous par l'oncle Nicolas. C'est tout un travail que le sien, vous savez? Mais nous cinq… nous quatre, je veux dire, savons comment il s'y prend, puisqu'il nous raconte chacune des fosses qu'il creuse pour chaque mort de la ville. Je vous explique : avec de la patience et de la sueur plein le front. Ce n'est pas tout : avec une gorgée de bière Dow entre dix coups de pelle, aussi. Et une Matinée au coin des lèvres. J'oubliais : plus un signe de croix, de temps en temps. Il le fait parfois en versant des larmes, quand c'est pour des gens qu'il connaît. Comme pour Jacô. Je le revois poser fermement le pied sur sa pelle ronde, ramasser une motte de terre glaise, tirer une bouffée de sa cigarette, rejeter la fumée lentement par les narines, puis passer la pelletée par-dessus son épaule. Pendant des heures. C'est exactement comme ça qu'il faut faire. C'est long, mais si on se met à plusieurs, qu'on a de bonnes pelles, la fosse est excavée en un rien de temps. Vous est-il déjà arrivé de creuser une fosse? Adèle s'est souvent imaginée en train de creuser celle de Lucie, vous savez?

Des hommes se sont amenés en corbillard. Oncle Nicolas s'est approché du trou, sa pelle à la main. On l'a vu s'appuyer sur le manche, sa Matinée au coin des lèvres, pendant que le véhicule s'immobilisait tout près. Maman a retrouvé ses larmes. Papa a rejoint l'oncle Nicolas, puis ils ont sorti le cercueil et l'ont approché de la fosse. Ensuite, à l'aide de câbles, ils l'ont descendu dans le trou. Un peu de terre a suivi avec le cercueil, mais personne n'en a fait la remarque. On ne réprimande pas quelqu'un d'aussi vaillant que l'oncle Nicolas pour une poignée de terre retournée dans le trou avant son temps. J'ai vu Tom, une gerbe de fleurs à la main, qui se faisait discret derrière un gros monument. Quand nous serons partis, me suis-je dit, il les déposera sur la fosse de Jacô, c'est sûr.

Ce soir-là, j'ai pensé que je pourrais bien me faire frapper par une auto, moi aussi. Je dormirais ensuite pendant des jours dans une superbe boîte aux draps satinés et aux poignées dorées. Un grand nombre de citoyens viendraient m'admirer, moi, dans une belle robe blanche brodée de fleurs par maman, des souliers neufs aux pieds, tout comme les bas, et des gants blancs qu'elle m'aurait enfilés pendant mon dernier sommeil pour, après, me croiser les mains sur la poitrine. Sœur Marie ferait partie des visiteurs, j'imagine. Elle regretterait d'avoir fait rire toute la classe en me disant, un jour, que j'avais l'air de la *chienne à Jacques* dans les vêtements trop grands d'Adèle. Elle pleurerait sur ma mort, s'en voudrait longtemps des coups de règle qu'elle me donnait, quand je ne pouvais lui expliquer le mystère de la sainte Trinité. Elle tenterait de se reprendre en disant à toute l'école, venue me dire adieu, que j'étais la plus perspicace petite fille de toute la ville de Rouyn. Elle dirait que c'est triste de me voir ainsi, que ma mère ne s'en remettrait jamais, et tout et tout.

Oui, j'aimerais faire comme Jacô. Pour qu'on s'occupe de moi autant qu'on le fait pour lui, depuis qu'il s'est fait frapper par l'auto noire… Il me manque, croyez-moi. Au cimetière, personne n'a pensé à lui apporter à manger ou à boire. Pourtant, ça se fait en Haïti. Il y a tout un chapitre là-dessus dans l'encyclopédie.

Mais il n'y avait que des fleurs pour Jacô. En quantité. Les garçons ne sont pas portés sur les fleurs, c'est connu. Ils leur coupent plutôt la tête avec une branche dès qu'ils en trouvent une sur leur chemin. De toute façon, les morts n'ont jamais faim ni soif, vous ne me l'apprendrez pas. On leur offrirait les meilleurs gâteaux et le lait le plus crémeux de tout Rouyn, ils ne jetteraient même pas un regard dessus. Mais c'est ça qui est pratique quand on meurt : on n'a plus besoin de baisser la tête devant la cuisinière de l'hôpital.

❧

Maman va bien ? Est-ce qu'elle pleure encore ? Pauvre petite maman...

L'oiseau est revenu se percher sur sa branche. Je peux m'approcher de la fenêtre ? Plus tard ? À vrai dire, ça vaut mieux. J'ai encore grand besoin de me vider l'âme, vous savez...

Quatrième soir

Je l'ai attendu pendant plus d'une heure, Adèle. J'ai fait trois dessins pour rien. J'ai fini par m'endormir à table.

L'important, c'est que tu ne parles pas, Rose.

Je ne parle pas, Adèle. Mais je me dis qu'on ne nous retient peut-être pas ici pour rien.

Qu'est-ce que tu veux dire ? Maman chez les fous, t'appelles ça rien, toi ?

C'est pas... Ce n'est pas ce que je veux dire.

Alors exprime-toi intelligemment, que je te comprenne.

J'ai rêvé qu'on nous mettait les menottes.

Pourquoi ? Parce que maman est à l'hôpital ? À cause des bêtises de papa ? Dis-moi pourquoi, Rose.

Il est dit dans la Bible que la *faute* des parents rejaillira sur les enfants...

Allons, Rose ! C'était une parabole de l'*Ancien Testament*. Bien sûr, il y a eu Adam et Ève, la pomme du bien et du mal ; il y a eu Caïn et Abel, Sodome et Gomorrhe. Mais tout ça a été rayé de la

carte de la Palestine avec le déluge de Noé qui, lui, si je me le rappelle bien, a écrit le *Nouveau Testament*. On ne doit pas oublier
non plus que les mentalités évoluent. De toute manière, crois-tu
que Noé aurait pu se rappeler tout ce qui était écrit dans l'*Ancien
Testament*, — qui devait contenir des milliers de pages, je présume —, et les retranscrire toutes, mot à mot, dans le *Nouveau*?
Ils ne possédaient pas d'appareils à enregistrer, dans ce temps-là,
ni d'imprimeries sophistiquées, tu comprends?

Ben…

Allons, Rose. Et puis, quoi que Noé ait écrit, ce n'était pas la
tête à Papineau, tout de même. C'était un prophète, une sorte de
diseuse de bonne aventure, si tu préfères, et un prophète n'est pas
un savant, que je sache. Si t'écoutais quand je récite la Bible,
Rose, au lieu de passer ton temps dans la lune, ou bien à pousser
des soupirs en croyant que je ne vois pas où tu veux en venir?

*Bien sûr que tu le vois. J'en ai parfois mal au cœur de t'entendre
réciter la Bible, mais on dirait que tu prends plaisir à nous faire chier,
avec tes longues heures de lecture.*

Dis donc, Adèle, ce n'est pas par le soufre et le feu que
Sodome et Gomorrhe ont été détruites?

Euh… oui, Édith, mais ça ne s'éteint pas comme tu veux,
deux villes qui flambent en même temps. C'est là que s'est amené
le déluge, de même que Noé et son arche. Tu saisis?

Non.

Fais un effort de réflexion, Édith, pour une sainte fois et pour
l'amour de notre mère! Il est dit dans la Bible que Noé est le père
de l'humanité. Ça veut donc dire que sa famille et lui ont été les
seuls survivants de Sodome et Gomorrhe. Tu saisis?

Ce n'est pas ça qu'on nous a appris à l'école.

Laisse tomber, Édith. Avec toi, il n'y a jamais rien de vrai.
J'essaie simplement de te donner une explication scientifique au
Nouveau Testament et toi, tu fais comme Thomas. Si tu n'as pas
assisté au phénomène, tu n'y crois pas. Ça finit par me taper sur
les nerfs. Des fois, on dirait que tu me cherches…

Moi? Jamais de la vie.

Oui, toi! Tu me prends pour une idiote, ou quoi?

Ce n'est pas moi qui le dis…

Tu tiens à tes oreilles?

…

Écoute, Rose…

Oui, Adèle?

On ne peut pas nous en vouloir pour ce qui s'est passé au début des temps. Il y a des limites, tout de même. Ça te va comme ça?

Oui… euh… non. Dans toute cette affaire à propos de Lucie, pourquoi on ne nous soupçonnerait pas, nous aussi? T'as crié à toute la rue Perreault que t'irais cracher sur sa tombe.

S'il fallait emprisonner tous ceux qui s'expriment de cette manière, ma chère petite sœur, il n'y aurait plus personne sur terre, tu comprends? On vit dans un pays libre, Rose, et on a le droit de dire ce qu'on veut. Ça s'appelle la liberté d'expression. Retiens-le et laisse la police faire son travail. Ils arrêteront, soit le laitier, soit Billy, ou même Pat. Qu'est-ce qu'on en a à faire? Maman ira bientôt mieux et on retournera tous chez nous. T'es rassurée?

…

Qu'est-ce qu'il y a encore?

Le laitier n'a rien fait…

Tu l'as en admiration, Rose, c'est ça, ton problème. Mais j'ai vu comment il te regarde…

…

Je ne veux plus t'entendre parler de lui, ni de la Mackoy! Sinon, je t'arrache la langue. Cesse de penser au pied bot et viens dans mes bras…

Qu'est-ce qu'il a, Olivier?

Il boude, Rose. Il a rêvé de son chat, la nuit dernière. Son front est chaud et il vomit ses repas. T'as encore mal au cœur, Olivier?

Oui, Adèle. J'ai des gros gargouillis dans mon ventre.

C'est grave, Adèle?

Je ne sais pas, Rose. Peut-être que ça se produit juste avant le scorbut?

On ne devrait pas en parler à quelqu'un ?

Ferme-la ! S'ils savaient qu'Olivier est malade, ils nous l'en-lèveraient. En attendant qu'il se rétablisse, il faut continuer de jeter sa nourriture dans la cuvette, comme si de rien n'était. Vas-tu te décider à manger ton citron, Olivier ? Au moins ça ? C'est un médicament miracle, le citron. Ça devrait t'enlever le mal de cœur. Tante Madeleine en prenait quand elle était enceinte.

J'attends un bébé, tu crois ?

Idiot ! Mange ton citron.

Si Édith mange le sien…

Édith ?

Oublie ça, Adèle…

Quatrième nuit

Adèle et Édith ronflent chacune dans leur lit. Olivier bouge dans le mien. Il est tout en sueur. Il y a tant de lits vides, pour-tant… Et puis, il a encore pissé.

Tu me manques, maman. Toi aussi, Constance. Si au moins notre porte de chambre n'était pas verrouillée…

Adèle est si sûre d'elle. J'ai peur. Elle détestait tellement Lucie. Comme le disait tante Thérèse : *Quand on crache dans les airs, ça finit par nous retomber sur la tête…* Retomber sur la tête… La tête de Marie-Antoinette… ou la nôtre. Il faudra bien qu'on nous annonce bientôt ce qu'on va faire de nous…

Cinquième jour

CETTE NUIT, Monsieur, j'ai découvert qu'il était possible de faire revenir ceux qu'on aime. J'ai rêvé de Jacô. Au début de mon rêve, nous vivions dans la photo, tous les cinq, figés et sans sourire. Nous restions là, pour rien, sans attendre quoi que ce soit. C'était comme ça. Mais il s'est mis à pleuvoir. Ça tombait à verse sur nous. La photo se délavait. Nous nous en sommes échappés, Jacô et moi, et nous sommes allés nous promener au bord du lac Osisko. Alors, il m'a parlé de l'endroit où il vit. Là-haut, tout est bleu, Rose, et ça sent le parfum qui porte ton nom, disait-il. J'ai confié à Jacô qu'il me manquait. Que je trouvais la vie très difficile sans lui. Il m'a dit qu'il n'y avait pas de raison de pleurer plus longtemps son départ, car il revit chaque fois qu'on pense à lui. Je lui ai demandé où il revivait, ainsi, puisque je ne l'ai pas revu depuis sa mort. Il m'a dit : Dans ton cœur, Rose, et dans tes pensées…

Nous avons fait une jolie balade. Jacô avait un tas d'argent en poche. On l'a tout dépensé en boules noires et en *chewing-gum*. Puis il a laissé tomber : Ces gâteries ne te font pas plaisir, Rose ? J'ai murmuré : C'est que je pense à maman… J'aimerais ça qu'elle m'aime. Il a protesté : Elle t'aime, Rose. J'en suis certain… J'ai fait : Oui, mais j'aimerais qu'elle m'aime autant qu'Édith. Qu'elle me serre très fort dans ses bras, une bonne fois, et que ça dure longtemps. Qu'elle me dise aussi : Si tu savais, Rose, à quel point je suis heureuse de t'avoir... C'est ça que je voudrais qu'il arrive, Jacô. Tu comprends? T'es trop sage, m'a dit mon frère. Maman finit par t'oublier. Pourtant, tu n'arrêtais pas de parler avec moi. Tu te souviens? J'ai dit : Oui, mais avec toi, c'était facile... Et lui : Cherche dans ta tête ce qui... Il y a eu un bruit de porte qui se ferme et j'ai perdu Jacô.

J'ai essayé de me rendormir pour entendre la fin de sa phrase, pour lui demander, surtout, quand on reprendrait notre balade au bord de l'Osisko. Mais il y avait trop de lumière dans la chambre. Adèle et Édith ronflaient toujours. Olivier, lui, avait fait pipi au lit. Et mes pieds trempaient dans son rond de pisse.

Je cherche encore, dans ma tête, ce que Jacô a bien pu vouloir me dire au sujet de maman. J'y pense depuis tout ce temps, Monsieur. Si je disais à ma mère — quand je la reverrai, bien sûr : Maman, je t'aime très fort, croyez-vous qu'elle cesserait de pleurer?

Maman disait que si elle avait pu poursuivre ses études, nous n'en serions pas là, aujourd'hui, à crever de faim. Nous serions peut-être nés en Floride, où nous passerions nos journées sur les plages, comme tout citoyen digne de ce nom. La Floride était son grand rêve, Monsieur; elle en parlait souvent. Maman avait même gardé les cartes postales de sa cousine qui, à un moment donné, avait passé toute une année sur les plages de Fort Lauderdale. Mais dans son asile d'aliénés, elle se contente de laisser le temps passer, j'imagine. Elle peut bien aller se promener sur la planète Mars, si l'envie lui en prend; tout est possible quand on a la tête fêlée et qu'on n'a pas un sou vaillant en poche. C'est ce que dit Adèle. Moi, j'ai trop d'amour pour maman pour rire de ses crises de folie. Quand elle était à la maison et qu'elle sentait venir la déprime, elle disait qu'elle aurait dû entrer en religion plutôt que de se marier. Mais puisque vous êtes là, nous jetait-elle, il faut bien que je me fasse une raison! Il y a votre père, aussi, qui prend la taverne pour le bureau d'assurance-chômage. Son temps achève dans cette maison, c'est moi qui vous le dis!

Si maman paraphrasait comme ça, Monsieur, c'est parce que quelqu'un les avait mis au courant, elle et Pat, des mamours de sa femme avec notre père. Même si papa avait juré qu'il n'avait rien à voir avec elle — pas un mot à propos de quelqu'un d'autre —, maman disait en avoir vu d'autres. Le divorce n'est pas seulement pour les Mackoy, avait-elle laissé entendre. Qu'on ne m'apporte pas la preuve que t'as forniqué avec cette grosse vache, parce que là…

Vive le divorce! nous a dit Adèle, quand elle a appris ce qui était arrivé à la femme de Pat. La *guidoune* Mackoy, pire que sa fille, a dit ma sœur aînée. Encore une fois, pardonnez à ma sœur et à ma mère ce langage ordurier. La Mackoy s'était fait mettre à la porte par son mari! À coups de gifles, par-dessus le marché. On ne prend pas une telle nouvelle sans avoir le droit de donner des gifles, en retour. Quand je vous disais que Pat Mackoy avait la main lourde…

J'imagine que tout le monde, sur la rue Perreault, se demande encore où leur fille Lucie a échoué. Certaines personnes disent que Billy serait mêlé à sa disparition. Ce serait une bonne affaire, quant à moi. Billy était constamment porté aux plus viles actions. Une de plus ou de moins… Qu'on le trouve coupable de ce qui aurait pu arriver à Lucie sauverait mon père et Tom, vous comprenez? Mais il y a un problème. Madame Patoine passe toutes ses soirées d'été sur son perron d'où elle a une vue directe sur le lac Osisko. Tard, un soir, elle aurait remarqué Tom en train de retirer, avec des gestes brusques, son tricycle du lac. Elle l'aurait suivi des yeux comme il se rendait à sa remise pour y ranger son tricycle, et l'aurait perdu de vue un moment. Puis, elle aurait aperçu une silhouette semblable qui sortait d'une ruelle, près de la maison de Tom et qui, armée d'une batte, se rendait d'un pas décidé chez Lucie. Elle l'aurait perdue de vue encore une fois, alors qu'elle se faufilait entre deux maisons. Mais elle aurait entendu aussitôt des cris étouffés, puis, plus rien.

Madame Patoine a raconté à la police que même si elle ne pouvait distinguer clairement ses traits, ça ne pouvait qu'être Tom. Même qu'elle était prête à le jurer sur la Bible. Curieusement, Tom, qui boîte affreusement en temps normal, avait la démarche la plus naturelle qui soit… Dites-moi, Monsieur : ça n'aurait pas plutôt été Pat Mackoy qui, armé d'une batte, était à la recherche de sa fille pour lui flanquer la raclée de sa vie ? Madame Patoine l'aurait aperçu justement comme il se rendait chez lui. Supposons qu'il ait frappé Lucie trop fort, cette fois… Facile de faire passer la disparition de sa fille sur le dos du laitier, lui qui aurait eu des dizaines de raisons de lui rendre son dû, à cette peste.

Tom le pied bot est innocent, j'en suis convaincue, Monsieur. Qu'on accuse Billy ou Pat de la disparition de Lucie Mackoy, et qu'on en finisse avec toute cette histoire… Et pardonnez à ma sœur ses calomnies à l'endroit du laitier. En effet, ça pourrait aussi bien être Billy, le coupable. Il a tout ce qu'il faut : pas de parents, rien qu'un vieil oncle, qui s'en soucie autant que de la guerre de Crimée — ça s'est passé il y a plus de cent ans et en terre de Crimée, le nom le dit, au cas où vous ne l'auriez pas lu quelque part —, pas d'ambition, le Billy, pas d'intérêt pour ses frères et sœurs qui vivent chez leurs grands-parents. Rien à voir avec Tom, qui a le sens du devoir, tandis que nous, on a celui de la famille. On ne passe pas une journée sans souhaiter que Dieu nous ramène tous sous le même toit, papa, maman, Édith, Olivier, Adèle et moi, nous aimant les uns les autres tendrement, comme sur les images de la sainte Famille, dans mon petit catéchisme. Billy ne tient à rien de tout cela. Alors, la guillotine ou la potence… Pardon ? Pourquoi est-ce que je prétends que Lucie serait morte ? Je ne fais que répéter ce que les gens disent, Monsieur. C'est tout…

✤

Vous m'enregistrez, maintenant ? Serait-ce que vous ne voulez oublier aucun péché pour les absoudre tous en même temps ? Aucune objection de ma part. Pourrais-je m'entendre quand j'en aurai fini de ma confession ? Tant pis…

Cinquième soir

C'est comme si ça faisait des semaines qu'on est ici. J'en ai ma claque, Rose. Lis cet article, dans l'encyclopédie. C'est écrit qu'on n'a pas le droit de retenir des personnes contre leur gré. On appelle ça : *La Déclaration des droits de l'homme.* Qu'est-ce que tu dis de ça?

Ben… On est des enfants, Adèle. Pas des hommes…

Euh… Ouais… Je n'avais pas pensé à ça. Laisse-moi chercher encore, dans l'encyclopédie.

Peut-être papa va-t-il revenir, Adèle? Il faut toujours espérer, tu le dis toi-même…

Papa a toujours tenu à sa liberté, Rose, mais t'as raison : nous devons croire qu'il viendra nous sortir d'ici. Demande à l'enseignant quand est-ce qu'il m'interviewera, sinon…

Il m'a dit qu'on n'en avait plus pour longtemps. Il nous laissera voir maman quand Olivier sera guéri de son scorbut. Ça s'attrape, qu'il a dit…

Tu lui as raconté qu'Olivier était malade?

Euh… ça m'a échappé, Adèle…

Il va mettre son nez dans nos affaires! Tu ne pouvais pas garder ta langue?

Ben… y' fera pas… *il ne fera* pas examiner Olivier maintenant, parce que… euh…

Parce que quoi?

Je lui ai dit qu'il avait vomi juste une fois. Il a répondu que ça pouvait être le changement de nourriture. En tout cas, il va nous garder encore quelques jours.

Pourquoi?

Pour s'assurer que ce n'est pas le scorbut qui s'installe, je présume. Il ne faudrait pas qu'on contamine toute la ville, tu comprends? Ils ont le droit de mettre les gens en quarantaine, dans ce temps-là. Ils ont la loi pour eux, tu l'as toi-même lu dans l'encyclopédie.

Ouais… Tu sais ce que je pense, moi? Les autres, je n'en ai rien à faire. Si on peut sortir d'ici, on va retrouver maman et s'enfuir en Floride avec elle. On dira aux citoyens de Rouyn et de Noranda : Mangez tous un char de marde! Brûlez comme Sodome et Gomorrhe! On n'en a rien à fiche… Hein, Olivier? Tu peux répéter ce mot. Je te l'ai déjà permis. Va! dis-le!

Oui, Adèle. On leur dira : Mangez tous un char de marde!

Regarde Rose : ça fait rire Olivier…

Ça va mieux, Olivier?

Oui, Rose. Quand je ris, je me sens mieux.

Cinquième nuit

Adèle, Édith et Olivier sont chez Reily à y regarder Al Capone.
Moi, j'ai préféré rester à la maison. J'ai mal à la tête. Je dessine à la
table. Je dessine une maman et sa petite fille. Maman, c'est toi?
Oui, Rose… T'as déjà fini de travailler? Oui, ma belle. Oh!
maman, enlève vite ton tablier, sers-toi un thé et viens t'asseoir près
de moi! Tout de suite, ma petite Rose chérie. Hum! Tu dessines de
mieux en mieux. Ça te gêne que je te dise ça? Oui, maman…
Regarde-moi dans les yeux, Rose… Je ne peux pas, maman. J'ai une
boule dans la gorge qui m'empêche de te dire… Me dire quoi? Que
je m'applique exprès pour toi… Regarde, Rose chérie : je pose ma
main sur la tienne, qui tient la craie de cire et je guide ton trait de
dessin. Là… c'est comme ça qu'on dessine des yeux. Tiens, ma belle
fille d'amour, voilà une grosse bise pour toi…

J'ai chaud. J'espère que maman ne s'en rend pas compte. Qu'est-
ce que je dois faire? Lui dire merci? Lui faire une bise à mon tour?
Je veux lui dire : Je t'aime, maman, mais ça ne sort pas, à cause du
blocage dans ma tête… Est-ce que Lucie Mackoy a craché sur ton
pourboire, aujourd'hui? Oui, Rose, et ça m'a mise drôlement en
colère. Mais elle ne crachera plus jamais de sa vie. J'y ai veillé…

Je continue à dessiner. Je crois que je suis en train de rougir.
Maman me regarde. En silence, mais avec un sourire tendre de
maman. Elle est belle. C'est ma mère à moi. Elle travaille fort
pour nous garder avec elle. J'ai son nez, a dit une fois tante
Thérèse. Et ses lèvres. J'ai les yeux de papa, qu'elle m'a dit aussi,
mais moi, je ne trouve pas…

Viens là, Rose, ma belle. Viens dans mes bras, que je te berce.
Ça fait si longtemps que je ne t'ai pas prise… Tu ne me prends
jamais, maman… Je sais. C'est pourquoi je suis rentrée plus tôt.
Pour être seule avec toi. Édith est si possessive, ça la rendrait
jalouse… Édith voudrait te garder uniquement pour elle, maman.
T'as raison, Rose…

Maman me serre très fort dans ses bras. C'est extraordinaire. Je voudrais mourir contre son cœur. C'est si doux, la peau d'une maman. Je sens son souffle chaud sur ma joue.

Chante-moi une chanson, maman…

J'étais heureuse, au logis maternel.
Un soir, j'avais à peine mes quinze ans,
J'ai connu l'amour d'un joli garçon, tel,
Que son cœur j'ai préféré à ma maman…
Trop tard, j'ai regretté cette folie.
Que ne donnerais-je pour retrouver ses bras?
Je donnerais mon cœur, toute ma vie,
Pour entendre sa voix, me dire tout bas :
Mon enfant, je te pardonne.
Reviens vite auprès de moi.
Reviens vite que je te donne
ce doux baiser d'autrefois…

Cette chanson est si triste. Quand maman la chante, c'est comme si elle regrettait de nous avoir mis au monde. Mais elle me donne des tas de bises sur le front… Elle me dit : Ne raconte jamais à Édith que je t'ai prise dans mes bras. Elle serait furieuse et je serais très en colère contre toi. Jure-le! Maman sort la Bible, la dépose sur la table, et répète : Jure-le! Rose… Je dis : Je le jure, maman… J'entends une porte qui claque, des ronflements à mes côtés, la lumière est forte sur mes paupières, mes pieds trempent dans un rond de pisse et je perds maman. Quand me permettra-t-on enfin d'aller la voir?

Sixième jour

EST-CE QU'IL VOUS ARRIVE de porter un petit col blanc? Un col roulé? C'est pareil, je présume. Ça enregistre? Bon. Quand j'ai eu mes neuf ans, Adèle a dit : On va fêter ton anniversaire, Rose. Sans Jacô, c'est vrai, mais un anniversaire, ça doit se fêter… Nos parents étaient absents. Mais ça… J'aurais quand même aimé avoir mon grand frère avec nous. Je lui aurais laissé souffler mes chandelles, mais c'était ainsi : Jacô n'était plus là. C'est ça, la mort.

Pas besoin d'Édith pour me le faire comprendre. Adèle a fouillé dans la bourse de maman et lui a pris une pièce de dix sous, pour m'acheter un gâteau Jos-Louis. J'ai été surprise de son geste, mais je n'ai rien dit, vu que c'était pour une bonne cause. Adèle a piqué huit brins d'herbe sur le Jos-Louis, les a allumés, j'ai voulu les souffler, mais le feu a pris dans mes cheveux, et j'ai crié : MAMANNNNNN! Adèle m'a lancé un verre d'eau au visage, Olivier a applaudi et s'est tordu de rire, et ma fête était terminée. J'ai pleuré. L'eau me dégoulinait sur les joues et j'ai dit à Adèle : Pourquoi des brins d'herbe, aussi? Elle m'a répondu : Faut faire avec ce qu'on a. Cesse de pleurer. On se reprendra l'an prochain. Cette fois, ce sera si merveilleux que tu t'en rappelleras toute ta vie… Adèle m'a serrée dans ses bras et m'a dit : C'est l'intention qui compte, Rose… Elle m'a bercée. Ça pouvait avoir l'air idiot de me faire bercer par ma sœur, Monsieur, mais ça m'a fait du bien de savoir que je comptais pour quelqu'un.

Adèle a fini par me dire : Ta fête ne sera pas complètement ratée. Venez, vous autres! On va regarder Al Capone chez Reily…

Vous connaissiez sans doute Al Capone bien avant que je vous en parle, n'est-ce pas, Monsieur? Vous avez même dû, en prière, bénir ses bonnes œuvres. À mon avis, les êtres charitables ne devraient jamais mourir.

C'était le mardi que Capone passait à la télé. Avec ses frères, il pillait des banques, posait des bombes, mais faisait surtout le trafic d'alcool. Les bonnes œuvres, ça ne tombe pas tout cuit du ciel, vous savez. Eliot Ness n'y pouvait rien : Dieu était avec Capone. C'était notre émission préférée, sauf que ça venait long de regarder Capone sans le son. Le jour de ma fête ratée, j'ai demandé aux miens : Pourquoi on ne va pas l'écouter chez Tom? Cet idiot? m'a répliqué Adèle… Déjà, Monsieur, ma sœur avait du mépris pour le laitier. Et c'était bien avant l'affaire de Lucie Mackoy. Vous voyez où je veux en venir?

Tom comprend beaucoup plus de choses que tu ne le penses, je lui ai dit.

Justement! a fait Adèle — je change ma voix, Monsieur, pour vous montrer quel ton ma sœur peut prendre pour nous soumettre à sa volonté :

Il doit surtout se rendre compte que t'as une petite craque toute fraîche dans ta culotte. C'est un vicieux, ce bonhomme. Madame Patoine, qui n'a rien d'autre à faire que de passer son temps sur le perron, à surveiller les allées et venues du laitier, ne le laisserait même pas entrer chez elle, c'est moi qui te le dis. Je te défends d'y retourner!

Madame Patoine dit n'importe quoi, tu le sais, Adèle.

Peut-être. Mais quand il s'agit du laitier, je la prends au sérieux…

…

Tom ne ferait jamais de mal à qui que ce soit, Monsieur. Il a dû naître sans savoir qu'il pourrait être méchant, s'il le décidait.

J'ai rêvé que j'apprenais son métier. C'est bête comme ça, les rêves. Tout de suite après l'école, je sautais sur le marchepied de son tricycle. Dès qu'il s'arrêtait devant la porte d'un client, je courais y déposer les pintes de verre. À deux, on faisait un tas d'argent. Il en gardait la plus grande partie puisqu'il fournissait le tricycle et la clientèle. Grâce à mon travail, on pouvait de nouveau se procurer notre nourriture, chez Roy Marketteria, sans se faire regarder de travers, vu que j'avais remboursé tout le crédit qu'on avait chez cet épicier. Adèle admettait qu'elle s'était trompée, sur le compte de Tom, et elle se rendait chez lui faire ses excuses. C'était un beau rêve, qui avait plein de bon sens, je trouve. Dès que je sortirai d'ici, j'irai en discuter avec le laitier.

Ça me fait du bien de vous raconter tout ça. J'en ai tellement gros, sur l'âme, que je sens que je vais défaillir d'une crise cardiaque massive aiguë, si je garde plus longtemps le silence. Vous me suivez? Avec l'encyclopédie qu'on doit apprendre par cœur, je crains parfois de dire des choses sans allure. Vous me corrigeriez, si je me fourvoyais dans les difficultés de la langue, n'est-ce pas? Vous ne me laisseriez pas me ridiculiser devant vous?

J'en reviens à Al Capone. Après l'émission, on est rentrés. Il était tard, mais c'était ma fête. Maman est rentrée à son tour, au matin, puis papa. J'ai fini par m'endormir. J'ai fait un cauchemar qui me donne encore des frissons.

Maman était seule, au restaurant, avec Lucie qui lui lançait au visage des crachats gros comme des couvercles d'égouts. C'était par un bel après-midi d'été. Le soleil écrasait la ville comme celui de Fort Lauderdale et tout Rouyn se baignait au lac Kiwanis, la craque et la bite à l'air. J'y étais moi aussi. Sur la plage, je suis allongée sur le ventre, au bord d'un grand trou juste au-dessus de l'enfer, et je regarde maman y souffrir. Je la vois au milieu de longues flammes. Elle va y passer l'éternité pour avoir étranglé Lucie Mackoy. Elle lève la tête en ma direction et me tend la main, avec un regard suppliant. Mais je reste là, sans réagir, à cause du blocage, dans ma tête. J'attends qu'elle me dise : Je t'aime, Rose, encore plus qu'Édith... Je me trouve méchante d'agir ainsi. Mais j'attends toujours ces mots de maman, des mots qu'elle ne dit pas, pendant que les flammes lui noircissent les jambes. On dirait une grosse guimauve sur un feu de braises mouvantes. Elle s'y enfonce, lentement. Quand je me réveille, je suis toute en sueur et je sanglote. Je me sens perdue. Adèle me rassure : Calme-toi, Rose. Tu rêvais…

Je refais souvent ce rêve, Monsieur. Cette nuit, je n'ai pu me rendormir. Je suis restée à l'écoute. Il me semblait avoir entendu maman m'appeler.

C'est bien à l'hôpital qu'on a enfermé ma mère ? La crise qu'elle nous a faite, le jour où les deux hommes sont venus nous séparer d'elle… Ce n'était pas joli… Quand nous laissera-t-on la voir ? Rien qu'une heure ? Peut-être ma mère est-elle en train de mourir de chagrin ? Elle nous réclame sûrement auprès d'elle. Même si elle ne me porte pas beaucoup d'attention, c'est ma mère et je l'aime quand même. Je ne suis pas têtue comme Adèle, traîneuse comme Édith ; je ne gaspille pas des moitiés de tartines comme Olivier, quand on sait que la confiture aux fraises coûte si cher, et je suis perspicace, comme dit l'oncle Nicolas. Quand j'analyse tout ça, je me dis que maman finira bien par se rendre compte que je suis une fille très sage. Un jour, elle le découvrira et elle m'aimera. J'en ai la certitude.

❦

J'ai une petite faim qui s'annonce. On se revoit demain ? J'allais oublier que ça me prend diverses vitamines, pour me sentir en pleine performance de santé. Il y a la B qui sert à… si Adèle me voyait hésiter, ah la la ! Il y a, je crois, autant de vitamines que de lettres de l'alphabet. Vous le saviez, c'est sûr. Les citoyens font de hautes études. Adèle nous a donné un bon truc pour nous rappeler à quoi sert chaque vitamine. Par exemple, la vitamine A sert aux articulations. A pour articulation, vous comprenez ? La vitamine B permet de parler sans hésiter. B pour bégayer, vous saisissez ? La vitamine Z, c'est pour ceux qui zézaient, j'imagine. Comme madame Patoine… Si seulement il existait une vitamine pour rendre toute sa raison à notre mère…

Sixième soir

Qu'est-ce que t'as, Rose?
Rien…
T'as pleuré.
Non.
Il t'a touchée? Il t'a fait du mal?
Non.
Il t'a obligée à parler?
Non!
Alors… Parle!
Je m'ennuie de maman, c'est tout…
Viens que je te berce… Là. Dors, je suis là. Ne pleure plus.
Papa fera un homme de lui et il nous sortira bientôt d'ici, je te le
promets.

Sixième nuit

Cesse de pleurer, Rose, et viens dans mes bras.
Tu ne dors pas, Adèle?
Non, je réfléchis.
À quoi?
À un moyen de sortir d'ici.
Apprends-moi le *Notre Père*, Adèle.
Pourquoi, Rose? Tu ne l'as pas appris en classe?
Oui, mais j'en oublie toujours des bouts.
Pourquoi me demandes-tu ça, ce soir?
Je n'en peux plus.
T'as raconté nos secrets à l'enseignant?
Non. Mais je suis si fatiguée d'inventer… Apprends-moi la
prière, juste au cas…
Au cas où quoi?
Où il arriverait malheur à maman ou à l'un de nous…
T'as oublié que Jacô nous protège, désormais?
Non. Mais je voudrais mettre toutes les chances de notre côté.
Alors, répète après moi: *Notre Père qui êtes aux cieux…*
Notre Père qui êtes aux cieux… Jacô est aux cieux, Adèle?

Sûrement, Rose. Aux cieux et avec nous. *Que votre nom soit sanctifié, que votre règne arrive, que votre volonté soit faite sur la terre comme au ciel.* Répète !

Que votre nom soit sacrifié, que votre règle arrive...

On dit : *Sanc-ti-fié* et *rè-gne,* Rose ! Continue.

Que votre volonté soit faite sur la terre comme au ciel... Ça veut dire quoi ?

Ça veut dire... heu... Que lorsqu'Il a décidé qu'une chose doit être faite, elle le sera et qu'il ne sert à rien de s'obstiner. Tu comprends ?

Pas tout à fait. Ce qui est arrivé à Jacô, c'était la volonté de Dieu ?

Je ne sais pas. *Donnez-nous aujourd'hui notre pain quotidien, pardonnez-nous nos offenses comme nous pardonnons à ceux qui nous ont offensés.* Répète !

Donnez-nous aujourd'hui notre pain quotidien... Qu'est-ce que ça veut dire ?

Ça veut dire à tous les jours.

Des croûtes, ça fait pareil ?

Des croûtes, c'est aussi du pain, même si un citoyen ne s'abaisserait pas à en manger. Continue !

Pardonnez-nous nos offenses... Dis-moi, Adèle, est-ce qu'on peut toujours pardonner à quelqu'un ?

Non, Rose. Des fois, le mal qu'on nous a fait est trop grand. *Ne nous laissez pas succomber à la tentation...* même si parfois c'est presque impossible. Répète !

Ne nous laissez pas succomber à la tentation, même si parfois...

Oublie la deuxième partie de la phrase, Rose. Je pensais tout haut. *Délivrez-nous du mal. Amen* !

Délivrez-nous du mal.

Amen ! Rose. C'est très important de l'ajouter, sinon ta prière ne vaut pas une claque.

Amen !

Tu sais le *Notre-Père,* maintenant. Ne te gêne pas pour le réciter chaque fois que tu te poses ce genre de questions. En cours de religion, Sœur Marie-de-l'Incarnation disait qu'on ne prie jamais assez. L'enfer est pavé de gens qui ne trouvent pas important de le faire. Alors, il faut prier, si tu veux être entendue. Comme nous ne sommes pas orphelins, il n'y a pas de raison qu'on ne nous rende pas à nos parents…

Mais on a volé, Adèle. On a aussi…

Cesse de te tourmenter.

Ils nous traitent comme si on était des criminels. Comme si l'orphelinat était une prison…

Ça n'existe pas, Rose, des orphelinats-prisons. On ne met pas en prison des gens qui agissent au nom de l'honneur. Encore moins quand il s'agit d'enfants.

Pourquoi pas? On l'a vu dans un film de guerre…

C'était dans un camp d'extermination. Les chambres à gaz, les fours à crémation n'ont jamais existé au Canada, rassure-toi. Je n'ai rien lu de tel dans l'encyclopédie. C'était juste un film, Rose. Tu dois faire la différence entre un film et la réalité, tu comprends?

T'as déjà vu un orphelinat avec des fenêtres impossibles à ouvrir, Adèle?

Écoute, quand tu veux apprivoiser un animal sauvage, qu'est-ce que tu fais? Tu l'enfermes dans une cage, n'est-ce pas?

Et alors?

Fais un effort de réflexion, Rose. Tu devras garder l'animal le temps qu'il apprenne à te faire confiance, c'est-à-dire suffisamment longtemps pour lui ôter l'envie de prendre la poudre d'escampette, dès que tu lui ouvriras la porte.

On n'est pas des animaux!

Non, mais les Beaudet ont fait des choses au nom de la dignité, ça fait vingt fois que je te le répète, des choses qui n'ont pas plu aux citoyens. Peut-être veulent-ils nous garder ici jusqu'à ce qu'on se plie à leurs règles.

Quelles règles?

Ils ne feront pas de nous des soumis, t'entends?

J'entends, Adèle. Mais pourquoi voudraient-ils qu'il en soit ainsi?

Le monde est ainsi fait. Tant qu'il y aura des citoyens, Rose, il y aura des gens de notre rang pour les servir.

C'est clair, cette fois, Adèle, et je ne laisserai pas l'enseignant me dicter ses règles.

Bien, Rose. Tourne ta langue sept fois dans ta bouche, demain, et n'oublie pas les citrons.

Non, Adèle.

Dors. Je suis là. T'es ma petite sœur et je prendrai toujours soin de toi.

Qu'est-ce qu'elle a, Édith ?

Ne t'occupe pas d'elle. Elle a dit qu'elle fera la grève de la parole tant qu'on nous gardera ici. Ça me fait du bien, je te l'avoue.

Va chier ! Adèle.

Ta grève de la parole, Édith, qu'est-ce que t'en fais ?

Va chier !

Va chier toi-même !

Je t'aime, Adèle.

Moi aussi, Rose.

Septième jour

Oui, j'ai assez bien dormi, Monsieur. Mais j'ai ruminé... pardon... j'ai réfléchi une bonne partie de la nuit. Il y a plein de clarté dans ma tête, ce matin. Voilà : je me plie à toutes vos règles si vous nous laissez partir ensuite. Ma mère a servi des citoyens toute sa vie, au restaurant, et ce n'est pas si terrible que ça, finalement. La soumission aux autres, j'en connais un bout. Que ce soit Adèle ou Édith qui me dictent leurs volontés, qu'est-ce que ça change? Je n'aime pas les disputes, Monsieur, et je ne connais qu'un seul moyen d'avoir la paix, dans la vie : baisser la tête, me mêler de mes affaires, et dire oui. Je vous demande de respecter cette règle, à votre tour : *Péché avoué est aussitôt pardonné.* Vous vous rappelez? Vous êtes prêtre. Vous devez vous soumettre à cette parole de la Bible, je présume...

Ma mère... Depuis que la relation de papa avec la citoyenne Mackoy avait été étalée au grand jour — les lettres de chantage à notre père et la disparition de Lucie, ça allait venir beaucoup plus tard —, maman avait changé. Elle aimait bien porter les jolies robes de sa sœur quand elle sortait. Il n'était pas question de lui adresser la parole si, par hasard, on la rencontrait en ville. Il ne fallait surtout pas nous approcher d'elle avec nos vêtements des

autres, nos espadrilles trouées à travers lesquelles nos orteils prenaient du soleil. Si on ne pouvait faire autrement que de la croiser,
on lui disait : Bonjour Madame. C'est la première fois qu'on vous
rencontre en ville. Vous aimez notre coin de pays? On mentait de
mieux en mieux, Monsieur.

Ça va, nous disait maman. N'en mettez pas trop!

Quand il faut faire croire que notre mère n'est pas notre mère,
Monsieur, quels mots faut-il employer?

Un soir, croyant que nous dormions, elle a confié un très gros
secret à sa sœur. Mais ça doit rester entre toi et moi, Thérèse,
qu'elle lui a dit. Il y a eu des mots qu'on n'a pas entendus, mais,
gromo sodo, maman rêvait de rencontrer un homme riche qui la
demanderait en mariage. Alors, elle divorcerait de papa. J'ai de la
classe, Thérèse, lui disait-elle. Je n'ai pas l'intention d'être serveuse
toute ma vie, ni de faire vivre un flanc-mou.

En attendant de devenir des citoyens grâce à maman, il fallait
bien prendre notre sort en main. Des secrets bien à nous, on en
avait des tas, Monsieur. Très tôt le matin, dès qu'elle quittait la maison pour son travail, que notre père était parti à la recherche d'un
emploi — il nous avait promis que, bientôt, on cesserait de tirer
notre chariot vers l'hôpital — ou en quête d'une femme à enjôler
— qu'est-ce qu'on en avait à péter? —, on se mettait aux actions
criminelles, Monsieur. Par exemple, en douce, on récupérait les six
pintes de lait que Tom avait déposées sur les marches d'escalier des
Patoine, avant qu'ils mettent le nez dehors.

La première fois qu'Adèle nous en a parlé, il y a eu tout un
vacarme dans ma tête. Ma sœur m'a demandé : Qu'est-ce qu'il y
a encore? Je lui ai répondu : *Qui vole un œuf...* Ouais, ouais! a
fait Adèle. Et alors? Rien, j'ai dit... Tu rougis! a-t-elle répliqué.
Tu t'en fais encore pour Tom le pied bot? Ce n'est pas bien de lui
voler son lait, que je lui ai fait remarquer. Écoute, Rose, a repris
Adèle, ce n'est pas à Tom qu'on le prend, mais aux Patoine. Ils le
laissent traîner sur leurs marches d'escalier comme s'ils souhaitaient qu'on les en débarrasse. *Qui tente les autres, partage le péché
avec eux.* N'oublie jamais ça. De toute façon, Tom est payé pour
en faire la livraison, point! Cesse de penser à lui. Ce qu'on fait ne
lui enlève rien, crois-moi.

J'ai pris quelques secondes pour me calmer et pour analyser ce qu'Adèle venait de me dire. Je me suis aussi rappelé la fois où monsieur Patoine nous avait crié des bêtises par la tête, parce qu'on s'apprêtait à récupérer la bicyclette qu'il venait de jeter aux poubelles. Nous voyant nous en approcher, il en avait retiré les roues, avant de la retourner sur le trottoir. Alors, je me suis dit, Monsieur : Tant que nos actions ne feront pas de mal à Tom, ça peut aller. Et puis, il faut bien boire du lait, de temps en temps, pour le calcium et les vitamines qu'il contient. Adèle dit que ce n'est pas parce qu'on est sans argent que des os et des dents, on en a moins que les autres. C'est la graisse qui nous manque, à nous, les enfants Beaudet, pour nous garder au chaud pendant l'hiver. Regardez mes bras, Monsieur, et mon ventre. Mais, *faute de grives*, disait maman…

Adèle s'était braquée à la fenêtre de la cuisine, les lunettes d'approche de papa en main, pour faire le guet au cas où un voisin curieux surprendrait notre manège. Adèle dit qu'en prison, on ne sert que des croûtes de pain et de l'eau aux prisonniers. Elle l'a vu chez Reily et, tant qu'à s'y retrouver un jour pour avoir volé le lait des autres, autant valait se faire des forces pour faire face à l'éventualité.

Ce matin-là, on a pris une minute et quinze secondes pour récupérer le lait des Patoine, puis le retourner sur une marche de leur escalier après l'avoir trafiqué. Le lendemain, une minute. Le jour suivant, Adèle a mis en route le chronomètre de la cuisinière et nous a dit : Chez Reily, Al Capone et ses frères mettent cinquante-huit secondes à ouvrir un coffre-fort, y piquer les billets de banque, les remplacer par des billets de Monopoly et s'enfuir avec leur magot. On est capables de faire comme eux. Il suffit d'y mettre du nôtre.

Édith est sortie. Par la fenêtre, on l'a vue récupérer, en quatrième vitesse, les pintes de lait des Patoine. La main sur la poignée de la porte, Olivier s'est préparé à recevoir Édith au moment où Adèle lui crierait : Vas-y! Ouvre, bon sang de bon sang!

Mon cœur battait très fort : Boum boum boum! Édith est rentrée en trombe avec les pintes de lait. Olivier a sauté sur la caissette et en a sorti les contenants de verre. Nous nous sommes empressées, Édith et moi, d'enlever les petits cartons qui en bouchaient les goulots. On a déposé quatre verres sur la table, bien alignés. Notre frère a vidé, dans chacun, du lait jusqu'à la hauteur de son petit doigt, tout en prenant soin de récupérer la crème qui flottait sur le dessus. Adèle nous a dit de faire plus vite. La quantité de lait et de crème qui manquait dans chaque pinte devait vite être remplacée par de l'eau. Pendant que j'observais Olivier, je revoyais Al, Frank et Ralph Capone qui, dans la ruelle derrière le bar *Little Joe,* transvasaient dans de minuscules bouteilles un liquide hautement explosif. J'ai revu clairement les gestes posés et leur front en sueur, pendant l'opération. Cette nuit-là, où la chaleur de Chicago était si écrasante que même les chats n'en avaient rien à péter des rats qui leur passaient sous le museau, le quartier général des *Fédéraux* a volé en l'air, dans un éblouissant feu d'artifice. Mais, attention ! Le lendemain, les chômeurs de Chicago étaient invités à un grand festin au comptoir de nourriture gratuite. Maman disait : *À quelque chose, malheur est bon.*

Ce n'était encore que du lait crémeux que nous transvasions dans nos verres. Mais Adèle nous a dit qu'un jour, nous aurions peut-être la chance d'y verser autre chose que la crème des Patoine. Nous ferions sauter toutes les banques de la ville. Nous pillerions leurs coffres-forts des liasses de billets qui y dormaient, avec les bijoux, les lingots d'or et tout et tout. Faute de devenir des citoyens de la meilleure classe, nous deviendrions des bandits notoires, Monsieur. Nous pourrions faire vivre dignement notre mère. Et notre père aussi, pourquoi pas ? Malgré ses nombreux péchés de luxure, Marie-Madeleine n'a-t-elle pas eu droit à la compassion du Seigneur ? Avec tout ça, nous tiendrions le monde à nos pieds. La cuisinière de l'hôpital exécuterait nos ordres dans la plus grande soumission. Elle nous remercierait, depuis l'aube jusqu'au coucher du soleil, pour les miettes de pain rassis que nous lui jetterions.

Édith a remis en place les couvercles de carton pendant qu'Adèle, de nouveau à la fenêtre, nous a lancé : Plus vite ! Vous croyez que Capone mettrait autant de temps à faire un simple transvasement de crème? On a retourné les pintes à leurs propriétaires, en espérant qu'on pourrait le refaire, le lendemain, sans se faire embêter.

Cinquante secondes à peine pour l'opération! nous a dit Adèle. Al serait en admiration devant nous tous. Eliot Ness peut aller se faire voir! On est les plus forts.

On a bu notre lait, qu'on avait auparavant dilué avec de l'eau pour en faire plus et on s'est dit qu'en prison, Monsieur, on aurait au moins le droit de partager la même cellule. Ça aussi on l'a vu chez Reily. Adèle a dit : Manger des croûtes, matin, midi et soir, qu'est-ce que ça pourrait faire, du moment qu'on reste toujours ensemble et qu'on garde nos parents et nos secrets pour nous?

Moi, c'était de boire du lait qui me rendait joyeuse, Monsieur. La crème qui me restait sur les lèvres, après chaque gorgée, c'était comme un baiser donné sur le front par quelqu'un en qui j'aurais eu confiance. Comme la fois où je m'étais fait une bonne entaille au genou. Adèle m'avait accompagnée à l'hôpital. Une dame en blanc avait désinfecté ma plaie en me disant : J'y vais en douceur, ne t'inquiète pas. Elle m'avait fait un tel sourire que j'espérais qu'elle me désinfecte le genou toute la journée. C'est gênant de vous l'avouer, Monsieur, mais il y avait, dans son regard, une drôle de flamme qui me réchauffait. J'ai compris, ce matin-là, ce que ça voulait dire se faire aimer de ses parents. J'ai envié Lucie Mackoy pour toutes les marques d'affection qu'elle recevait de sa mère, parfois devant tout le monde, en plus. C'est mal d'envier les autres, je le sais, et j'en demande pardon à Dieu.

Le désinfectant chauffait, mais je ne voulais pas me plaindre. J'avais peur que la dame s'en retourne ou que disparaisse, dans ses yeux, la belle flamme. Le docteur a soigné mon bobo, puis la dame est revenue. Elle m'a dit que j'étais brave, que même des grands auraient pleuré à ma place, puis elle m'a déposé ce fameux baiser sur le front. C'était chaud, c'était doux, et ça m'a fait rêver, ce soir-là. J'ai rêvé que c'était elle ma mère, que je lui apportais des fleurs, qu'elle me disait que j'étais la plus gentille petite fille de toute la ville de Rouyn. Oui, c'était ma vraie mère et, chaque fois que je lui offrais un présent, elle me faisait un grand sourire et m'enlaçait tendrement. Avant de la quitter, je l'ai regardée. Elle m'a dit : À la prochaine, ma belle! Je n'ai pas trouvé les mots pour lui dire que je la trouvais plus gentille qu'une vraie maman. J'en ai très honte, aujourd'hui, croyez-moi.

Chaque fois que je lèche la crème qui m'est restée sur les lèvres, après avoir calé tout mon verre de lait, je pense à cette femme au si beau sourire. Je me fais croire que la prochaine fois que je ferai une chute, ce sera suffisamment grave pour qu'on me garde à l'hôpital toute une année et que la dame puisse revenir me serrer dans ses bras. Aussi longtemps que j'en ressentirai le besoin… Oubliez ce que je viens de dire. Ce n'est pas comme ça qu'on doit parler, quand on tient à sa mère. Je m'en repens du plus profond de mon âme. Je la veux blanche, Monsieur, je vous l'ai dit. Je ne voudrais pas être condamnée à tirer le chariot jusqu'en enfer, vous comprenez? Je regrette d'avoir voulu échanger ma mère pour l'autre. Est-ce d'avoir pensé de pareilles choses qui a pu conduire maman dans une maison de fous?

Mais je ne suis pas toujours méchante, Monsieur. La preuve : un matin, je me suis levée avant maman. J'ai sorti une assiette et une tasse de l'armoire et les ai déposées sur la table. Puis j'ai fait bouillir du thé. J'ai envoyé dans le grille-pain deux croûtes du sac que maman rapportait du restaurant tous les jours, puis je les ai tartinées d'un peu de graisse et de sel pour imiter le goût du beurre. Un jour, on en aura, nous aussi, à cause du proverbe qui dit : *Tout vient à point à qui sait attendre.* Puis, de ma chambre, j'ai guetté le réveil de maman. Quand elle a vu le repas sur la table, elle a tourné la tête en ma direction et a murmuré : Viens ici, Rose… J'ai sursauté, mais je suis allée vers maman. Elle m'a regardée avec la douceur de la dame en blanc, m'a frotté les bras pour me les réchauffer et m'a dit : Ça ne m'étonne pas de toi, ma belle… Je l'ai regardée manger. Elle m'a dit : C'est très bon, Rose.

Il m'a pris une grosse envie de pleurer, Monsieur.

Va te recoucher, maintenant, m'a dit maman. Il est encore très tôt. Je dois aller travailler.

Je suis retournée au lit. Je me suis répété : C'est très bon, Rose. Ça ne m'étonne pas de toi, ma belle. Je me le suis répété jusqu'à ce que je tombe de sommeil. Maman ne m'a pas dit qu'elle m'aimait, mais ses mots ressemblaient à ça. Pendant toute une semaine, j'ai senti la douceur de ses mains sur mes bras. Je crois qu'elle a compris que je l'aimais. Qu'en dites-vous?

Je n'ai pas pu lui refaire à déjeuner parce qu'elle s'est mise à travailler la nuit et à se nourrir au restaurant, avant de rentrer, mais j'ai cherché un autre moyen de la surprendre et de la faire sourire. J'y pense très fort, encore. Je crois que je vais lui faire le dessin d'une petite fille dans les bras de sa mère… enfin, si je peux le lui remettre. Vous avez remarqué? Je viens de dire *si*… Les *si*, chez nous, vont avec les mots : Oubliez ça, les enfants… Vous vous rappelez? Peu importe. *Si* jamais je peux aller visiter ma mère à son asile, elle va sûrement comprendre que j'ai besoin d'elle. Elle va retrouver sa tête et nous reprendre avec elle. On cherchera un logement, elle recommencera à travailler, et on sera enfin heureux. Je lui dirai que je ne veux plus être séparée d'elle. Que j'en ai assez de me faire commander par Adèle et me faire enlever mes choses par Édith; de ramasser le désordre d'Olivier; de rester enfermée ici et de me confesser à vous sans savoir *si* vous nous laisserez sortir, par après, et de rêver de rejoindre Jacô, dans sa photo. Si maman peut le comprendre et prendre sur elle… Je vais aussi dessiner un papa qui va au travail pour faire vivre ses enfants. Je ferai remettre le dessin au propriétaire de la taverne, en lui demandant de le remettre à son tour à notre père — si jamais papa revient dans le coin. Quand il le verra, il ne pourra faire autrement : il comprendra. Il trouvera un travail, une jolie maison, puis il viendra nous libérer après avoir fait sortir sa femme de l'asile. Tout s'arrangera et maman dira que j'ai bien fait de montrer à tout le monde le fond de mon cœur.

Si Dieu le veut, Monsieur, et *si* on finit par nous écouter…

Septième soir

Ils m'ont donné des tablettes de chocolat et du *chewing-gum* pour nous quatre. T'en veux, Olivier?

Non, Rose. Adèle dit qu'ils vont réussir à nous apprivoiser, si on accepte leurs cadeaux.

T'adores le *chewing-gum*, d'habitude... Toi, Édith?

Pas question.

Je veux sortir d'ici! Dis-le à l'enseignant. Maman nous a peut-être déjà oubliés, à l'heure qu'il est.

Je le lui dirai, Olivier. T'as encore mal au cœur?

Des fois... Je l'ai attrapé, le jesorspus.

Montre-moi tes gencives...

Hannnn...

Non. Elles sont comme avant. Tu vas peut-être l'éviter. Tu manges ton citron?

Non...

Jette ces friandises, Rose.

Pourquoi, Adèle?

Tu n'as rien compris de ce que je t'ai expliqué plus tôt? Qui nous dit qu'il n'y a pas un produit, là-dedans, pour nous endormir l'esprit et nous faire parler? T'as jamais vu ça, à la télé?

Pardonne-moi. Voilà! Je les jette. T'es contente?

Ne me parle pas sur ce ton et ne me regarde pas avec cet air-là non plus!

...

Septième nuit

Tiens, l'oiseau est là. Il revient souvent nous voir... Peut-être fait-il la même chose avec maman? Bon, il s'envole! Encore une fois. Dès que je sors de mon lit, ça ne manque pas. Si je pouvais ouvrir cette fenêtre et l'apprivoiser... Pour pouvoir lui mettre à la patte, ce message que j'ai écrit pour maman...

Maman... dis-moi, ça va mieux?

C'est toi, maman? Mais... tu n'as plus de bouche! Est-ce que ça veut dire que tu n'as pas le droit de nous parler? Quoi? Je suis en train de rêver? Avec des *si*, on va à Paris... Avec des *si*, on va où? Droit à la guillotine?

Constance? Constance! Lâche l'oiseau. Ne fais pas ça! C'est *moi* qui commande, ici.

Huitième jour

OUI, JE VEUX BIEN VOUS PARLER de papa. Un peu. Enfin… pour les fois où on l'a vu, du temps de la mère Mackoy et de sa fille. Ça veut dire : pas beaucoup. Toujours rendu chez les Mackoy, à leur rendre service… *Ce qu'on ne sait pas ne nous fait pas de mal*, Monsieur. C'est un proverbe qu'on a pu vérifier en maintes occasions. Une fois, on a aperçu papa au volant de sa Chevrolet Bel Air bleue qui se baladait, dans les rues de la ville, une danseuse de l'hôtel accrochée à son cou. On ne l'a pas rapporté à maman. Tout un chacun a ses secrets, qu'on s'est dit, et on n'a pas à les cracher à la face du monde à la première occasion. Mais papa nous a vus et il a tourné la tête. On a fait comme lui. On n'en avait rien à péter, de toute façon, et j'aime mieux vous parler du chaton du parc Trémoy.

C'était le jour des desserts, à l'hôpital. Notre chariot rempli, on s'est dirigés vers un coin éloigné du parc — un endroit discret qu'on avait découvert, à un moment donné, derrière des buissons. On voulait déguster notre ration de desserts, pendant qu'Adèle nous raconterait la dernière aventure de Capone qu'elle avait vue chez Reily. Puis, elle a sorti de son havresac *Deux ans de vacances*, de Jules Verne, et elle a dit qu'elle aimerait bien nous en lire quelques chapitres, si on n'y voyait pas d'inconvénient. On n'y voyait pas d'inconvénient, Monsieur. Adèle met tant d'ardeur à sa lecture que, chaque fois, avec la bière, on oublie l'endroit où on est et on se met à vivre de belles choses.

J'ai fait comme mes sœurs et mon frère, Monsieur, et je me suis allongée dans les hautes herbes. Les mains croisées sous la nuque, j'ai regardé le ciel et tout le cinéma qui s'y passait, pendant que Gordon, Briant, Doniphan et Moko reprenaient vie, dans ma tête. Je les ai retrouvés au bord de l'hiver, à mettre une dernière main à l'installation de leur spacieuse caverne, sur leur île déserte. Ils le faisaient grâce à diverses choses qu'ils avaient pu récupérer du *Sloughi,* leur *schooner* échoué sur la berge.

L'histoire a donné des ailes à Adèle. Elle a serré très fort le livre de Verne sur sa poitrine et nous a dit : Un jour, nous l'aurons notre Floride, sur une île qu'on découvrira et qu'on défendra au péril de notre vie. Faisons le serment, a ajouté ma sœur, de tout faire pour que notre rêve se réalise… Elle a sorti une grosse Dow de son havresac et l'a décapsulée.

Quand je bois de la bière, j'ai de l'audace, Monsieur. J'ai posé la main à l'endroit où se trouve mon cœur, et même si je peinais pour ne pas éclater de rire, entre deux gorgées, je lui ai dit : Je le jure, Adèle. Je te suivrai partout où tu iras.

Et toi ? a fait Adèle en visant Édith.

Un serment, c'est pour la vie, a finassé mon autre sœur.

Olivier ?

Est-ce qu'on va s'amuser, là-bas ?

Autant que tu voudras.

Quand est-ce qu'on y va ?

Dès qu'on pourra.

C'est un peu plus tard que nous avons découvert, sous une vieille souche, le chaton dont je vous ai parlé. Son corps était tout froid. L'odeur m'a prise au nez. M'est revenu en tête… *il* m'est revenu en tête le jour où une vermine a cherché à s'introduire chez nous, juste comme nous nous apprêtions à aller chercher nos repas de la semaine. Ça faisait longtemps qu'elle rôdait aux alentours et nous la soupçonnions de fureter dans notre maison, quand nous sortions. On s'est cachés dans le garage du voisin. On a laissé la porte de la maison grande ouverte. Elle s'en est approchée, s'y est faufilée, et on a retenu notre souffle. On est entrés à notre tour. Sur la pointe des pieds. Nous l'avons vue poser ses sales pattes sur nos comptoirs, fouiller dans nos armoires et faire tomber les statuettes de Jacô sur le sol. Des statuettes de porcelaine que l'oncle Nicolas lui avait offertes, peu de temps avant sa mort. Vous vous rendez compte ? Nous avons porté la main à notre bouche et avons surveillé l'effrontée descendre à la cave. Adèle a ramassé la batte de Jacô qui traînait près de la porte. Elle a posé un doigt sur ses lèvres et nous a fait signe de la suivre. Quand ma sœur s'est pointée à la cave, la batte à la main, la vermine s'est affolée.

Adèle a frappé. Frappé de toutes ses forces avec la batte, à la tête de la vermine. Puis elle nous a présenté, chacun notre tour, la batte en disant : Une famille, ça fait tout ensemble…

La mort du chaton m'a fait de la peine. Qu'est-ce qu'il faisait, si petit, si seul, loin de sa famille ? Avait-il des frères et des sœurs pour pleurer sa perte ? J'ai dit aux miens : Il faut… hic ! célébrer ses funérailles. Je fais souvent *hic* entre les mots, quand je bois de la bière, Monsieur. On a décapsulé une autre Dow. Faire face une deuxième fois à la mort était difficile, Monsieur, parce qu'il y avait celle de Jacô qui nous revenait en tête. On voulait oublier. On a bu. Même si le liquide au goût de pisse nous portait à rigoler, on a gardé l'esprit aux prières funèbres. On a creusé à l'animal une fosse à sa grandeur, même s'il grouillait de vers. On l'y a déposé, ensuite, en nous passant la bouteille, puis on a fait le signe de croix, comme l'oncle Nicolas dans ces circonstances.

Comme si elle avait eu une grosse patate dans la bouche, Adèle a dit : Ch'est toujours cha qui arrive aux morts. Ils che font manger par les vers, à moins qu'on les fache griller chur la braige… Jacô aussi ? a demandé Olivier. Jacô auchi, a répondu Adèle. Tous les morts che font manger par les vers avant de réchuchiter. Personne n'y échappe, cha, ch'est chûr. Ch'est la cheule justiche dans la vie, comme dit l'oncle Nicolas.

Olivier était en fixation devant les vers qui grouillaient sur le corps du chaton. Pendant qu'Adèle recouvrait l'animal de terre, il a fait : Wow! il en a jusque dans le derrière! C'est pour ça que maman nous purge tous les automnes? Cha doit, lui a répondu Adèle en riant.

Olivier a vomi son dessert et sa bière. On n'a pas pu se retenir : on a pouffé de rire à la manière de Jacô, à le voir faire, tout en se roulant dans l'herbe haute, au cas où notre frère mort nous regarderait du plus haut des cieux. Puis on est retournés à la maison, le cœur léger grâce à la bière, en se disant que la vie, tout compte fait, ce n'est pas si triste que ça. Puisque tout le monde finit par y passer, pourquoi ne pas rendre la nôtre à notre goût, le temps qu'elle dure?

J'ai eu honte de me dire une telle chose, Monsieur. Ce n'est pas bien de ne penser qu'à s'amuser, je l'ai appris en religion. Il faut faire des sacrifices, toujours des sacrifices si on veut aller au ciel, et il est dit dans la Bible : *Bienheureux les pauvres d'esprit car le royaume des chieux est à eux...* Pardon, des *cieux...* On est pauvres, c'est vrai, mais je ne sais pas si on l'est aussi d'esprit. De toute manière, je ne comprendrai cette parabole qu'à quatorze ans, sans doute, comme Adèle... Maman disait que nous, les Beaudet, n'aurions jamais ce qu'il fallait pour entrer où que ce soit; alors le ciel...

Je vous en prie, Monsieur : ne dites rien à notre mère pour la bière. Ça pourrait l'achever. Mais elle devrait en prendre, elle aussi. Elle retrouverait le sourire et cesserait de s'inquiéter pour nous. Notre père l'a compris, lui, il y a longtemps.

Huitième soir

Pourquoi est-ce qu'il t'a choisie, toi? Pourquoi pas moi ou même Édith?

Je ne sais pas, Adèle. Mais il... il m'a fait prendre des médicaments, pour être sûr que je ne répandrai pas le scorbut à l'extérieur de notre chambre. Et il a dit que ces pilules sont si rares qu'on ne peut pas en prendre tous.

Pourquoi ne pas les avoir données à Olivier, alors?

Euh... Quand on a attrapé le scorbut, les pilules n'ont pas d'effet, je présume...

Ouais… Pourquoi te remets-tu à pleurer?

J'ai toujours mal à la tête.

Allons, viens dans mes bras…

Huitième nuit

Olivier n'a pas ouvert la bouche de toute la soirée. Comme s'il ne se rappelait plus comment sourire. Là, il dort. Il s'agite dans le lit, bouge les paupières. S'il n'y avait pas tout le temps quelqu'un pour me talonner dans les corridors, quand je me rends à la grande salle, je grimperais au grillage et j'irais aider maman à s'évader. Il n'y a qu'elle pour savoir comment s'occuper des bobos d'Olivier. Elle aussi doit être surveillée. Pourtant, elle a été soumise aux autres toute sa vie. Que leur faut-il de plus, à ces citoyens?

Je me demande comment va papa. On ne sait rien de lui depuis qu'il a pris la clé des champs, juste avant l'arrivée de la police… Ont-ils fini par faire passer la disparition de Lucie sur son dos? Il ne mérite pas ça. Et puis, c'est mon père. Mais s'ils ont décidé de s'en prendre à nous… Il n'est pas là pour nous défendre et nous allons y passer, je le sens. La guillotine, ce n'est rien d'autre qu'une grosse lame Gillette, a dit Adèle. Ça tranche telle-ment vite qu'on ne sent rien… Il doit bien avoir des paniers à tête, dans cet endroit. Quelque part, il y en a sûrement, empilés les uns dans les autres, dans un coin sombre, comme on empile des paniers à bleuets quand ce n'est pas la saison.

Nous sommes peut-être devenus fous, qui sait? Nous serions enfermés dans un hôpital pour enfants fous, qui ont une mère folle et un père qui a fait des choses dont il devrait se confesser, pour le bien de tous. Des fois, je ne peux pas m'en empêcher : de noires pensées me traversent l'esprit au sujet de papa. On le guil-lotine ou on le pend, en échange de notre liberté, à maman et à nous. Pour une fois qu'il ferait un sacrifice pour sa famille, tel que maman l'a dit…

Neuvième jour

U N JOUR, Monsieur, les égouts fluviaux ont remonté dans notre cave. De peur que les autres sous-sols de notre rue ne soient inondés et que s'y mêlent des odeurs épouvantables, Pat Mackoy est revenu des États-Unis vider le sien de ses meubles. Il avait maigri. On aurait dit qu'il avait la mort dans l'âme. La police était là. Elle aussi le talonnait. Avec les lunettes d'approche de papa, on s'est braqués à notre fenêtre de chambre pour voir de quoi il retournait, chez le citoyen Mackoy. Papa fumait une cigarette tranquillement, sur le perron, comme si de rien n'était.

Les policiers sont restés un bon moment chez Pat. Des déménageurs ont ensuite vidé la maison et Mackoy a été embarqué par la police. Adèle a dit : C'en est fini de nos malheurs avec cette famille… Puis, ils se sont rendus chez Tom. Ils l'ont conduit à leur bureau et l'ont interrogé une bonne partie de la soirée, nous a raconté l'oncle Nicolas. Quand il est rentré, Tom a rangé son tricycle dans la remise et s'est enfermé chez lui, sans allumer la télé. Je suis allée frapper à sa porte. Il pleurait. Il s'est passé un pan de chemise sur les yeux et m'a dit : Ils ont aucune preuve contre moi. Mais j'avais pas d'alibi, ce soir-là, qu'ils m'ont fait savoir. Leur raconterais-tu que t'as regardé Popeye avec moi ?

Tom ne fait pas ses négations, Monsieur. Il faut l'en excuser. Mais il ne livre jamais de lait en retard, et il ne prendrait pas un sou qu'il n'a lui-même gagné. Ça compte, quant à moi. Imaginer qu'il aurait pu faire du mal... C'est d'un ridicule!

Mais ce n'était pas vrai que j'avais passé la soirée avec lui et le vacarme est revenu dans ma tête. Je suis restée là, à sentir son regard suppliant peser sur moi. J'ai essayé de trouver une réponse juste qui lui rendrait service, puis j'ai pensé : il est dit que *la vérité n'est pas toujours bonne à dire.* Je ne me rappelle plus si cela figure dans l'encyclopédie ou dans le grand Livre des proverbes de la Bible. Dire que je n'étais pas avec Tom ce soir-là, ç'aurait été, à coup sûr, le condamner. J'ai dit à Tom : C'est un gars comme Billy, avec les agissements qu'on lui connaît, qui serait du genre à intéresser la police. Oui, Tom. Si on me le demande, je dirai que j'ai regardé Popeye et Olive avec toi.

Tom m'a dit : J'ai rien fait à la fille de Pat. Me crois-tu ?

Oui, je te crois, Tom.

Je te ferai jamais de mal, Rose.

Je te crois, Tom.

Je suis rentrée. J'ai fait la bêtise de mettre mes sœurs et mon frère au courant de notre conversation. Adèle m'a sermonnée : Ne te mêle pas des affaires de la police! C'est la dernière fois que je te préviens. Je ne veux plus que tu le vois. Sinon, je dis à maman qu'il te fait des mamours quand tu lui rends visite. Compris ?

Je n'ai pas su quoi lui répondre, Monsieur. Si je défendais ouvertement mon ami, j'allais lui créer encore plus de problèmes... Pardon ? Non, je ne pleure pas... J'ai la grippe.

Neuvième soir

Comment s'est passée ta journée avec le professeur, Rose ?

Comme d'habitude. J'ai fait deux dessins.

Est-ce qu'il les a trouvés jolis ?

Euh... Oui.

C'est tout ?

Ben... On a parlé de tout et de rien.

C'est-à-dire?

Euh... De la pluie et d'Al Capone...

As-tu utilisé la négation quand il le fallait?

Oui.

As-tu dit à ce foutu citoyen que je vous apprends à bien parler?

Oui.

Qu'est-ce qu'il attend pour nous laisser sortir?

...

Neuvième nuit

Notre Père qui êtes aux cieux, que votre nom soit sanctifié, que votre règle... règne arrive... Comment t'as fait, Olivier, pour entrer dans mon rêve? Quoi? Oui, c'est bien le petit diable qui te tend la main. Tu veux aller avec lui? Oui, Rose. Est-ce qu'il y a de la place pour moi sur le dos de votre pigeon voyageur? Ne partez pas sans moi! Allons, Olivier, ce n'était qu'un mauvais rêve...

Avec des si, on va à Paris... à Paris, où Marie-Antoinette s'est fait couper le cou. Sa tête a roulé dans un gros panier à bleuets et on a dit qu'elle avait du sang bleu. Du sang royal, c'est bleu, et il y avait des tas de têtes royales dans les paniers à bleuets. Celle de Tom s'y trouvait. Lui qui est orphelin, qui sait si ses arrière-grands-parents n'étaient pas des cousins de la reine d'Angleterre? Venez voir, les enfants, nous dit maman, la grosse talle de têtes au sang bleu! On commence à les ramasser et...

Et quoi? Je vais pourtant me réveiller. Dans les bras de maman, dans notre maison d'avant, avec papa autour, du temps où elle lui faisait des sourires quand il la serrait dans ses bras. Je vais conjuguer ces souvenirs lointains au présent de l'indicatif pour que l'orphelinat, le miroir de la grande salle, tout ça n'ait jamais existé. Je vais me réveiller dans quelques secondes et je dirai: Ouf! maman, quel cauchemar j'ai fait, pendant la longue nuit que je viens de traverser. J'ai bien cru que je m'y enfonçais pour de bon... Ce n'est pas facile de se réveiller d'un cauchemar aussi profond… Réveille-toi, Rose, réveille-toi, Rose, réveille-toi, Rose! La grosse lame Gillette s'en vient… Elle va te fendre la craque!

Adèle avait raison. Je n'ai rien senti, pendant la coupure. Maintenant, il faut que ça guérisse. Mais Olivier fait l'idiot et je me tords de rire, au point de pisser dans ma culotte. Je lui dis: Arrête! ma craque va rouvrir! Il en rajoute. Il se met les doigts dans le nez, force très fort du ventre et des vers lui sortent du derrière. Je trouve ça encore plus drôle et ma craque se déchire. Grand. C'est un fleuve de sang qui coule d'en bas. Je me vide de mon sang, mais ce n'est pas ce qui me fera mourir, je me dis. Quand je me réveillerai, je serai encore Rose Beaudet, la fille de Laure Banville, la folle parmi les fous à qui on ne permettra même pas d'assister à l'exécution de ses enfants. Les enfants des fous sont fous eux aussi. C'est normal… Peut-être suis-je en train de rêver à tout ce qui se passe, depuis l'affaire Mackoy? Peut-être même que mon cauchemar a commencé avec la mort de Jacô? Je serais en train de rêver que mon grand frère vient de mourir, que nous sommes ici et maman, elle, à l'asile, tandis qu'en fait, je dormirais le dos contre celui de Jacô, comme avant… Comment savoir?

Maman! Maman! M'entends-tu? Où es-tu maman? À la maison, avec nous tous? Si c'est un cauchemar, pourquoi est-ce qu'il ne finit pas? Pourquoi est-ce que je n'arrive pas à me réveiller?

Dixième jour

J'AI MAL DORMI, oui. J'ai rêvé que j'avais la craque… Oubliez ça, Monsieur… Je reprends ma confession où je l'avais laissée, hier… La police avait fini par laisser Tom tranquille. Tant qu'ils n'auront pas mis la main sur le cadavre, disait l'oncle Nicolas, ils n'auront pas le droit de l'embêter. Tout de même… je me demande comment il va. Ici, pas moyen d'avoir des nouvelles de l'extérieur. C'est normal, Monsieur? Une bonne grosse bière m'aiderait à dormir jusqu'à demain. Puis-je vous en mendier un verre? Dommage!

Quelque temps après l'enterrement de Jacô et la disparition de Lucie, il a pris l'idée subite à notre père de construire un plancher de bois, dans notre cave. Question de nous garder les pieds au sec en cas de reflux d'égouts. Nous, les enfants, sommes allés chercher dans la remise des clous vrillés, ceux qui retiennent le mieux des pièces de bois en place. À un pied du sol de terre battue, papa a posé et cloué, une à une, de solides planches de frêne. L'odeur de la terre mêlée à l'eau des égouts était terrible, mais au moins, ça tenait bon.

Rien ne pourra émerger d'en dessous, nous a garanti papa. Tous les printemps, l'eau de la ville s'attardait dans notre cave pendant des semaines. Mais elle finissait par se retirer, y compris l'odeur. Notre père disait que si toute cette eau faisait s'effondrer les fondations de la maison, nous serions dans de sales draps. Maman, elle, craignait pour les maladies que ça pouvait nous apporter.

Puis, au cours d'une pluie qui n'en finissait plus, le plancher de bois a été noyé sous une bonne épaisseur d'eau. Il y flottait toutes sortes de choses. Tout ce qu'on range dans la cave, en attendant d'en avoir besoin, ou ce dont on n'a pas trouvé à se défaire proprement — comme la batte de Jacô qui, malgré un bon nettoyage, avait gardé des traces du sang de la vermine. Papa et maman étaient sortis ensemble, pour voir s'ils ne retrouveraient pas leur amour ancien. En tout cas, c'est ce que pensait Adèle.

J'ai bu une bière avec mes sœurs et mon frère. J'avais besoin de me détendre. On s'est souhaité : *À notre santé* et Adèle nous a fabriqué des bateaux de papier ciré. On s'est assis sur des marches de l'escalier de la cave, à hauteur d'eau, et on les a envoyés finir leurs jours dans un coin sombre. Je me suis dit que si toute cette eau continuait à monter, un bon matin, on aurait peut-être de bien mauvaises surprises. Mais on ne peut pas toujours s'inquiéter et la bière engourdit les pensées. Il y a un proverbe qui le dit.

Ce jour-là, maman avait le sourire aux lèvres. Papa lui avait offert un joli manteau de drap, au collet et aux manches desquels, avait dit Olivier, il poussait du lapin blanc. Manque plus que le manteau chie des crottes, avait lâché Édith en se tordant de rire. Adèle l'avait traitée d'idiote. Moi, je n'avais rien dit, Monsieur, car traiter Édith d'idiote, elle qui est plus vieille que moi, m'aurait valu une bonne claque derrière la tête. Peu importe. Papa avait même invité maman au Paris Café, le restaurant le plus chic de la rue Principale. Ils s'étaient assis dans la section réservée aux citoyens d'honneur et, pour une fois, maman s'était fait servir. Papa voulait lui annoncer une grande nouvelle : on venait tout juste de l'embaucher à la Noranda. Son contremaître lui avait confié l'extraction de l'or. C'était toute une responsabilité et j'étais fière de lui. Papa comparait l'endroit à l'enfer, à cause de la température, mais ça en valait la peine. Tenir une brique d'or est impressionnant, disait-il, et il s'acquittait de sa tâche en sifflant, car il pensait à toutes les belles choses qu'on pourrait s'offrir grâce à son travail.

Notre père était devenu un fabricant d'or. Nos allers-retours entre la maison et l'hôpital allaient bientôt prendre fin et nous avions hâte de mettre la main sur une belle pépite. C'était bien joli les films de Capone, mais ce n'était jamais que chez Reily. De l'or pur dans les mains de notre père, c'était enfin la dignité, tout comme la citoyenneté. De l'or dans les mains de notre père, ça voulait dire notre télé — avec le son! —, le frigo rempli de nos aliments, de nos pintes de lait; les vêtements les plus chics dans nos garde-robes, quatre bicyclettes devant notre porte... Des citoyens de première classe, quoi. Maman ne s'emballait pas autant que nous, mais on pensait que ça allait venir quand son mari flanquerait sur la table, devant elle, une montagne de briques d'or.

Olivier, qui rêvait de ressembler un jour à l'oncle Nicolas, voulait fêter l'événement. Il a dit : Je commence à fumer. Édith a renchéri : Pourquoi pas? Des beignets de fumée comme ceux de notre oncle, ça ne doit pas être si difficile à réussir.

C'est vrai, Monsieur. J'ai vu l'oncle Nicolas en faire des tas de fois. Il faut aspirer une bonne bouffée de cigarette, comme ça, la garder pendant qu'on se creuse les joues, puis ouvrir les lèvres en faisant : Pop! On laisse sortir le beignet de fumée qui s'est formé autour de la langue, puis, il monte et danse dans l'air un moment.

Aussi, quand un malin s'avise de lui poser une question compliquée, notre oncle lui fait d'abord un beignet de Matinée. Il tire ensuite une seconde bouffée qu'il aspire longuement, afin de permettre à la fumée de faire du bien à tout son intérieur, puis, comme il la relâche par les narines, il répond à la question de manière si géniale que l'autre en reste la bouche pendante durant de longues secondes. Tous ceux qui cherchent à faire chier notre oncle s'en font rapidement boucher un coin, Monsieur, si vous me passez l'expression. Ils s'entendent tous pour dire que Nicolas Banville, c'est le Ti-Jos-connaissant de Rouyn, celui avec qui ça ne vaut même pas la peine de s'obstiner, puisqu'il aura toujours le dernier mot.

Olivier rêvait de devenir le deuxième Ti-Jos-connaissant de notre ville. Il a porté à sa bouche un mégot d'Export A qui traînait dans un cendrier. Après l'avoir allumé et s'être étouffé avec pendant qu'il se creusait les joues, Olivier a dit qu'il se mettrait au métier quand il pourrait fumer des Matinée, et non les Export A de notre père qui, à part lui faire cracher ses poumons tous les matins, ne lui donnaient pas les réponses aux questions que lui posait sa femme, depuis qu'il travaillait à la mine. Je prends la voix de maman quand elle s'exaspère, Monsieur : QUAND VAS-TU RECEVOIR TA PREMIÈRE PAIE ? AS-TU UN FONDS DE PENSION À CETTE MINE ? ET LES ASSURANCES, Y AS-TU SEULEMENT PENSÉ ? SI TU MOURAIS, QU'EST-CE QU'ON DEVIENDRAIT ? EST-CE QUE LA MINE NOUS FERAIT VIVRE ? SI T'ATTRAPAIS LA SILI... COSE, — pour me rappeler ce mot difficile, Monsieur, je me dis : « Si Lili cause, écoute bien » — OU L'AMIE EN TOSE, EST-CE QUE JE SAIS, MOI, EST-CE QU'ON TE VERSERAIT UNE RENTE D'INVALIDITÉ ? ? Toutes ces questions faisaient sortir papa de ses gonds et il finissait par claquer la porte. Les Export A ne changeaient pas grand-chose à son incapacité d'en boucher un coin à notre mère, ça, on peut le dire... Vous avez du jus d'orange, cette fois ? Avec des grumeaux, dedans ? Il y a encore plus de vitamine C dans les grumeaux. Vous le saviez, j'imagine ? Les prêtres possèdent toute la connaissance... Merci.

Un jour, maman nous a dit : Maintenant que votre père travaille, il n'y a aucune raison d'endurer plus longtemps cette saleté d'eau dans la cave. Elle a ajouté : Nous avons un grand projet. Assoyez-vous. Il faut qu'on vous en parle. Maman a pris Édith sur ses genoux et a dit : On déménage ! On a trouvé un logement suffisamment grand pour nous six. Sur une côte et au troisième étage, sur la rue Laliberté, pour nous protéger des débordements du printemps. Il offre toutes les commodités, comme une prise pour le téléphone — il est temps d'y penser — et une baignoire dans les toilettes...

On s'est regardées, mes sœurs et moi, le sourire aux lèvres. Olivier a lancé des *Youppi !* d'excitation. Ça va aller mieux, maintenant, a dit Adèle, comme on se mettait au lit. J'ai prié Jacô des tas de fois pour nous aider à résoudre nos problèmes. C'est à lui qu'on doit cette sage décision de nos parents. Papa a décidé de tourner la page et il faut faire comme lui. On va repartir à neuf. La rue Laliberté, c'est un signe, vous voyez? Qui d'autre que Jacô aurait fait penser à maman de nous trouver un logement sur cette rue? On va mettre un point final à notre passé. Écoutez-moi, Édith, Rose et Olivier : je ne veux aucune pensée négative dans notre famille, à l'avenir. C'est compris?

On a répondu : Oui, Adèle... Dans ma tête, j'étais déjà rendue plus loin. Je me disais que nous pourrions habiter un jour une jolie maison bordée d'une rivière limpide, une rivière dans laquelle on plongerait d'un gros orme au tronc penché au-dessus de l'eau et où on s'ébattrait comme de joyeux diables — comme dans mon livre d'anglais, *John and Mary* —, avec l'âme légère comme celle des anges. Ou comme celle de Jacô qui, lui, se prélasserait sur la branche de l'orme tout en nous protégeant du regard. Est-ce vrai que lorsqu'on a rendu quelqu'un heureux, dans sa vie, on se transforme en ange après sa mort? Vous voyez, Jacô me rendait très heureuse, Monsieur...

Dans un gros sac, je me suis empressée de vider le contenu de mon tiroir de bureau. J'étais prête à quitter la rue Perreault et son voisinage. Les Patoine finiraient par se rendre compte que la crème manquait dans leurs pintes; d'autres reconnaîtraient sur nous leurs vêtements encore neufs, qu'ils avaient mis à sécher une première fois au soleil; quelqu'un apprendrait des choses bien plus graves encore qu'on avait faites et que je ne vous ai pas encore confessées. N'importe quoi pouvait arriver. Mais ç'aurait été bien dommage de finir en prison quand on allait bientôt avoir droit à la citoyenneté de première classe, vous serez d'accord avec moi, Monsieur... n'est-ce pas?

Une baignoire, je me suis dit... Pour y passer de longues heures à rêver. Rêver que maman me prendrait sur ses genoux, moi aussi. Rêver du palais qu'on habiterait, quand papa nous rapporterait sa toute première brique d'or... Mais *tout vient à point à qui sait attendre*, dit le proverbe. On allait commencer par déménager.

Un déluge aurait pu engloutir toute la ville, pensait papa, que nous aurions quand même eu les pieds au sec, au sommet de la rue Laliberté. Le logement comprenait cinq pièces ; il y avait de grandes fenêtres dans chacune, avec une vue sur tout le quartier environnant. Il était équipé d'une petite fournaise à l'huile installée dans un coin de la cuisine. Papa avait remis deux cents beaux dollars à maman. Le logement en coûtait cent par mois. Avec le reste, il fallait payer l'électricité, la taxe d'eau et faire un versement à la loi Lacombe. Ne faites jamais affaire avec ces gens, Monsieur. Notre mère en connaît un bout. Pendant cinq ans, elle a payé pour les meubles que son mari s'était procurés à crédit, chez Reily, pour les échanger ensuite contre sa vieille Chevrolet Bel Air. Enfin, passons…

On aurait voulu faire entrer Capone dans notre salon, pour Noël, mais maman nous a prévenus : Avant qu'on remonte la pente, mes enfants, on en aura jusqu'à l'été. On devait se rendre à l'évidence : il faudrait profiter de la charité de l'hôpital encore un bout de temps. Maman disait : *Qui tout convoite tout perd.* Elle n'a même pas pu conserver toute sa raison, vous vous rendez compte ?

Mais il était à nous, le logement sur le toit du Tibet, comme l'avait baptisé Adèle. L'oncle Nicolas s'est amené sur la rue Perreault avec son gros camion et une remorque. Nos parents se sont empressés d'entasser tout ce qu'ils pouvaient, dans la boîte arrière, puis ils ont glissé le canapé dans la remorque. Maman nous a fait signe de nous y asseoir. En quittant la cour, on a eu le temps de voir deux hommes en uniforme sortir de chez Billy et l'embarquer dans leur voiture, pendant qu'il criait : J'ai rien fait, je vous le jure !

J'ai vu papa, à l'avant du camion, suivre des yeux le véhicule de la police jusqu'à ce qu'il tourne, rue Portage. Je l'ai entendu dire : Ils ont fini par lui mettre la main au collet, à ce délinquant ! Je mettrais ma main au feu qu'il est pour quelque chose, dans la disparition de la petite Mackoy…

On a paradé sur la rue Larivière. Il faisait beau et les trottoirs étaient bondés de monde. Olivier a crié à qui voulait l'entendre : ON DÉMÉNAGE EN FLORIIIIDE ! MANGEZ TOUS UN CHAR DE

MAAAARDE! Quand on a monté la côte qui menait à notre futur logis, le panneau de la boîte du camion a basculé, le canapé a manqué glisser en bas du véhicule, nous compris. Édith a crié : À L'AIIIDE! À L'AIIIIIIDE! Adèle lui a hurlé par-dessus : VAS-TU LA FERMER?

J'ai eu honte, Monsieur, et je me demande encore pourquoi je n'ai pas pensé, ce jour-là, à m'y rendre à pied.

Une fois là-haut, j'ai compris que c'était sur le toit du Tibet que les lunettes d'approche de papa allaient nous être les plus utiles. Je repensais à Billy... La police qui rôde dans les environs, ce n'est jamais bon signe, Monsieur. Ils questionnent, ils vous regardent d'un drôle d'air. Pas évident... ce n'est pas évident de se rappeler ce qu'il faut dire... sur ordre d'Adèle. Ne parler que des actions criminelles de Billy, ou de la violence de Pat envers sa femme et sa fille; dire que papa était à la maison ce soir-là, avec nous, qu'il nous a fait la lecture jusqu'à tard dans la nuit pendant que maman était au travail; faire mine de rien, ne pas se mêler dans nos affirmations, parce c'est là, quand on se met à hésiter sur les mots, que ça dérape et que la police vous flanque un procès sur le dos... Si Adèle n'avait pas pris plaisir à crier qu'elle irait cracher un jour sur la tombe de Lucie, aussi. Si papa s'était contenté de sa femme... Et Tom, dans tout ça? Pauvre Tom, avec qui je passais de si bons moments à regarder Popeye et Olive, à la télé. Mais les autres, Billy et Pat Mackoy... Si j'avais eu le pouvoir de faire justice, Monsieur, leur sort aurait été décidé une fois pour toutes, et depuis longtemps.

Je sens ma vitamine C se tarir, subito presto. Je peux retourner à ma chambre?

Dixième soir

Rose, écoute-moi. On va sortir d'ici. J'ai un plan. Demain, pendant que tu seras en entrevue, on enlève ces vis qui nous empêchent d'ouvrir la fenêtre. Quand il fera nuit, on escalade le grillage et hop! on file en Floride.

Comment vivra-t-on ?
On se débrouillera.
Et maman ?
On trouvera le moyen de la tirer de là…
Et Olivier, qu'en fais-tu ?
A-t-il l'air de quelqu'un qui se meurt du scorbut ?
Euh, non. Mais ses vomissements ?
Ça finira bien par se tasser, avec le citron.
Tu oublies papa…
Lui ? Peuh ! Qu'il aille au diable !

Dixième nuit

Pardonnez à ma sœur, mon Dieu, d'avoir voulu envoyer papa chez le diable. Pardonnez-lui ses offenses, même si elle ne pardonne pas souvent, de son côté. Amen ! Ah ! oui, j'allais oublier : faites que Billy soit jugé coupable. Faites-le, faites-le, je vous en supplie, pour que notre père revienne et que notre mère guérisse. Amen !

Onzième jour

C'ÉTAIT LA BELLE VIE TRANQUILLE, sur la rue Laliberté, Monsieur. Plus de nouvelles de Billy, papa qui travaillait comme un forcené à la mine et Tom qu'on voyait dévaler la grosse pente de notre rue, sur son tricycle de livraison. L'affaire Lucie Mackoy, c'était chose du passé. Il nous était même défendu d'y penser. Adèle disait : On s'en est sortis… On a recommencé à rire entre nous. On est même allés se promener en ville, main dans la main, en prenant toute la largeur du trottoir et en visant les citoyens droit dans les yeux, la tête haute, et en nous disant que leurs beaux jours achevaient. Des jaloux, on en ferait. Des gens qui nous baiseraient les mains, on en trouverait bientôt à tous les coins de rue… Capone sourirait dans sa tombe, j'en étais certaine.

C'était merveilleux cette sensation de liberté, Monsieur. C'était comme si ma tête s'était vidée d'un gros nuage noir, où toute la pluie du monde se serait accumulée… Dans la vie, Monsieur, il arrive qu'on souhaite autre chose de bien plus simple, mais de plus difficile à obtenir que la citoyenneté. C'est la liberté, bien sûr. Pouvoir me promener parmi le monde avec le cœur qui rit dans mon ventre, sentir le soleil faire du bien à mes joues, m'emplir les yeux du bleu du ciel, sans mur aux fenêtres trop hautes pour me le cacher. C'est ça, la vraie vie, Monsieur.

Et plus encore. Tenez, un jour où nous avions une grande envie d'aller piquer une tête à la piscine publique, papa nous a donné, à chacun, une pièce de dix sous et une de cinq. Dix pour la piscine et cinq pour un cornet de crème glacée molle, tout de suite après. Dans une piscine publique, Monsieur, on entend des cris et des rires de partout, qui me font du bien. Il y a de l'eau qui éclabousse mon visage et ça sent le chlore. Et puis il y a Adèle qui disparaît sous l'eau, tout à coup, qui nage dans le fond en se dirigeant vers moi, bras tendus et mains devant, comme un requin affamé. Il y a ses doigts qui m'agrippent aux chevilles et les chatouillent, pendant que je piétine, que je crie et ris de toutes mes forces, Monsieur. Puis Adèle me passe entre les jambes, me soulève sur ses épaules et me chatouille les cuisses pour me faire rire aux larmes. Il y a Olivier, qui n'ose pas encore se mêler aux baigneurs, mais qui se fait tremper les pieds au bord de la piscine et qui montre son costume de bain tout neuf à Gordon, un garçon de son âge qui veut apprendre à nager, lui aussi. Et il y a Édith qui fait bande à part. Elle a de l'eau jusqu'à la poitrine et c'est à peine si elle bouge, soi-disant parce qu'elle déteste l'odeur du chlore, l'eau froide et tous ces jeunes excités qui lui crient aux oreilles.

Moi, je suis aux anges dans mon maillot qui imite le léopard, presque neuf encore, à me baigner dans une eau si claire qu'on dirait que c'est dans le ciel que je suis en train de piquer une tête. Je vois Adèle qui agrippe Olivier par la taille pour le faire flotter, en lui disant d'avoir confiance en lui, qu'il est capable d'apprendre à nager comme tout citoyen. Et Olivier qui agite les jambes et les bras en tous sens, qui reçoit de l'eau dans les yeux mais qui demande à Adèle de ne pas le lâcher, qu'il commence à comprendre le principe de la nage en petit chien… tout ça me fait tant de bien, Monsieur. Puis, quand un coup de sifflet ralentit le rythme des rires, des plongeons, des vagues et de leurs éclaboussures, je sais qu'il nous reste encore le comptoir à crème glacée, pas loin, et sa filée de clients. On y attend en rang, comme à l'école, en serrant notre pièce de cinq sous au creux de la main pour ne pas la perdre. Il fait chaud, le soleil tape dur et ma peau sent encore bon le chlore. Puis, une brise se lève qui me donne des frissons, en plein soleil, en plus, et je me dis qu'il n'y a pas de façon plus géniale de profiter de la vie.

Crème glacée à la vanille, au chocolat ou aux fraises? Je voudrais goûter aux trois, mais j'ai rien que cinq sous, me rappelle la vendeuse. Alors je choisis… le chocolat. Non! la vanille, puis les fraises… Le chocolat, finalement, parce que c'était un délice réservé aux têtes couronnées, il y a de ça des siècles, nous dit Adèle. Je la vénère en ces moments de bonheur car je sens bien qu'elle nous aime tous très fort. Même qu'elle nous fera goûter chacun notre tour à la sienne, celle aux pistaches, histoire de nous instruire aux goûts raffinés. La crème est déposée en tourbillon dans un délicieux cornet et me dégouline sur les doigts. Mais j'ai le droit de les lécher, à voir d'autres enfants qui font pareil. Vous voyez, Monsieur, c'est ça pour moi, la vraie vie, et je n'en demanderai jamais davantage. Seulement qu'ils se répètent de temps en temps, ces moments de bonheur. Tout ce que je souhaite, en fait, c'est de retourner à la maison avec mes parents, mes sœurs, puis Olivier, et avoir de quoi me payer une journée à la piscine publique au moins une fois par année… Non! Une fois par mois, c'est mieux.

J'ajouterais bien à ça des petits tours au garage, mais ce ne serait pas bien. Quel rapport, vous dites? Quand maman trouvait de l'argent pour l'huile à chauffage, on se permettait enfin d'allumer la fournaise de notre logement. Mais avant, il avait fallu se rendre à la station d'essence, au coin des rues Laliberté et Des Pionniers. Il n'y avait que là pour en trouver, près du toit du Tibet. Son prix dépendait très souvent de la personne qui nous servait. Quand on avait affaire à Jean-Charles, le patron, on avait droit à un bidon rempli d'huile à moitié seulement, pour notre pièce de vingt-cinq cents. Mais quand c'était Raymond qui nous servait, un père de famille qui travaillait à la mine Noranda, il nous disait : Sainte mère de Dieu! quelle misère, mes pauvres enfants! Entrez!

Un jour où Raymond était en congé, on s'est amenés à la station d'essence. Le patron était occupé aux pompes. Pendant qu'Olivier placotait avec lui, on a suivi Adèle à l'intérieur, où de belles jarres à bonbons nous attendaient sur les tablettes, derrière le comptoir. Chacun notre tour et plusieurs fois, on a plongé une main grande ouverte dans l'une de celles qu'on avait à hauteur d'yeux. Adèle, c'était les crottes de réglisse noire avec du caramel dur au centre. Édith, les *jelly beans*. Les rouges surtout, parce qu'ils goûtaient la liqueur aux fraises. Moi, c'était les boules noires. Je trouve ça tellement bon. J'en ai rempli la moitié de mes deux poches de manteau. Adèle m'a dit : Prends-en aussi pour Olivier. Je suis retournée à la jarre et je l'ai vidée, finalement. Puis on est sortis. Olivier a dit : Merci infiniment, Monsieur Jean-Charles, pour cette moitié de bidon contre notre pièce de vingt-cinq cents. Raymond, lui, nous en… Adèle lui a donné un coup de coude à l'épaule : Tais-toi, idiot!

Quand on a tourné au coin Des Pionniers, j'ai partagé mes boules noires avec mon jeune frère, puis je m'en suis flanqué une dans la bouche. Je l'ai fait rouler autour de ma langue, contre mon palais ensuite, et je me suis retenue pour ne pas la croquer tout de suite. En fondant, la boule a rempli ma bouche de saveurs… aphrodisiaques. C'est ça. Ça veut dire délicieuses au plus haut point. À la fin, il ne restait de ma boule noire qu'un noyau brunâtre au goût de réglisse. Ça, c'est de l'anis, m'a fait remarquer Adèle. Va pour l'anis, si ça plaisait à ma sœur. Je me suis regardée dans une vitrine de magasin. J'avais la langue toute noire et je me suis dit que ce serait l'occasion rêvée de faire une vilaine grimace à tante Thérèse.

Le plaisir que j'ai eu à manger des boules noires, ce soir-là, était un pur orgasme, Monsieur. Tante Thérèse, justement, s'était servie de ce mot-là avec maman, une fois. Mon Paul est encore fringant, Laure, qu'elle lui disait. On s'est fait plaisir plusieurs fois, hier. J'ai eu trois orgasmes… Vous est-il arrivé de connaître l'orgasme de la joie, Monsieur? Comme prêtre, j'imagine que vous en éprouvez au moins un par jour, à faire du bien aux gens…

Vous souriez… Vous ne croyez pas qu'on puisse raffoler à ce point des boules noires?

À vrai dire, j'ai honte de ce qu'on a fait à la station d'essence, Monsieur, et ça m'empêche même de dormir, certaines nuits. Sœur Marie-de-la-Providence disait que les damnés n'ont jamais de remords. C'est pour ça qu'ils grillent en enfer pour l'éternité. Tandis que s'ils regrettaient leurs péchés mortels, le gardien du purgatoire leur ouvrirait ses portes et ils s'y purifieraient l'âme, avant de monter au ciel. Mais Adèle dit qu'à bien y penser, ça n'a aucun sens ; que du feu, où qu'il se trouve, brûle avec la même ardeur. Vous, Monsieur, pouvez-vous m'expliquer quelle différence il y a entre le feu du purgatoire et celui de l'enfer, quand le fait d'avoir du remords ou non ne nous empêche pas de nous faire brûler les fesses ? Autrement dit, pourquoi avoir du regret d'avoir volé Jean-Charles, qui ne nous en donnait jamais pour notre argent et qui... euh... Excusez-moi. Il m'arrive de tellement analyser les choses que je m'y perds. Pardonnez-nous quand même le vol des bonbons, au cas où le feu du purgatoire serait moins éprouvant que celui de l'enfer. Imaginez dans quel état aphrodisiaque on doit se sentir quand s'ouvrent, à l'heure de la mort, les portes du ciel... Ce doit être l'orgasme éternel. Tous les saints ont dû vivre cette... aphrodi-*sisme* ? Cette sainte expérience, en tout cas. Et aussi les anges, et mon frère... Vous passerez aussi par là à votre mort, n'est-ce pas ? Moi ? Bah... Où en étais-je ?

Ah oui ! Quand nous sommes revenus du garage, le temps s'était réchauffé sur le toit du Tibet. J'ai enlevé mon manteau et je me suis régalée d'une autre boule noire, puis d'une autre, et encore d'une autre, jusqu'à ce que je fouille le fond de mes poches. Il me fallait les croquer toutes, comme si une seule ne pouvait suffire à me rappeler leur saveur, quand je viendrais à en manquer.

Ma mère appelait ça *avoir les yeux plus grands que la panse*, Monsieur. Mais moi, j'appelle ça se dépêcher de boire à la fontaine avant que sa source se tarisse...

Ce soir-là, maman est rentrée en turlutant :
La belle de Cadix a des yeux de velours
La belle de Cadix vous incite à l'amour...
Tic tic tic ! Ay Ay Ay !

Je me suis dit : Il s'est passé quelque chose au restaurant. C'est tellement rare qu'elle chante, depuis la mort de Jacô. C'est comme si papa lui avait fait boire une bonne grosse Dow. J'avais bien deviné : il s'agissait du travail. Imaginez ça ! nous a lancé maman. J'ai fait trois fois mes pourboires de la semaine, rien qu'aujourd'hui ! C'est grâce à un avocat qui m'a déclaré : Je n'ai jamais dégusté d'aussi bonnes côtelettes de veau que les vôtres. T'entends ça, Laurent ? a fait observer maman à son mari. Laurent, c'est mon père, Monsieur. Ah… je vous l'ai dit ? Excusez-moi. Il n'y a pas de péché à se répéter, j'espère. L'avocat avait remis à notre mère quatre beaux dollars, l'équivalent de deux bonnes heures de travail. Maman a regardé les billets de banque, puis elle a versé une larme. Avant de quitter le restaurant, le citoyen de la très haute classe privilégiée lui a dit : Je reviendrai. Vous serez là ? Elle a dit oui et il lui a baisé la main.

Le lendemain, il est revenu. Il lui a donné quatre autres beaux dollars et lui a demandé si elle était libre. Elle a hésité avant de lui répondre, car elle pensait à ses enfants. Elle aurait bien aimé lui faire croire qu'elle était divorcée, mais qui aurait voulu d'une femme avec quatre enfants sur les bras, Monsieur ? Elle lui a répondu non. Elle ne l'a plus revu, mais son patron lui a remis une enveloppe contenant un vrai billet de cinquante dollars — Adèle a demandé : Ça existe ? — et un mot de l'homme instruit au cœur tendre. Maman l'a lu en présence de papa : *Vous m'auriez fait une douce compagne. Quel dommage pour moi…* Papa a serré les dents. C'est dur pour un buveur de bière d'entendre sa femme se faire flatter par un dégustateur de champagne, vous savez ? Mais on aurait dit que ça faisait du bien à maman de lui mettre la lettre sous le nez. Pardonnez-lui cette mesquinerie.

J'aurais pu avoir une vie agréable si j'avais écouté ma mère, nous a-t-elle dit plus tard. Les hommes ont parfois une belle gueule, les filles, mais prenez-en ma parole, les belles gueules ne font pas vivre une famille. Il y en a qui ne pensent qu'à leur bite, mes enfants. Enfoncez-vous bien ça dans la tête et ne vous laissez jamais enjôler… Maman avait raison. Lorsque madame Mackoy… Oups ! J'allais trahir ma promesse à Adèle…

Cette histoire de bite m'a chicotée, Monsieur, au point de commettre un péché dont j'ai encore honte. Je dois absolument

m'en décharger l'âme à Dieu… Un jour, j'ai eu une terrible envie
de voir… la bite de mon père, justement. Je voulais savoir comment un homme faisait pour viser au bon endroit. Je me suis collé
un œil au trou de la serrure des toilettes. Papa achevait de pisser
et il était en train de brasser Germaine — c'est comme ça qu'il
appelle sa chose, j'ai mis du temps à le comprendre, mais passons… Papa ne s'était aperçu de rien. Je ne savais pas encore si le
péché que je venais de commettre était grave. Il est dit dans la
Bible que si on le commet par les yeux, la pénitence doit venir par
la vue. Ou quelque chose comme ça. Le lendemain, à mon réveil,
je faisais de la fièvre et j'avais les paupières collées par un liquide
vert. J'ai eu de la difficulté à trouver la porte des toilettes. Je ne
pouvais pas demander de l'aide, puisqu'il m'aurait fallu avouer la
faute qui avait entraîné ma subite maladie. À tâtons, j'ai passé la
main sur les poignées du robinet, dans l'espoir que l'eau me
puri… *fisse* les yeux du péché de la veille, et que je récupérasse
ainsi la vue.

Et puis, tant qu'à me confesser d'un péché aussi terrible…
j'ai aussi voulu savoir comment papa s'y prenait pour copuler —
c'est comme ça qu'on dit dans l'encyclopédie — avec maman.
Mais surtout, ce qu'il fabriquait avec ses deux boules, quand
Germaine s'enfonçait en notre mère. Adèle avait dit qu'au
moment où l'homme pénètre la femme, il prend une grande respiration pour ramener ses boules en lui. Les boules de l'homme,
c'est comme un frein, qu'elle expliquait. C'est à ça qu'elles ser-
vent, s'il ne veut pas fonder sa famille d'un seul coup, mais s'il
veut y aller à fond de train, toute la nuit, l'homme doit les
remiser. Vous comprenez? Euh… c'est vrai, vous n'êtes qu'un
prêtre… Mille pardons.

Malgré ces précisions, j'aurais voulu constater par moi-même
comment notre père s'y prenait avec ses boules, pendant la copu-
lation. Elles sont tellement plus grosses que celles d'Olivier. Mais
comme j'avais failli perdre la vue pour moins que ça, je me suis
dit qu'il ne fallait pas tenter la chance…

ↄ౿

Tenez, voyez l'oiseau, à la fenêtre. Il est fidèle au rendez-vous. Écoutez son chant… Ses notes aiguës, surtout. Ça doit vouloir dire quelque chose. Vous ne pourriez pas enlever le grillage pour qu'il puisse entrer? Non? Pourquoi est-ce qu'on barricade les fenêtres, ici? Il y a même des vis à celles de notre dortoir. On se penserait dans un camp de prisonniers… On en a déjà vu au canal 2, chez Reily. Un surtout, que je n'ai jamais oublié. Au début, je croyais que c'était un camp de vacances pour les pauvres, sauf que je ne m'expliquais pas les clôtures à piquants tout autour des bâtisses. Les citoyens, eux, étaient libres d'aller où ils voulaient; ils étaient faciles à reconnaître à leurs vêtements.

C'est par trains de marchandises que les pauvres sont arrivés au camp. On les regroupait près d'une grosse bâtisse, après leur avoir fait enlever leurs vêtements. Histoire de leur faire prendre une douche. Puis, on séparait les hommes des femmes et des enfants. Des chiens veillaient à ce que personne ne s'exempte de la douche. Je me disais que l'eau devait être tellement froide que c'était pour ça que certains essayaient de l'éviter. D'autres débarquaient des trains en pyjama, comme si on les avait réveillés en pleine nuit pour assister à un spectacle. Ils avaient un numéro inscrit dans le dos, un numéro qu'on leur avait aussi gravé sur le bras. Ça m'a rappelé un été où, pour une pièce de vingt-cinq cents, un employé de cirque nous avait étampé un laissez-passer sur le bras, à l'entrée. Il suffisait ensuite de le montrer aux opérateurs de manèges pour s'y amuser durant toute une journée. Il y avait toujours une longue file aux manèges, où chacun devait montrer son bras avant de pouvoir monter. Dans le film sur le camp des pauvres, j'ai d'abord pensé que les numéros servaient à indiquer aux pauvres leur place dans les rangs qui se formaient. Les mères et leurs enfants avançaient vers les douches, en groupes serrés, à cause des chiens; il y en avait là pour remplir toute une école.

Tout d'un coup, les femmes et les enfants qui occupaient la tête du rang se sont débattus, en hurlant, devant la porte de la bâtisse. Les chiens sont partis après, les crocs baveux, les mordant aux mollets, au visage. Les pauvres se sont précipités dans les salles de douches. La porte s'est ensuite verrouillée derrière eux. De la vapeur est aussitôt sortie des plafonds. Pas longtemps après, ils étaient tous morts, Monsieur. On appelait ça une chambre à gaz. Pas de lit ni de fenêtres, juste le sol, des femmes et leurs enfants morts dessus...

On est arrivés ici par train, nous aussi... Accompagnés d'hommes qui ne nous lâchaient pas d'une semelle... Qui nous ont dit d'être sages, si on ne voulait pas avoir de mauvaises surprises.

Ensuite, on nous a fouillé la tête pour voir si on avait des poux. Et puis on nous a dit qu'on puait. On nous a fait prendre un bain. Puis on nous a informés qu'on en prendrait un deuxième, cette semaine. Mais voilà qu'on nous dit, ce matin, que la baignoire de notre dortoir est bouchée. Qu'un gardien nous conduira dans une autre section y prendre une douche, cette fois... À quoi faut-il nous attendre, Monsieur ? Quoi ? Pardon ? Vous me dites que la guerre est finie depuis longtemps ? Les prisons et les prisonniers existent toujours, Monsieur. Il est possible, même aujourd'hui, de se débarrasser des gens qui dérangent. On l'a vu chez Reily. Il y a même un marchand, en ville, qui dit que la meilleure façon d'éliminer la pauvreté, c'est d'éliminer les pauvres...

Alors, dites-moi ce que c'est que cette grosse bâtisse, là-bas, au fond de la cour, avec sa haute cheminée qui n'arrête pas de cracher une fumée noire ? Et ce long tuyau, qui se rend jusqu'au toit de cette section-ci de l'orphelinat ? Vous le voyez comme moi, n'est-ce pas ? Ce n'est rien, vous me dites ? Mais le grillage, au plafond... Oui, là ! Qu'est-ce qu'il y a, derrière ? Le fameux tuyau ? Aucun rapport ? De l'air climatisé, seulement ? Ah... Est-ce que ça tue, de l'air climatisé ?

Je vous en prie, écoutez-moi Monsieur. Nous nous en tirions très bien seuls, avec l'aide de notre mère. Ne guérirait-elle pas d'un seul coup si on nous permettait de la voir ? Vous n'auriez plus à vous préoccuper de nous... MAIS QUI DÉCIDE DE NOTRE SORT, ICI, ET DANS QUEL BUT ?

Oui, je me calme. Je m'inquiète toujours pour tout, vous savez. Souvent sans raison. Par exemple, je sais que mon père va nous sortir d'ici. Il est très fort, croyez-moi, et il n'a rien à se reprocher. Quand il va apprendre qu'on retient ses chers enfants dans un endroit pareil et sans raison valable… Oh la la! Une fois, il a assommé trois hommes d'un seul coup de poing à chacun, simplement parce qu'un d'eux avait crié par la tête de Jacô. Notre père n'a peur de personne, Monsieur. De personne! Vous m'entendez? Je vous conseille de ne pas vous trouver sur son chemin, ce jour-là. Quand il va apprendre, en plus, qu'on a enfermé sa femme à l'asile, il va faire une de ces crises… Vous ai-je dit qu'il est à la veille de faire fortune dans l'or? Vous savez qu'on peut acheter toute une ville avec une seule pépite, puis mettre à la porte les employés qui ne font pas notre affaire? On peut faire beaucoup de choses, oui. Tout ce qu'on veut… Vous saisissez?

Manger les mets les plus rares, par exemple. Des fruits de mer, tenez. Je ne savais pas que ça existait, Monsieur. Mais ça tombe mal, je ne suis pas portée sur les fruits. Mes dents, vous voyez. Quand je croque dans quelque chose avec celles de derrière, j'ai mal. Il y a des trous dedans, vous comprenez. Mais ils sont encore petits. Maman a dit qu'il faudrait attendre qu'ils grandissent, avant de m'envoyer chez le dentiste…

Quoi? Pas besoin d'attendre d'être riches pour se laver les dents? Qu'en savez-vous, monsieur? C'est facile de parler, pour un citoyen! Avec de l'argent plein les poches, on peut se permettre de tout dire, n'est-ce pas? Vous n'êtes pas à notre place, ça se voit! Quoi? Je ne crie pas, Monsieur… Euh… je voudrais simplement comprendre pourquoi on nous retient ici… Est-ce qu'on n'a pas droit au libre arbitre, comme tout le monde? Oui, le libre arbitre, Monsieur! Ça veut dire avoir le droit de décider de son propre sort. Adèle a lu tout un chapitre, là-dessus, dans l'encyclopédie. Les vomissements de mon frère Olivier, c'est terminé, je vous l'ai dit. Alors, allez-vous nous laisser sortir? Voulez-vous que mon père vous mette son poing quelque part?

Euh… je m'excuse d'avoir donné du mien sur la table. Pardonnez-moi, mon Dieu, si j'ai commis le cinquième péché capital. C'est ma faute, ma faute, ma très grande faute… Vous savez, je trouve le temps long, Monsieur. Je veux bien me soumettre à toutes vos règles, mais pendant que je vous parle, ma mère s'enfonce dans sa folie, à l'asile, mon frère Olivier s'enferme de plus en plus en lui-même et Édith fait la grève de la parole. C'est vrai que ça fait bien mon affaire qu'Édith se la ferme. Pour une fois qu'on ne l'entend pas se plaindre de tout, mais ça va durer longtemps, cette quarantaine ? Nos chats finiront par croire qu'on les a abandonnés à leur sort… Pardonnez-moi. Je ne me mettrai plus jamais en colère. Je parlerai en bien de vous à mon père. Apportez-moi une Bible que je jure dessus…

Oui, ça va mieux. Je me suis calmée. Nous pouvons continuer. Papa n'est pas si colérique que ça, vous savez. Mais notre père nous affectionne tant et il est tellement sensible, qu'il mourra de chagrin, si vous ne nous rendez pas à lui bientôt. Quand il reviendra, cousu d'or, je lui demanderai de faire don à votre établissement de la plus grande partie de sa fortune. J'ai toujours eu beaucoup d'influence sur mon gros nounours de papa. C'est comme ça qu'on l'a baptisé dans notre famille : le gros nounours de la maison.

Voyez-vous, l'argent, moi, ça ne m'a jamais impressionnée. Du moment que nous n'aurons plus à tirer notre chariot pour nous nourrir, je dirai à papa : Le reste m'est égal. Distribue ta richesse aux plus pauvres que nous, petit papa. Quand bien même tu ferais couler notre chariot dans de l'or pur, qu'est-ce que ça changerait ? Il y a longtemps que toute la ville a remarqué notre manège. Il ne manque plus de citoyens pour rire de nous, en chemin. Des grands comme des petits, sur le trottoir d'en face, derrière leurs rideaux, leurs vitrines de commerce, le volant de leur auto, qui nous suivent des yeux comme si nous étions, tous les quatre, infestés de poux aussi gros que des barbeaux. Même en or, un pou reste un pou, gros nounours de papa chéri. Voilà ce que je lui dirai, Monsieur.

Quand mon père roulera sur l'or, je vous dis… vous dis-je, je lui demanderai de m'offrir une simple bicyclette, c'est tout. Je n'ai pas des besoins de gonzesse… — pardon, de comtesse — comme le reste de ma famille. Rouge, la bicyclette, Monsieur. J'insiste sur la couleur. Avec des rubans multicolores à chaque poignée. Des rubans qui claqueront au vent quand je roulerai dans les rues. J'aimerais qu'il y ait une lumière au centre du guidon, pour les soirs où je prendrai ma ville d'assaut. Et une sonnette sur la poignée gauche, parce que je suis gauchère, même si ça déplaît à ma sœur de m'apprendre à écrire de belles lettres de cette main-là. Une sonnette aux drings assourdissants, pour mettre en garde les citoyens qui circuleront sur le trottoir et à qui je couperai brusquement le chemin.

À bien y penser, je préférerais une bicyclette de garçon, avec une barre transversale, ce qui permettrait à une amie de profiter de la balade. Une fille qui viendrait chez moi et qui ne remarquerait pas nos meubles, nos armoires, notre évier, où l'eau du robinet rouille la porcelaine. Qui ne posséderait pas de Bible ni d'encyclopédie de proverbes, qui ne saurait ni s'exprimer ni lire mieux que moi, et qui ne passerait pas son temps à reprendre mes mots, mes gestes, ne critiquerait pas à tout moment ma façon de voir le monde. Une fille qui m'envierait d'être aussi choyée par la vie avec une bicyclette pareille, qui serait toujours après moi pour que je l'emmène en balade. C'est de la vanité, JE LE SAIS… Excusez-moi une autre fois. Oui, je me calme. C'est la fatigue, ne vous en faites pas. Oubliez ça. J'ai toute ma tête, rassurez-vous… Peut-être que je m'énerve à cause du miroir, là, derrière vous. Mais c'est fatigant, cette impression que quelqu'un d'autre que vous écoute ma confession…

Onzième soir

On a réussi à en dévisser deux, Rose. C'est difficile avec cette cuillère. Les vis sont rouillées… Qu'est-ce que tu as raconté à l'enseignant?

La naissance d'Olivier.

Tu n'étais même pas à l'hôpital, Rose.

Non, mais j'ai vu comment ça se passe, chez Reily, et je lui ai dit qu'on était très heureux d'avoir un petit frère.

T'as fait une crise à maman qui a duré trois jours, quand elle a ramené Olivier à la maison.

Me rappelle pas de ça, moi.

Ne coupe pas tes phrases, je te l'ai dit cent fois!

...

Onzième nuit

Je n'aurais pas dû me mettre en colère. Le prêtre a sursauté quand j'ai donné du poing sur la table. Il a écrit dans son calepin, ensuite, des mots qu'il a soulignés par trois fois. Qu'a-t-il pensé de mon geste? Je lui ai fait croire, en plus, que papa pourrait s'amener et tout fracasser dans la grande salle. Il va le prendre pour un fou dangereux et se dire : *Tel père, telle fille...* Qu'est-ce qui m'a pris, aussi?

Je vais passer pour une vraie girouette. Pire, même. Quand je pense qu'au début, je lui ai raconté que papa n'en avait que pour les enfants des autres. Qu'il nous avait toujours paru un étranger. Aujourd'hui, je lui ai dit qu'il mourrait de chagrin si on ne nous rendait pas à lui bientôt. Il va croire que je mens comme je respire...

Douzième jour

H IER, Monsieur, j'étais tellement en manque de vitamine C
qu'il y a des bouts de ma confession dont je ne me rappelle
plus. Mais ça va mieux, ce matin. J'ai bu deux grands verres de jus
de citron et je me sens prête à vous raconter le reste de notre vie
dans le plus grand calme. Je suis comme ma mère, Monsieur. Je
ne ferais pas de mal à une mouche, croyez-moi. D'ailleurs, l'avocat de Capone disait qu'on ne peut être tenu responsable des
aveux ou des gestes qu'on a faits, sous le coup de la faiblesse.
Quoi ? Si je vois toujours des gens dans le miroir ? Non, ne vous
en faites pas. C'était la fatigue, je vous le répète…

Savez-vous qu'il est possible d'acheter un Chinois ? Je l'ai
appris à l'école. Je veux dire que pour une pièce de vingt-cinq
sous, on achète la photo d'un Chinois qui ne mange pas à sa faim.
En Chine, nous a dit sœur Marie-de-la-Providence, il y a des millions d'enfants qui n'ont même pas une croûte de pain à se mettre sous la dent. J'ai pensé à ça, hier soir. C'est épouvantable,
Monsieur ! Dire que nous, les Beaudet, avons toujours pu profiter
de celles du restaurant où maman travaillait.

C'est pourquoi j'ai voulu avoir mon Chinois, moi aussi. Vous
comprenez ? Et puis, je me suis dit que du moment que j'aurais
un ami à aider — pour vous montrer à quel point la violence n'est

pas en moi —, je ne me sentirais plus seule. Édith et Adèle se querellent pour le moindre détail, mais elles finissent toujours par se mettre d'accord. Moi, quand j'ose donner mon opinion, il y en a toujours une pour en rire. Mes avis les intéressent autant que la vie d'un ver de terre pour Olivier, qui en gave le chien des Patoine…

Ce n'est vraiment que de l'air climatisé qui sort par là? C'est excellent pour la santé, de l'air climatisé? Tant mieux…

Depuis qu'Olivier nourrit le chien des Patoine aux vers de terre, la bête se sauve dès qu'elle le voit arriver. Vous en mangeriez, vous, des vers à la journée longue? C'est vrai, j'en étais à Édith et Adèle… On ne peut pas dire que des sœurs, c'est de bonnes amies. Elles savent toujours tout de nous et on n'a rien à leur apprendre. Un ami encore plus démuni que soi, ça doit être magnifique, car les gens qui n'ont rien à dire nous écoutent quand on parle. Tenez, quand Fernand, un prétentieux de septième, se vante d'avoir une bicyclette *CCM*, qu'est-ce qu'on peut lui répondre, nous, les Beaudet, qui n'avons même pas un tricycle tout rouillé dans notre cour? Alors on fait : Peuh! et on le laisse parler. Je sais : *Dieu afflige ceux qu'Il aime.* Mais… tant nous aimer, tout le temps, sans nous donner le moindre répit, vous trouvez ça normal, Monsieur?

C'est merveilleux quand même, un ami dont on peut porter la photo sur son cœur. Quand je marcherai sur l'or, grâce à papa, je prendrai l'avion. Je traverserai les océans et je me rendrai chez mon Chinois. Je lui achèterai des vêtements neufs. Je lui paierai de superbes frites. On les mangera sur un banc, à la vue de milliers de Chinois qui seront contents de voir à quel point mon ami est chanceux de m'avoir. Cette ferme intention de générosité devrait me valoir de bonnes indulgences, n'est-ce pas? Assez, peut-être, pour mériter de passer un jour de moins ici?

Alors, voilà. Un matin, j'ai acheté un Chinois avec l'argent que maman m'avait remis pour me procurer un crayon rouge, un bleu, un qui écrit au plomb, et une gomme à effacer. Enfin, je veux dire que j'ai donné vingt-cinq sous à Sœur Marie pour une image avec un Chinois dessus. Il m'est resté une pièce de dix sous, une de cinq, et la figure de mon nouvel ami. Il s'appelle Ding. Ne riez pas, je vous en prie. Avec ma pièce de vingt-cinq sous, Ding ira à l'école, s'achètera des souliers et mangera du riz tant qu'il voudra. Sœur Marie en était convaincue.

Maman, de son côté, disait qu'avec les vingt-cinq sous de tous les enfants de la province, les Chinois pourraient se procurer un jour des billets d'avion en première classe, et qu'ensuite, ils viendraient nous envahir. Il n'y avait qu'à penser aux restaurants chinois qui poussaient comme des champignons après la pluie dans notre ville. C'était grâce à nos économies, nous expliquait maman, qu'ils devenaient des citoyens et nous, leurs employés.

Maman disait aussi : *Charité bien ordonnée commence par soi-même,* quand l'envie nous prenait d'être généreux. Ce qu'elle parlait bien, parfois, notre mère. On aurait dit une encyclopédie, elle aussi.

Ding avait l'air si gentil sur la photo. Je me suis dit que si l'envie lui prenait un jour de faire commerce chez nous, il ferait bien de l'ouvrir à l'autre bout de la ville, avec ma mère pour lui faire connaître sa façon de penser ! Je suis certaine que Ding me rendrait la pareille. Qu'il nous y ferait manger gratuitement, en se rappelant la pièce de vingt-cinq sous que je n'avais pas hésité à lui envoyer, quand il avait le ventre vide… Avoir un ami est bien plus agréable que d'écrire toute la journée dans un cahier, Monsieur.

Un matin, sœur Marie nous a demandé une autre contribution. Cette fois, c'était pour permettre à Ding de fêter Noël avec toute sa famille, qui comprenait les oncles, les tantes, les cousins, les cousines, les grands-parents, et les voisins de toute la rue… Ils pourraient s'échanger de jolies étrennes, manger du foie gras et du riz en abondance. J'avais bien une pièce de cinq sous, mais avec dix, j'avais droit à une place assise au sous-sol de l'église Saint-Joseph, pour y regarder Roy Rogers. Ce que disait Roy aux Indiens, ou à Trigger, son cheval, c'était quand même important. En attendant d'avoir une autre pièce de cinq sous pour en faire dix, de trouver une bonne raison d'en demander chacun une à maman, on s'est recouvert le dos et la tête de plastique, parce qu'il pleuvait, et on est allés se braquer à la fenêtre du sous-sol de Saint-Joseph.

Comme pour mal faire, ce jour-là, il y avait quatre chaises libres dans la salle. Juste devant l'écran. De bonnes places.

Comme si quelqu'un avait fait exprès de les garder vides, rien que pour nous faire chier — pardonnez-moi l'expression. Billy était dans la salle. Les pieds appuyés sur une deuxième chaise, il mâchait un *chewing-gum*. Il a droit à deux places, lui, nous a dit Adèle. Une pour son cul, l'autre pour ses pattes sales. Pardonnez à ma sœur, Monsieur, son langage ordurier. De temps à autre, Billy se tournait vers notre fenêtre, un sourire de citoyen aux lèvres. On a fait semblant qu'on ne le voyait pas. On était là pour Roy Rogers et personne d'autre. Ne pas entendre sa voix, de toute façon, ce n'était pas la fin du monde.

Adèle apprenait à lire sur les lèvres en consultant un chapitre de l'encyclopédie, qui traitait du langage des sourds-muets. On s'est pratiqués à la maison, plusieurs soirs d'affilée. Chacun notre tour, on articulait des phrases sans émettre le moindre son, devant Adèle qui devait nous les répéter avec le plus d'exactitude possible. Notre sœur aînée apprend avec une grande rapidité. Édith venait à peine d'articuler deux mots qu'Adèle l'empoignait aux cheveux et lui criait : Répète ça, pour voir ? Répète !

Va chier ! lui a lancé Édith.

Les gros mots volaient, Monsieur. Olivier se tordait de rire et moi, je suis sortie.

Ça me rappelait une autre chicane, entre mes parents celle-là, mais plus grave. Maman avait demandé à papa d'aller remettre deux cents beaux dollars à la secrétaire de la loi Lacombe, pour le paiement du mois de juillet. Papa s'était plutôt rendu à la banque rencontrer un gérant. Il lui avait dit : Voilà un bon montant que je veux absolument utiliser en bourse. Quelles actions peuvent me rapporter rapidement beaucoup d'argent ? Le gérant lui avait indiqué celles qui, selon lui, monteraient en flèche au cours des jours à venir. Notre père avait signé des tas de papiers, s'était ramené à la maison ensuite, une grosse Dow sous le bras.

Un mois après, un huissier frappait à notre porte. Comme nous n'avions aucun bien de valeur à nous faire saisir, l'homme a cité à maman un article de la fameuse loi qui permettait de prélever, sur son salaire, le montant qui manquait. Quand maman a appris que son mari avait misé le mois de juillet sur des actions douteuses, elle a vu rouge. Très rouge. Elle a empoigné la hache qui traînait près de la porte d'entrée — pardonnez-lui son geste, car il est dit dans la Bible que l'enfer est pavé de gens que la colère submerge —, notre mère, dis-je, a tué notre père du regard et lui a lancé : Tant qu'à ne pas avoir de cervelle, amène-toi donc ici que je te fasse aboutir l'abcès qui te sert de tête!

Notre père a eu beau lui expliquer que le gérant de banque lui avait garanti dix fois sa mise, maman l'a laissé s'embourber dans ses mensonges, et puis, lui en a bouché un coin quand elle lui a dit que l'oncle Nicolas l'avait vu miser le mois de juillet, non pas à la banque, mais chez Luigi, qui prenait des paris pour ses clients à Blue Bonnet!

Maman s'est enfermée dans sa chambre en pleurant. Papa s'est éclipsé. Il n'est revenu que deux jours plus tard après qu'Adèle, qu'il venait de rencontrer en ville, l'eut assuré que notre mère était trop occupée au restaurant pour vouloir lui faire aboutir l'abcès qui lui servait de tête. Il a saisi la hache, l'a cachée derrière une cordée de bouleaux, puis s'est couché. On a entendu maman rentrer, laisser tomber ses chaussures, entrer dans la chambre, s'asseoir sur le bord du lit au sommier grinçant, et dire à son mari : Fais semblant de dormir, si ça te chante, mais la prochaine fois que tu me fais une chose pareille, la hache, je te la plante dans le front... Papa a cessé net de ronfler et le silence est revenu dans la maison. Olivier m'a chuchoté à l'oreille : Ce serait pas grave. Il est jamais là, de toute façon... Veuillez pardonner à mon jeune frère d'avoir ignoré le quatrième commandement.

Mais moi, j'en ai eu pour une semaine à essayer de garder les yeux ouverts, la nuit, parce que la colère de maman grondait toujours en elle. J'avais peur de me lever, un matin, et de découvrir, dans le lit de mes parents, mon père mort — c'est sûr —, la hache dans le front, et sa cervelle éclaboussée sur les murs. J'ai demandé à Dieu de ne pas laisser le diable guider le bras de ma mère. Et puis, songez-y une minute : qu'aurait-elle fait du corps de son mari? On ne tue pas sans se soucier de ce qu'on fera, ensuite, du corps de la victime, Monsieur. Euh... *j'imagine* qu'on ne tue pas sans se soucier de ce qu'on en fera ensuite... Ne tenez pas compte de ce que je viens de dire. Je fais objection à mes propres paroles, votre Honneur... pardon : Monsieur. Comprenez bien que je ne

vous confesse rien, en ce moment. Je me pose la question, à tout
hasard. Et puis d'autres… *Si* maman avait eu ce geste mal-
heureux, est-ce qu'elle aurait pu *bénéficier* — je le trouve vraiment
agréable à dire, ce mot — de circonstances atténuantes, comme le
suggérait au juge l'avocat de Capone ? Surtout si elle avait mis la
main, en plus, sur ces lettres adressées à papa, signées de la main
de sa petite « princesse » ? Et qu'elle lui avait fait sa fête, par la
suite ? N'allez pas vous imaginer que ma mère soit capable de
pareilles choses. Il n'y a pas de bonne cause à servir, à vouloir faire
aboutir la cervelle du père de ses enfants, vous comprenez ? Il n'y
a pas d'honneur, de dignité dans le geste, Monsieur.

N'empêche que ma mère a mis deux grosses semaines à se
désenrager. La hache, je suis allée la perdre quelque part, à trois
ruelles de chez nous. Les films épeurants, je les préfère chez Reily.
Même si Adèle m'a souventes fois enjoi… gnée de faire la différence entre les films et la réalité, j'ai l'impression, quand maman
entre dans une pareille colère, qu'on se prépare à voir un film
d'horreur. À la maison, Monsieur, il ne doit pas y avoir d'assassin
qui s'appelle maman et qui se cache derrière une porte, une hache
à la main, prête à vous faire aboutir la cervelle. Vous me suivez ?

Justement, ça me rappelle un film effrayant… Un jour, l'oncle Nicolas nous a donné, à chacun, une belle pièce de vingt-cinq
cents. Nous sommes allés au cinéma Capitol, qui gît… *sis* sur la
rue Principale, que je devrais plutôt dire. Excusez ma méconnais-
sance partielle du français guindé, Monsieur. Mais je fais beaucoup d'efforts pour me cultiver et pour maîtriser les finesses du
langage parlé et écrit. Passons… C'était la première fois qu'on
entrait dans un vrai cinéma. Il y a même un jubé, a dit Adèle.
Wow ! Comme on va s'amuser ! hein, Édith ? J'espère, a répondu
ma sœur d'un ton incertain, qu'on n'est pas ici pour regarder un
film sur la messe. On est bien dimanche, Adèle, n'est-ce pas ? Ça
allume des lampions dans ta tête ?

On s'est assis dans la deuxième rangée. On voulait avoir
l'écran juste pour nous. L'histoire du cow-boy Tom Dooley était
au programme. À l'aube, Tom Dooley, qu'on accuse d'avoir tué sa
femme, sera pendu si personne ne fait rien pour le sauver. Avez-
vous déjà vu ce film, Monsieur ? Quels films avez-vous le droit de

regarder, au fait, mis à part ceux qu'on passe sur Dieu, à Noël et à Pâques ? Oui, je me pose toujours toutes sortes de questions, je l'admets. Je n'y peux rien, Monsieur. C'est comme ça... Le film que nous avons vu au Capitol commençait par cette chanson : *Fais ta prière Tom Dooley, fais ta prière mon vieux. Fais ta prière Tom Dooley, demain tu vas mourir. Au lever du jour, on viendra te chercher...* et se terminait de la même manière. Merci pour le compliment. C'est vrai que j'ai une belle voix. L'oncle Nicolas a dit que je pourrais devenir célèbre comme Maria Callas, un jour, si ma mère avait de l'argent pour m'envoyer étudier en Europe. Vous avez déjà entendu la Callas chanter à la radio ? Moi non plus.

Tout au long du film, Tom Dooley crie son innocence, mais comme il n'a pas d'alibi pour le soir du crime... Au bout d'un moment, Monsieur, ce n'était plus lui que je voyais supplier le juge, à l'écran, mais un autre Tom. Le vrai, celui que la police s'était remise à questionner, nous avait dit l'oncle Nicolas. Billy n'était pas lavé de tout soupçon, mais Tom non plus. La police avait viré la maison de Tom sens dessus dessous, sa remise, les endroits qu'il avait l'habitude de fréquenter... Des plongeurs étaient allés jusqu'à fouiller le lac Osisko. Il leur avait même pris l'idée de revenir nous questionner. Comme si on allait leur raconter, cette fois, tout le contraire de ce qu'on leur avait dit, à leur première visite.

Je revois Tom Dooley qui attend, dans sa cellule. Il pleure. Il y a cet air qui l'accompagne, un air si triste qu'il me fait mal. La construction de la potence va bon train, tandis qu'au *saloon*, un homme connaît le vrai meurtrier. Mais il boit tranquillement son verre de whisky. Il se tait. Pourquoi ? C'est simple : il est lui-même recherché par les *Fédéraux*.

Enfin, ils conduisent Tom Dooley à l'échafaud. Le bourreau lui recouvre la tête d'une poche de jute, lui attache les mains dans le dos, puis les pieds. À côté de lui, il y a un prêtre. Comme vous, Monsieur. Mais il porte le col blanc réglementaire, lui. Enfin... C'est pas mes affaires. Ce n'est pas mes affaires. Il se met à la lecture de la Bible et, presque aussitôt, Adèle pète le feu. Elle nous dit : Il invente, ce bonhomme ! Même sur son grabat de mourant,

Job n'a jamais adressé de telles paroles au Seigneur. C'est un blasphème! Où s'en va le monde, avec des acteurs pareils? Quelqu'un peut me le dire? Adèle a appris par cœur Le Livre de Job, Monsieur... Pour elle, il n'y a rien de pire que de modifier l'Histoire, de quelque manière que ce soit. C'est une question de principe, vous comprenez?

Le prêtre fait maintenant un signe de croix. Le bourreau actionnera bientôt, sur un ordre du juge, la trappe de la potence. Dans mon banc de cinéma, je me dis que le gars, au bar du *saloon*, va se lever juste avant que le bourreau actionne la trappe et crier : Non! cet homme est innocent! Mais il demande un autre whisky.

Le juge s'approche de Tom le pied bot... euh, de Tom Dooley, et lui demande : Avez-vous quelque chose à dire avant... Tom l'interrompt et répète : Je suis innocent. Le juge fait un signe de la main au bourreau. La trappe s'ouvre. Tom se met à gigoter comme un ver, au bout de sa corde. Je l'entends gargouiller. Je n'en peux plus. Je marmonne à Adèle de me laisser sortir de la rangée de bancs. Qu'est-ce qui te prend? me demande-t-elle. LAISSE-MOI M'EN ALLER! que je m'entends lui crier. Adèle me dit : Il y a des *cartoons* de Bugs Bunny, après! Tu n'as pas envie de les regarder? LAISSE-MOI SORTIR! que je lui crie encore, comme une enragée.

C'était terrible, Monsieur, ce bruit de gargouillis qui ne voulait pas me sortir des oreilles. J'ai couru à la maison sans en venir à bout, sans pouvoir me débarrasser non plus de l'air et des paroles de la chanson. Ou les gargouillis de Tom Dooley prenaient le dessus, ou bien c'étaient des mots. *Au lever du jour, on viendra te chercher,* disait la chanson. Un jour, me suis-je dit, la police viendra chercher Tom le pied bot. Quand il me demandera de dire à la police que j'étais avec lui, je n'aurai pas le courage de le regarder dans les yeux. Je suis déjà passée en première confession. Dorénavant, si je mens, Dieu viendra me chercher dans mon sommeil, en plein rêve, pour me conduire aux portes de l'enfer.

Mais je ne voudrais pas mourir. Et c'est dans les rêves qu'on se méfie le moins, Monsieur. On accepte tout, dans les rêves, sans se poser des questions. Tout ce qui s'y passe, on trouve ça normal, vous comprenez? Je me baignerais dans un pot de beurre d'arachide et je trouverais ça normal. Je flotterais au-dessus des maisons, sans avoir d'ailes au dos ni de moteur dans le trou des fesses, et je trouverais ça normal. Une fois, je me suis vue boire à même une flaque d'eau, juste à côté d'un veau. Je lui ai fait : Meuhhhhh! et j'ai trouvé ça normal. Vous voyez? Mais dans la vraie vie, je ne fais pas : Meuhhhhh! et je bois de l'eau du robinet. Et si j'avais un moteur dans le trou des fesses, ça ferait longtemps que j'aurais fait embarquer toute ma famille sur mon dos. On prendrait maintenant du soleil sur les plages de la Floride, loin de la police, qui en fait une maladie de vouloir régler son compte à la belle âme qui nous a soulagés de la présence de Lucie Mackoy, la pécheresse. Je ne veux plus qu'on nous sépare les uns des autres, vous comprenez? Et je ne veux pas perdre papa. Maman encore moins. Ayez pitié de nous! Dites-moi que vous nous laisserez partir… Je m'efforce pourtant de me soumettre à toutes vos règles, Monsieur, ainsi qu'aux commandements de Dieu. Même s'il m'arrive d'y désobéir… *Quand on a appris à voler, il faut apprendre à être pendu.* C'est un proverbe que j'ai entendu, il y a très peu de temps, et je n'arrive pas à le chasser de ma tête…

Un soir, avant de nous endormir, Adèle nous a dit : J'ai une idée géniale… Maman n'était pas encore rentrée du travail, papa était à la taverne. Elle nous a fait lever. On a enfilé un manteau. Il faisait nuit. Adèle a ramassé le marteau de papa et a dit : Chut! Suivez-moi… On est sortis dans la ruelle. Édith a demandé : On ne pourrait pas remettre ça à demain? *Il faut battre le fer pendant qu'il est chaud,* a rétorqué Adèle.

L'air était frisquet. Je me suis frotté les bras et ça m'a rappelé les mains chaudes et douces de maman. On a suivi la ruelle jusque chez Tom, question d'éviter les lampadaires de la rue. Puis, Adèle s'est flanquée à quatre pattes sous sa fenêtre, comme Johnny Torrio dans *Une bombe sous la fenêtre du juge Orly,* et m'a dit de me mettre debout sur son dos. Pourquoi? je lui ai demandé. Pour voir de quoi il retourne chez le laitier, m'a-t-elle fait savoir. J'ai fait rapport : Il ronfle sur son canapé, et alors? Adèle s'est tournée vers Édith et Olivier, puis leur a chuchoté : Vous pouvez y aller.

Je les ai vus courir en direction de la remise de Tom, faire sauter le cadenas à l'aide du marteau, puis sortir le tricycle.

Qu'est-ce que vous faites? que j'ai demandé. Ça ne te regarde pas,
m'a dit Adèle. On veut juste s'amuser un peu… J'ai objecté : Tu
ne trouves pas que Tom a suffisamment de malheurs comme ça?
Peuh! a fait Adèle. Retourne à la maison, Rose la pissouze. C'est
le laitier, le meurtrier de Lucie. Enfonce-toi ça dans le crâne. Son
tricycle, il finira bien par se le faire enlever, de toute façon.

Le tricycle de Tom, c'était son seul moyen de subsistance,
Monsieur. Il se l'était procuré à force de livrer des caissettes de
pintes de lait, même durant l'hiver. Je les ai entendus rire et crier,
par la fenêtre de ma chambre, et puis, plus rien. Quand ils sont
rentrés, j'ai demandé à Adèle : T'as rangé le tricycle de Tom dans
sa remise? Non! m'a répondu ma sœur. Adèle a fait tinter quelque
chose, au fond de ses poches. Elle a dit : On a rencontré un bro-
canteur itinérant. Il vient de Montréal. Il nous a donné cinq dollars pour le tricycle. Cinq beaux dollars! Tu te rends compte?

Je n'ai pas su quoi lui répondre, Monsieur.

Voilà ta part, m'a dit ma sœur. Cinq belles pièces de vingt-
cinq cents. De quoi aller cinq fois au Capitol. Prends, sinon on se
les partage.

Adèle a jeté les pièces de monnaie sur le lit. Olivier a voulu les
ramasser. Je les ai prises dans l'intention de les rendre à Tom, dès
le lendemain, je vous le jure. Adèle m'a prévenue : Pas un mot au
pied bot! J'ai demandé : Comment fera-t-il pour livrer son lait?
Et elle de me répondre : Tu l'aideras. Ce n'est pas ça que tu veux?
Moi? que j'ai fait. Oui, a répliqué Adèle. T'en parles jusque dans
tes rêves… Je me suis sentie rougir, Monsieur. J'ai dit : Vous
n'aviez pas le droit de… Adèle m'a fait taire : Si tu parles, je dis à
maman qu'il te fait des mamours quand tu vas le voir et que
t'aimes ça… J'ai répliqué : Ce n'est pas vrai, ça! Adèle a riposté :
Pourquoi rougis-tu, alors?

Je me suis mise à pleurer, Monsieur. J'ai passé pour une brail-
larde aux yeux de ma sœur et je suis sortie. Maman, qui rentrait
du travail, m'a demandé ce que je faisais, seule, dehors. Je lui ai
répondu que j'avais la grippe et que je croyais faire de la fièvre.
On est rentrées. Adèle, Édith et Olivier faisaient semblant de
dormir, dans notre lit.

J'ai dû utiliser une des pièces de vingt-cinq cents pour aller regarder Roy Rogers et Sitting Bull faire exploser, à coups de tomahawk et à coups de fusil, la cervelle des Iroquois, à l'église Saint-Joseph. Adèle me l'avait rappelé : Une famille, ça fait tout ensemble.

Roy et Sitting Bull, le chef des Sioux, se bagarraient contre le chef des Iroquois. Ils tapaient, tapaient, et moi, j'avais envie de crier : Pétez-lui les dents! Ça lui apprendra, à Adèle Beaudet! Oui, Monsieur, j'imaginais Adèle à la place de l'Iroquois. Je me sentais gonflée de courage : et que je lui pétais les dents, à ma sœur! Et que je lui en flanquais, des coups de pieds au cul... au derrière, mille pardons. Quand je suis arrivée à la fin de mon film à moi, je me suis sentie mieux et je m'en confesse, Monsieur.

Pendant ce temps, je n'ai presque pas pensé à Tom. Ensuite, j'ai tenté de me convaincre qu'il saurait distribuer son lait autrement, car il a toujours su se débrouiller, le gars. Je me suis répété plusieurs fois cette parole d'Adèle : Rappelle-toi, quand nous lui avons demandé une seule pinte de lait. Il a craché par terre après nous avoir crié d'aller au diable... *Oui, mais, à moi, il m'en a laissé boire,* ai-je dû admettre.

J'ai vu Tom, le lendemain du vol, se diriger vers sa remise en traînant la patte, en ouvrir la porte grinçante, puis blêmir. Je l'ai entendu jurer; je l'ai vu lancer sa casquette par terre, la fouler de son bon pied, s'asseoir ensuite sur une bûche et verser des larmes. J'aurais voulu tout lui confesser. Je nous voyais déjà en train de fondre comme des guimauves sur les braises de l'enfer, pour ce crime. Tom s'est redressé, puis a sorti un chariot tout rouillé et poussiéreux de sa remise. Il a marché en direction de la laiterie, le chariot à la traîne, à plusieurs rues de chez lui. Il fallait bien qu'il fasse sa livraison. Je l'ai suivi, discrètement. Il s'est arrêté chez Reily, un moment, puis chez Luigi, un de ses amis. Luigi travaille souvent avec la porte ouverte et j'ai entendu Tom lui raconter qu'il venait de commander un tricycle tout neuf, au marchand de la rue Gamble. Un tricycle à cinq vitesses qu'il prendrait bien trois ans à payer. Il a dit au barbier que même si l'épreuve était difficile à encaisser, il avait pour principe de ne jamais s'apitoyer sur son sort. Tu sais, Luigi, lui a-t-il dit, il y a toujours des gens plus mal foutus que nous. Pourquoi perdre mon temps à chercher le voleur ? Tu me connais. Je suis incapable de vengeance… Luigi a fait signe que oui, de la tête. Mais il a ajouté : T'es trop honnête, Tom. Moi, à ta place… À demain ! a enchaîné Tom, à l'intention du barbier. Mes clients m'attendent et je n'ai jamais livré de lait en retard…

Ses paroles m'ont quelque peu soulagée de mes remords, Monsieur. Mais j'ai réfléchi à la situation et je me suis dit que mon ami pourrait bien recevoir, à un moment donné, une lettre accompagnée de cinq belles pièces de vingt-cinq sous. Une petite somme, c'est vrai, mais qui pourrait l'aider à payer une partie du tricycle neuf. Je ne la signerais pas. Si je me rappelle bien, on appelle ça une lettre à Nônime.

Maman, à l'occasion, citait cet autre proverbe : *Il y a des avantages à tout, même dans le malheur.* Trois jours après le vol du tricycle, j'ai rêvé de Tom. Il me disait : Garde cet argent, Rose, pour les bons moments que j'ai passés en ta compagnie. Et j'ai répondu : C'est d'accord, Tom. Mais c'est bien pour te faire plaisir. Tu sais, je ne suis pour rien dans le vol de ton tricycle. Et puis, c'est ma sœur qui m'oblige à dépenser l'argent qui t'appartient. Tu me crois, n'est-ce pas ? Je te crois, Rose, m'a dit Tom, et j' t'en veux pas.

J'ai pensé que ce rêve était un signe. J'ai réfléchi et je me suis dit : vu que Tom compte prendre trois ans pour payer son tricycle, j'ai tout ce temps pour amasser cet argent, finalement. Adèle me force à dépenser les pièces de monnaie. On ne peut pas être traitée de pécheresse quand on vous oblige à dilapider le fruit du larcin des autres, n'est-ce pas ? Je ne sais pas si vous voyez où je veux en venir, Monsieur. Je n'ai pas été joyeuse de profiter du malheur de Tom, ça, je vous le jure. Mais ça m'a fait tout drôle de sentir autant de pièces de vingt-cinq sous au creux de ma main. Cinq belles pièces sonnantes, quand c'est la première fois de votre vie que ça se produit, ça porte à réfléchir. C'est un peu comme entrer en possession de sa propre brique d'or quand on a passé un long moment à l'extraire pour les autres, vous comprenez ? L'image de Tom boitant plus que de coutume ce jour-là, pendant qu'il tirait son chariot de livraison, me troublait quand même. J'ai fini par m'accrocher à sa dernière parole, quand il a dit à Luigi qu'avant la fin de la journée, il aurait oublié l'incident.

Il ne lui restait plus qu'une heure, avant la fin de sa livraison de lait. Une heure encore à boiter de maison en maison, le chariot tout déglingué et chargé de caissons de lait, ce qui exigeait des efforts pénibles, puis il pourrait rentrer. Demain, je me suis dit, le train de marchandises lui rapportera un tricycle tout neuf, à vitesses en plus, et sa roue avant ne sera pas tordue.

J'ai pris une des pièces dans le creux de ma main — comme ça, vous voyez? — tout en me réjouissant qu'il m'en reste encore quatre. Quatre belles pièces sonnantes, que j'ai regardées longtemps en me demandant, pendant que mon cœur battait de joie malgré ma honte, quels trésors je pourrais me procurer avec. J'étais prête à m'offrir le monde, rien de moins, quand j'ai été attirée par une odeur merveilleuse qui m'enveloppait, à mesure que j'approchais d'un certain endroit. Un parfum qui ne me venait pas souvent aux narines, du temps où je n'avais pas de raison de me trouver là puisque, comme aurait dit maman, il m'aurait fallu mettre la main sur un cheval, sous… le sabot duquel — c'est bien ça, sous le sabot duquel — il m'aurait ensuite fallu dénicher de la crotte de pape, pour que mon vœu se réalise. C'est pas évident… ce n'est pas évident d'en trouver ailleurs qu'à Rome, Monsieur.

J'ai visé la cabane à patates frites, à quelques pas de moi. Des frites, des frites, c'est uniquement à ça que je voulais penser. J'ai succombé au septième péché capital et je suis entrée. Il y avait plein de monde. Mais il restait une place assise, à côté d'un gros homme à la barbe longue et à la veste de cuir. Les clients me dévisageaient. Ils ne savaient pas encore que je tenais une fortune en poche. Peut-être se demandaient-ils, ces citoyens, de quel droit j'osais me mêler à eux? J'ai respiré à fond et je me suis dirigée vers le comptoir. J'ai remis ma pièce de vingt-cinq sous à une vendeuse qui portait un filet sur la tête, me suis demandé à quoi il pouvait bien lui servir, puis si ma pièce était suffisante pour faire de moi une nouvelle cliente. La fille attendait que j'ouvre la bouche. J'ai fait : Euh… et elle m'a demandé : T'en veux pour combien? pendant qu'elle mâchait un gros *chewing-gum* tout rose.

Pour une heure, au moins… j'ai dit.

T'es une p'tite comique, toi, hein? qu'elle a fait. Je veux dire pour combien d'argent? Vingt-cinq cents, cinquante? Le format familial?

Je lui aurais bien remis toutes mes pièces. Mais ça m'en aurait donné jusqu'au lendemain, j'imagine, et je n'avais pas l'intention de partager mes frites avec mes sœurs et mon frère. Pardonnez-moi ce péché d'égoïsme, Monsieur. Voilà, j'en veux pour vingt-cinq cents, que j'ai dit à la vendeuse. Ah! qu'elle a fait. Tu sais faire la différence entre une pièce de vingt-cinq cents et une de cinq? À ton âge? J'avais neuf ans, à ce moment-là, et je le lui ai fait savoir. Sainte pitoune de sainte pitoune! qu'elle a répondu. Je t'en donnerais six. T'es p'tite, tu sais. Tu t'appelles comment? Rose... Hum! J'aime ça, qu'elle m'a dit. Tu veux un morceau de mon *chewing-gum*? Si j'avais été moins timide, Monsieur, j'aurais dit oui, mais j'ai fait non de la tête. Tant pis pour toi, qu'elle m'a dit.

Elle a fait une grosse bulle avec sa gomme, si grosse que ça lui a éclaté au nez, ce qui m'a donné envie de lui pouffer de rire au visage. Elle a retiré la fine peau de la chique qui lui collait aux joues, aux paupières et à une mèche de cheveux, mais ça ne l'a pas empêchée de crier au garçon qui brassait un gros panier de frites toutes chaudes, derrière : J'en veux pour vingt-cinq cents! Et que ça saute, sainte pitoune!

J'ai eu envie de lui faire remarquer qu'on ne peut pas traiter un garçon de pitoune, qui s'emploie au féminin. Il y a des règles de la langue française qu'il faut respecter, si on ne veut pas passer pour une sans-génie mais, au fond, ce n'était pas mes affaires. Maman disait : On n'est pas obligés de sauver le monde de toute son ignorance, mes enfants... Alors, j'ai attendu. J'étais très contente de me trouver là, grâce aux pièces de Tom, c'est vrai, mais je me suis dit que je m'en confesserais dès que j'en aurais la chance. Il ne vous reste plus qu'à me donner l'absolution, Monsieur. Vous êtes là pour ça, n'est-ce pas?

La prochaine fois que j'irai à la cabane, je dirai à la vendeuse : Pour vingt-cinq cents, cette fois! Et que ça saute! À moins que la vendeuse au *chewing-gum* ne me dise : Bonjour Rose. Tu vas en prendre pour combien, aujourd'hui? Alors, je lui rendrai son sourire et je lui dirai : Comme d'habitude, la pitoune ! Pour vingt-cinq cents !

Je suis allée m'asseoir à côté de la veste de cuir et là, je me suis mise à le dévisager. Je n'avais peur de rien. Ça devait être l'odeur des frites qui me faisait ce drôle d'effet. Je me suis dit que lorsque les miennes seraient prêtes, je me les enverrais derrière la cravate, comme dit l'oncle Nicolas, et que je me lécherais les doigts pour finir, même si j'avais les ongles sales. La veste de cuir le faisait, entre chaque portion de frites et personne ne levait les yeux sur lui. J'ai pensé que c'était peut-être à cause de sa veste de cuir. J'avais sans doute bien fait de m'asseoir près de lui, vu que personne n'osait non plus jeter les yeux sur moi. Peut-être pensaient-ils que c'était mon père ? Je lui ai même fait un sourire. Il m'a dit : C'est bon des frites, hein ? J'ai hoché la tête et j'ai enfoncé la main dans le sac de frites qu'il me tendait. J'en ai sorti dix d'un coup et me les suis fourrées d'un seul trait dans la bouche, après lui avoir dit merci. Ça faisait beaucoup, c'est vrai ; j'avais même de la difficulté à les mâcher, tellement j'avais la bouche pleine à ne plus savoir quoi faire de ma langue, ce qui l'a fait rire. Personne n'a trouvé à redire autour de nous, au contraire d'Adèle qui, si elle avait été là, m'aurait reproché de manger comme une cochonne. J'ai décidé que lorsque je serais assez grande pour travailler, je m'achèterais une veste de cuir. Ça impose le respect, je l'ai bien vu, et c'est très pratique, en plus. Ça vous protège des intempéries, des orages intempestifs de tout acabit — j'aime ces trois mots, mais je trouve rarement l'occasion de les employer, dans une conversation —; une veste de cuir, dis-je, qu'on peut porter à l'année longue sans que jamais personne ne vous dise d'en changer. Savez-vous combien ça coûte, Monsieur ?

Je suis retournée au comptoir. J'ai demandé à la vendeuse combien de temps je mettrais à manger des frites, contre ma pièce de vingt-cinq sous. Elle m'a fait un autre charmant sourire et m'a répondu : Pendant une bonne quinzaine de minutes, Rose, si tu les dégustes une à la fois, et en prenant tout ton temps.

J'ai tendu les deux mains vers le gros sac de frites qu'elle tenait à bout de bras, et je lui ai rendu son joli sourire, parce que ça me faisait fait tout chaud de m'être fait appeler par mon prénom. Ça aurait mérité une indulgence, n'est-ce pas ? Si j'avais eu cinq dollars en poche, je lui aurais remis un généreux pourboire. Au moins, disons, ce qu'il en coûte pour une entrée au Capitol. Mais comme c'était la première fois que je venais dans un tel endroit, qu'on ne pouvait pas encore dire que j'étais une habituée, j'ai simplement lancé : À la prochaine ! à la veste de cuir, et je suis sortie m'asseoir sur un banc. J'ai pris le temps de humer, pendant de longues secondes, l'arôme qui se dégageait de mon sac, le plus extraordinaire que j'ai connu de toute ma vie. Je me sentais la plus heureuse des filles pauvres de toute la terre, pendant que je dégustais mes belles frites dorées, une à la fois, pour faire de cette quinzaine de minutes une bonne heure. J'en aurais mangé pendant des jours, si ça avait été possible. Une occasion pareille, Monsieur, ça ne passe pas souvent dans la vie. J'ai pensé aussi ne pas me laver les mains avant le lendemain, pour en garder l'arôme sur mes doigts. Et puis, non. Une fois rentrée, je les frotterais longtemps, et je les rincerais à l'eau de Javel, s'il le fallait. Adèle aurait dit que ça valait bien la peine de m'entendre protester contre le vol du tricycle, pour me voir dépenser mes pièces à la première occasion. Je dois toujours penser à ce qu'elle pourrait dire, à la façon dont elle pourrait réagir, et tout ça m'épuise, Monsieur.

Peu importe. J'avais appris à me payer des frites sans l'aide de mes sœurs, elles qui disent que je ne fais jamais rien par moi-même. En fait, c'était comme si j'avais fait ça toute ma vie. Comme si j'étais devenue, du seul fait d'être entrée dans la cabane à patates frites et d'avoir parlé au géant à la veste de cuir, une citoyenne qui peut décider elle-même de ce qui va lui arriver. C'est ça, le libre arbitre, Monsieur. Vous saisissez, maintenant ?

Un matin, j'ai vu Tom pédaler avec ardeur dans les rues de la ville. À tout moment, il faisait tinter sa nouvelle sonnette, comme pour annoncer au monde l'arrivée de son nouveau tricycle dans sa vie. On se serait crus à Noël, Monsieur. Moi, j'avais le cœur un peu à l'envers. J'étais assise sur un banc, le dos appuyé à la cabane à patates frites, à surveiller les gens y entrer au cas où la veste de cuir se pointerait. J'avais envie de partager ma seconde frite avec lui, comme ça. Qui sait? Peut-être qu'à se connaître un peu mieux chaque jour, il finirait par m'inviter à faire une balade à moto? Les miens en auraient bavé, Monsieur, je vous jure! Mais je ne voulais pas non plus perdre de vue mon ami Tom, en train de faire le joyeux luron sur son tricycle.

Adèle a dit que nous avions rendu le laitier heureux et que nous aurions dû recevoir une médaille pour ça. Qu'est-ce que vous en pensez, Monsieur? Oui, j'en conviens. Ma sœur exagère.

Si on poursuivait ma confession demain? Ma vitamine C, vous comprenez? Quand j'en manque, je ne me reconnais plus. Je bafouille, je perds mon calme — vous en avez été témoin, hier —, et je ne voudrais pas que vous pensiez que je mens comme je respire, quand la faiblesse peut me faire dire, le matin, le contraire de ce que je vous ai dit la veille…

Douzième soir

Tu lui as parlé de quoi, cette fois?

De choses et d'autres. Tiens, de la fois où Olivier croyait que tu parlais chinois.

C'est vrai, Rose. Tu te rappelles, Olivier? Tu n'arrêtais pas de me demander ce qui était écrit, à une page de l'encyclopédie. Je t'ai répondu : Ce serait trop compliqué à t'expliquer. Ce serait du chinois, pour toi. Tu m'as demandé : Tu sais parler le chinois, Adèle? Mais non, idiot! que j'ai fait. C'est une manière de parler… Et, en pleurant, tu m'as crié : POURQUOI TU FAIS EXPRÈS DE PARLER COMME ÇA, ALORS? Tu te rappelles, Olivier?

Arrête de rire de moi, Adèle!

Écoute, Rose. Est-ce que ce foutu enseignant t'a dit quand il nous laisserait sortir?

Euh… il m'a dit que la quarantaine est pour tous ceux qui entrent à l'orphelinat. Pas moyen de l'éviter, c'est le règlement. Il a dit que, parfois, des maladies contagieuses se déclarent plusieurs jours après l'arrivée des orphelins et que…

Ne prononce plus ce mot, Rose. NOUS NE SOMMES PAS ORPHELINS!

Excuse-moi. Je disais que tous les *occupants* de la bâtisse doivent inévitablement passer par les douches…

Les douches?

Pour nous désinfecter, oui…

Où est-ce qu'elles se trouvent?

Dans une grande bâtisse, au fond de la cour. Parfois, quand je parle à l'enseignant, je vois des enfants y entrer, mais…

Mais quoi?

Je ne les vois pas en sortir…

Il doit bien y avoir une autre porte?

Euh… Je sais pas… je ne sais pas… J'ai posé cette question à l'enseignant, mais il ne m'a pas répondu…

Il y a forcément une autre porte, Rose… Ils doivent sortir par un autre couloir, pour retourner à leurs chambres. Des orphelins, ce ne sont pas des criminels…

JE VEUX PAS ALLER AUX DOUCHES, MOI!

Cesse de crier, Olivier. On n'est pas dans un film, ni dans un camp d'extermination, ici.

JE VEUX PAS ALLER AUX DOUCHES, ADÈLE! que j'ai dit.

CESSE DE CRIER, IDIOT! ET TOI, ROSE… Et toi, Rose, laisse-moi te dire qu'on n'attendra certainement pas que l'enseignant prenne sa retraite POUR QU'ON DÉCIDE ENFIN DE NOTRE SORT!

Douzième nuit

Je crois m'en être pas trop mal sortie, aujourd'hui, avec le prêtre. Peut-être que ça se peut d'oublier ce qu'on dit, à cause d'un manque de vitamines… Mais j'ai failli faire sortir Adèle de ses gonds à propos des douches… Pourquoi est-elle si sûre qu'il n'y en a pas du même genre que celles des camps, ici, avec ce qu'on a fait, nous? J'espérais lui faire peur, pour qu'elle cesse de me harceler au sujet de mes entretiens avec le prêtre. N'empêche que je dois finir de me décharger l'âme, avant de pouvoir sortir. Il faudra bien qu'il respecte ses propres règles. Ensuite, on sera libres. Dès que j'en aurai l'occasion, je calerai une caisse de grosses Dow pour m'aider à dormir pendant cent ans…

Pas de nouvelles de maman. De papa non plus… Tom doit être en train de sécher au soleil, au bout de sa corde. Et toi Jacô? Même si je te prie toutes les nuits et que je n'oublie pas le mot Amen, à la fin, tu ne réponds pas à mes prières… À moins que tu ne sois aux limbes? *Les voies du Seigneur sont impénétrables…* Peut-être le petit diable a-t-il joué trop de tours aux saints et à Dieu lui-même? Peut-être saint Pierre lui a-t-il confisqué l'âme, comme les religieuses le faisaient avec les jouets qu'on apportait en classe?

Treizième jour

Il m'est arrivé, Monsieur, de rire du malheur des autres. Il n'y a que les damnés pour rire du malheur des autres, n'est-ce pas? Un matin, on a dû faire la file devant sœur Marie-de-la-Providence et sœur Saint-François-d'Assise, le professeur de cinquième. Les classes avaient débuté, à l'école Sainte-Bernadette et, comme on n'avait toujours pas reçu notre première brique d'or, à la maison, on portait encore nos vêtements de ruelle. Mais certains élèves avaient rapporté des poux à l'école, et les religieuses avaient ouvert la chasse aux bestioles. Nous, les Beaudet, n'avons jamais rien eu à craindre à ce sujet. On est tellement pauvres, nous a déjà expliqué maman, que même les lentes crèveraient de faim sur nos têtes. On a ri de voir ceux et celles qui en cultivaient se faire sortir du rang par les oreilles.

On était au moins un millier... non, une centaine, dans la cour, et le plus grand chahut venait du rang des cinquièmes. À voir sœur Marie-de-la-Providence, on devinait qu'elle sortait à peine des toilettes, avec l'arrière de sa longue jupe grise qui lui entrait dans le pli des fesses. Moi qui avais déjà une de ces envies de rire, Monsieur, parce que les oreilles des gars allongeaient, à mesure que leurs cheveux cho-a-aient... allaient choir? Bof! C'est épuisant de constamment parler avec la bouche en cul-de-poule, vous savez? Donc, les cheveux des gars tombaient au sol et tant pis pour Adèle…

Qu'est-ce que je vous disais? Ah! oui : un rire que je sentais rouler dans ma gorge, à voir sœur Marie parader avec sa jupe dans le pli des fesses. Plus elle gesticulait, plus ça faisait gonfler mon rire. Je faisais tout pour ne pas le laisser s'échapper de ma bouche. Mais il m'est sorti par le nez. Je grognais comme un cochon. C'était effroyable, Monsieur. Tout le monde me regardait et m'entendait grogner. Qu'est-ce qui m'arrivait? Sœur Marie-de-la-Providence allait sûrement m'envoyer valser dans la cour d'école d'une bonne claque derrière la tête. Alors, je me suis rappelée que le matin même, je n'avais peut-être pas enlevé tout le moisi qu'il y avait sur ma croûte de pain, avant de la balancer dans le grille-pain. Je me suis dit que c'était peut-être ça qui me rendait folle de rire.

Sœur Marie m'avait entendu grogner. Elle m'a foncé dessus comme un bœuf qui voit rouge, mais en boitant, car elle souffrait d'un ongle incarné. Maman, qui a déjà connu ce mal atroce, avait dit une fois : Quand on te marche sur le gros orteil, c'est comme si on t'arrachait la racine du cœur. Sœur Marie, elle, n'avait plus qu'une idée en tête : m'arracher au rang d'élèves. Mais j'étais toujours sous l'effet du moisi et je lui ai éclaté de rire en pleine face, comme elle m'accrochait par une oreille pour me sortir du rang. C'est qu'au même moment, voyez-vous, elle s'est cogné l'orteil contre un bloc de ciment qui traînait dans la cour. J'ai ri encore plus à la voir se tordre de douleur. Je m'en tenais les côtes, la tête renversée en arrière et je m'en confesse, Monsieur. En fait, toute la cour d'école s'est pourfendue de rire, en apercevant sœur Marie boiter et hurler de douleur, pendant qu'elle cherchait les bras d'une autre religieuse pour s'y écraser. Peut-être étions-nous tous atteints de damnation, ce jour-là? Mais voilà le drame : je me sentais bien parmi tous ces damnés, parce que, pour une fois, je pouvais me laisser aller sans que personne ne me dise : Qu'est-ce qui te prend, Rose Beaudet?

L'inspection des têtes terminée, tout le monde est retourné chacun chez soi, avec cette phrase à copier cinq cents fois : *Plus jamais je ne rirai du malheur des autres. Je mérite l'enfer pour mon geste. Que le diable vienne me chercher par une oreille pendant mon sommeil!* Je l'ai copiée jusque dans mes rêves, Monsieur. J'y ai visité l'enfer avec toute l'école, cette nuit-là, et Lucifer a embauché un guide pour nous en expliquer les attraits. C'était pour faire compétition au ciel, qu'il nous a dit. Croyez-le ou non, Monsieur, l'enfer était en Floride et toute l'école se baignait dans une eau pure comme le bleu de vos yeux, la bite à l'air... Pardon? Oui, je sais. L'enfer est rouge et les démons y font braiser de la viande à hamburger, avec la chair des damnés. C'était un beau rêve, quand même, c'est moi qui vous le dis.

Le lendemain, Billy a fait exprès de marcher sur l'orteil douloureux de sœur Marie-de-la-Providence. Son visage bouillait tellement de colère, qu'on était tous certains qu'elle lui arracherait les deux oreilles en guise de revanche. Billy avait les siennes comme des portes de grange, Monsieur. C'était un peu de sa faute. Il faisait tellement de bêtises, à l'école, que les religieuses prenaient ses oreilles pour des poignées de valise.

L'après-midi même, sœur Marie n'était pas en classe. Billy a raconté qu'il l'avait suivie jusqu'au confessionnal. Il s'était faufilé derrière un paravent et l'avait entendue avouer qu'au plus fort de la douleur, elle avait maudit toute la chrétienté, de Rouyn jusqu'à Rome. Sa confession terminée, elle avait dû, en boitant, se taper un chemin de croix en signe de pénitence.

À en croire Billy, sœur Marie venait de comprendre le sens réel de l'expression : *gagner son ciel,* et il se sentait l'âme à aider la religieuse à y monter.

Chacun est retourné une autre fois chez soi, le temps que l'infestation des poux disparaisse et que sœur Marie retrouve l'usage de son pied droit. J'aurais aimé montrer à maman le dessin d'une mère avec sa petite fille, que j'avais fait en classe, mais c'est à peine si elle y a jeté un coup d'œil. Rien n'était plus comme avant. Comme le toit du Tibet était situé tout près du cimetière Saint-Michel, maman pouvait s'y rendre plus souvent, pour entretenir la tombe de Jacô. Ce n'est pas parce qu'il est parti qu'il faut faire comme s'il n'avait jamais existé, disait-elle.

Ça fait déjà un an que Jacô est mort, Monsieur, mais, comme maman, je trouve encore difficile de conjuguer sa mort au passé.

Pauvre maman. Pendant plusieurs semaines, elle a passé de longues soirées à la fenêtre, à attendre son fabricant d'or ou à fixer longuement le cimetière, au bout de la rue Des Pionniers. Elle pleurait toutes les nuits et nous, dans notre chambre, on se bouchait les oreilles. Jacô nous manquait, à nous aussi. Mais maman n'entendait personne quand elle était dans cet état-là.

Les rapports entre elle et papa étaient presque revenus à la normale, depuis que les Mackoy étaient sortis de notre vie et que notre père se préparait à faire de nous des citoyens. Il pensait peut-être aussi tenir la manière pour faire oublier tout ça à sa femme. Il y était allé à fond de train toute une nuit, et je vous prie, Monsieur, d'excuser les mots que je vais employer. On les avait même entendus copuler. C'était comme des plaintes ; des chats ou des chiens qui se lamentaient d'une curieuse manière. Puis maman a crié : Ouiiiiiiii! C'est çaaaaaa! N'arrête paaaaaas! Olivier a voulu courir dans la chambre de nos parents, mais Adèle l'en a empêché. Reste couché, idiot! qu'elle lui a dit. Ils copulent, c'est tout… Je ne sais pas comment on appelle ça, Monsieur, ces mots criés qui vous donnent le frisson, en vous faisant croire que tout ne va pas bien de l'autre côté. Heureusement, Adèle était là. Elle nous a dit qu'elle avait déjà entendu maman se plaindre comme ça, plusieurs mois avant qu'Olivier vienne au monde, et que ça n'avait pas eu l'air de lui causer quelque problème. En somme, Adèle ne s'en faisait pas avec ça. Elle m'a tourné le dos pour dormir. Olivier, au fond du lit, s'est collé l'oreille au mur pour s'assurer que maman restait bien en vie, dans les bras de papa, ou sous lui, ou par-dessus, allez savoir. Édith, elle, a traité nos parents de cochons, et Adèle, à bout de patience, a mis fin à la conversation en nous jetant : Dormez! Ce n'est pas nos affaires!

Peu à peu, le ventre de ma mère s'est mis à bomber. En elle, il y avait un bébé qui dormait. Qui remplacerait Jacô, a laissé échapper papa. Comme si un enfant pouvait en remplacer un autre! lui a jeté maman. C'est tout ce que ça te fait d'avoir perdu ton fils? Sans-génie!

Notre mère a la voix forte quand elle s'en donne la peine, Monsieur. On dirait une sirène de bateau… Mais papa se soumettait, depuis son histoire avec la citoyenne Mackoy, en laissant passer ses colères. Surtout quand les nausées la prenaient, le matin, et qu'elles duraient toute la journée. Maman se gavait pourtant de comprimés de tali… oh! la la… ta-il-dô-mi-de — c'est contre les maux de cœur et ça a une jolie couleur, au cas où vous ne le sauriez pas. Pardon? Mais vous n'êtes pas docteur ni femme enceinte, tout de même? Les pilules, je disais, c'était du matin au soir et, quand maman était enfin soulagée, la fatigue la rendait à bout de patience. Ses colères et ses pleurs de mère enceinte, papa les avait bien cherchées, d'après elle. N'EST-CE PAS TOI QUI M'AS FAIT CET ENFANT DE PLUS, QUAND ON A À PEINE À MANGER POUR SIX? lui avait-elle crié, une fois. T'aurais dû baisser la tête devant ton patron la semaine dernière, quand il t'a dit d'oublier l'augmentation, qu'elle avait ajouté. Je baisse bien la mienne pour deux dollars l'heure… Je la baisse tous les jours, au restaurant, car je me rappelle, moi, qu'on a des enfants à faire vivre. Et eux, ces pauvres petits, baissent bien la leur pour aller chercher notre nourriture à l'hôpital! Pourquoi est-ce que tu n'as pas rapporté ta paie à la maison, au lieu de la boire avec ta bande de saoulons? Fêter ta deuxième semaine près des hauts fourneaux! Mais à quoi t'as pensé? Tes belles promesses, ha! VOIS COMMENT TU M'AS FICHUE ET NE ME REGARDE PAS COMME ÇA! lui avait encore crié maman, en lui montrant son ventre bombant.

Et puis ça recommençait. Oui, tu les mérites ces reproches, qu'elle lui mâchait, quand elle rentrait épuisée de son travail et qu'elle le trouvait, étendu sur le canapé, une bière à la main. C'était comme si elle l'avait surpris en train de forniquer avec la mère Mackoy — encore une fois, je vous prie de m'excuser. Elle lui jetait au visage toutes les méchancetés qui lui passaient par la tête. On finissait par se demander si le bébé ne naîtrait pas avec tout un vocabulaire d'insultes prêtes à être récitées…

Maman a même dit à papa que si elle avait su qu'un jour il lui ferait un tel affront — la tromper avec la voisine —, elle ne lui aurait jamais donné cinq enfants. Pourquoi ne pas nous avoir conduits à l'hôpital avec sa belle Chevrolet Bel Air, le jour du drame, au lieu de faire vingt fois le tour de la ville en auto, pour impressionner les MAUDITES GUIDOUNES QUI TRAÎNENT, LE CUL QUASIMENT À L'AIR, SUR LA RUE PRINCIPALE? TU M'ÉCOUTES?

Le beau manteau de drap que papa lui avait offert, le jour de leurs retrouvailles, a battu des manches jusque dans un coin de la cuisine.

Papa a baissé la tête, puis il est sorti donner de grands coups de hache dans les bûches de bouleau qui traînaient près de la remise.

En les regardant se disputer, j'ai fini par me demander s'il n'y aurait jamais de brique d'or chez nous. La Floride, Monsieur, est-ce qu'on pouvait en rêver quand il fallait encore voler notre lait ? Nos os et nos dents, ça ne comptait pas pour papa ? Et le beurre ? Les céréales ? Les fabuleuses bicyclettes ? Al, Frank, Torrio et Chicago, dans notre salon ? Maman se refaisant des forces devant un bon feu de foyer, tout en buvant une bonne tasse de thé Earl Grey ? Papa nous avait pourtant raconté que, grâce à ses confrères et lui, la mine avait réussi à couler suffisamment d'or, dans une même semaine, pour acheter tout l'Abitibi ! N'avait-il pas raison d'exiger de son contremaître une augmentation de salaire, pour cet acharnement à la tâche ? Même si ça ne faisait que deux semaines qu'il suait près des hauts fourneaux, il suait, Monsieur. À force de discuter, il avait écopé d'une semaine de suspension de travail. Adèle a dû chercher, dans l'encyclopédie, le sens de ce mot nouveau. Ces vacances, il les méritait, avait fini par décréter ma sœur. C'était une question de dignité, vous comprenez ?

Maman a déjà affirmé que *la fortune n'est donnée qu'aux riches.* Un mercredi, papa est retourné au travail. Son patron lui a flanqué une vadrouille à la main et lui a indiqué l'entrepôt de la mine. Il lui a dit : Comme ça, tu t'enfleras pas la tête, avec la poussière à ramasser sur les planchers. Pis que je te vois pas faire les coins ronds ! Adèle a laissé tomber : Ce n'est pas sur le manche d'une vadrouille qu'on se rendra en Floride… Moi, je me suis demandé pourquoi on n'y allait pas tout simplement à pied. Sur la carte du monde, c'est à peine à quelques pouces du Québec. On y serait déjà bien installés, croyez-moi, si on était tous partis ce jour-là.

Le toit du Tibet n'était pas une si bonne affaire, finalement. Le cimetière attirait maman de plus en plus. Tous les jours, elle se rendait sur la tombe de Jacô. Elle lui apportait des fleurs, astiquait sa stèle tendrement et lui parlait, pendant que ses yeux s'emplissaient de larmes.

Je me rappelle avoir entendu papa, un jour, parler à l'oncle Nicolas de cette peine dont maman semblait incapable de se défaire. J'étais là, dans un coin de la cuisine, à observer des mouches bleues se poser sur la tartine à la confiture d'Olivier. Papa a dit à son beau-frère que si rien n'était fait pour sortir maman de sa dépression, il faudrait bientôt creuser une autre fosse. Ça m'a secouée.

J'avais déjà dépensé deux de mes pièces de vingt-cinq cents en frites mais, avec les trois autres, je me suis dit que j'allais donner un peu de bonheur à ma mère. Je lui ai acheté une vraie livre de beurre. Pas de la margarine qu'on doit colorer en jaune avec la petite capsule. Non. Du vrai beurre! Quand elle l'a vu sur la table en se levant, le matin suivant, maman m'a demandé : Où t'as pris l'argent, Rose? J'ai dit : Je l'ai trouvé au pied d'un parcomètre... J'ai fait pleurer ma mère, Monsieur. Je croyais qu'elle avait deviné que je lui racontais un mensonge et j'allais retourner dans ma chambre, quand elle m'a dit : Reste, Rose... Maman a tartiné deux rôties d'une épaisse couche de beurre. On les a mangées ensemble et j'ai eu l'impression que le soleil se levait, dans ses yeux. Du vrai beurre! qu'elle a répété. Le beurre vient de la crème, tu le savais, Rose? J'ai répondu : La crème, je connais ça. On en vo... J'en ai déjà goûté, chez madame Patoine...

On a terminé nos rôties et maman m'a dit : T'es très généreuse, Rose. Je suis fière de toi... Puis elle a noué son tablier pour aller travailler. Je l'ai regardée sortir et j'ai pensé à Tom. Je me suis dit que s'il apprenait ce que j'avais fait de son argent, il ne m'en voudrait peut-être pas trop. Il a toujours porté maman dans son cœur, Monsieur. Si ça n'avait été de son pied bot, de papa, et du rêve de maman de rencontrer un citoyen de première classe, il lui aurait déclaré son amour il y a longtemps. Ç'aurait pu être lui, mon père. Pourquoi pas? Je n'aurais pas eu à lui demander de devenir son assistante de livraison, ça aurait été de soi. Mais Tom a autant de chances auprès de notre mère que nous en aurons jamais de rouler sur l'or, Monsieur.

Un jour, j'ai cherché à avoir de ses nouvelles. Papa avait fait venir l'oncle Nicolas à la maison pour discuter d'une affaire sérieuse. Il disait avoir besoin de changer d'air avant que quelqu'un mette trop le nez dans ses affaires. L'oncle Nicolas a fait seulement oui de la tête, et il a dit à papa : Sacre ton camp avec ta femme, loin de Rouyn. Si Laure apprenait ça, tu serais pas mieux que mort... Je guettais le moment, pour aborder mon oncle, et j'ai attendu encore un peu avant de me montrer.

Ils se sont entretenus quelques minutes encore, puis mon oncle a sorti une liasse de dollars de son portefeuille. Il n'a jamais été fabricant d'or, mais il a toujours eu de l'argent en poche. Depuis que le monde est monde, comme il dit, on enterre des gens et ce n'est pas prêt de finir. Si ça se trouve, il apprendra son métier à Olivier. Comme ça, un jour, notre frère pourra faire vivre sa propre famille. Oncle Nicolas a tendu les billets à papa et lui a dit : Prends ça. Partez loin d'ici avant que ta femme fasse quelque chose de regrettable.

Je me suis avancée vers eux. Mon oncle a eu l'air très surpris de me voir là. J'ai aussitôt demandé s'il y avait du nouveau, à propos de Tom. Il m'a dit que la police avait toujours l'œil sur le laitier, comme d'ailleurs sur Billy et Pat, mais pas de cadavre, pas d'accusation.

Papa a fait part de son projet à maman. De nouveau, elle a versé des larmes, mais elle a dit oui à l'idée de se rebâtir une nouvelle vie, loin des tristes souvenirs. D'ailleurs, ses nausées avaient cessé et elle s'était remise à porter son manteau de drap. Papa était drôlement content.

Quelques jours plus tard, papa nous a annoncé qu'on partait en voyage. Maman pleurait dans les bras de tante Thérèse. On ne savait pas trop que penser, à entendre notre père qui nous promettait bien du plaisir là où on allait, et maman qui disait qu'il prenait les choses un peu trop à la légère. Puis, ils se sont jeté des regards. Quelque chose s'en venait. Qu'il ne faudrait pas crier sur le toit du Tibet. Un secret. Un secret de parents, comme nous on avait les nôtres. Habillez-vous, les enfants, et chut! nous a fait maman.

Une fois de plus, on a remballé nos affaires — *qui habite partout n'habite nulle part…* — contents de se pousser encore plus loin de l'affaire Lucie Mackoy. Dehors, il faisait noir, déjà. Les adultes ont chargé les meubles dans la grosse boîte du camion. Nous, on y a empilé des boîtes, des chaudrons, des couverts et des ustensiles, enfin, tout ce qui nous appartenait et ne nous apparte-nait pas, comme la cuisinière et le réfrigérateur du propriétaire. Voilà un autre péché d'avoué, Monsieur. J'ai presque l'impression qu'il pousse des ailes à mon âme…

Maman a posé un doigt sur ses lèvres. Je me suis dit : À l'avenir, il n'y aura pas que nous qui aurons des choses à cacher. Voler les biens du propriétaire et s'enfuir avec, en pleine nuit, ne respecte pas le septième commandement. Si ça se trouve, Eliot Ness nous mettra à tous la main au collet !

On est montés dans le camion, les adultes en avant, les enfants en arrière. Je ne reverrai peut-être plus jamais Tom, me suis-je dit, comme on descendait du toit du Tibet, mais j'ai juré à Dieu de lui rendre — un jour — son argent. Comment ? Je n'en avais pas la moindre idée à ce moment-là, mais j'étais profondé-ment convaincue d'une chose : je le lui rendrais.

Les grillons se poussaient la chanson, dans les fossés. Mais la route était cahoteuse, massacrée de nids-de-poule. Dans la boîte du camion et à l'abri d'une épaisse toile verte, on s'est entassés sur le canapé et sous des couvertures, pour conserver notre chaleur. Dehors, on ne voyait que des phares qui éclairaient la route, par moments, et des panneaux indicateurs qui passaient en flèche, de chaque côté de nous. On va en Floride ? a murmuré Olivier. Peut-être, lui a répondu Adèle, mais il faudra attendre au matin pour le savoir… Si on ne s'est pas fait arrêter avant.

Il faisait froid. La toile du camion battait au vent. Collez-vous contre moi, nous a dit Adèle. On restera toujours ensemble, ne vous en faites pas.

Ma sœur avait la peau chaude et son souffle me rassurait.

Sur le siège avant, c'était la fête. Papa et l'oncle Nicolas en rigolaient un bon coup. Ils se disaient très contents du vilain tour qu'ils venaient de jouer au propriétaire. Et que je te cale une bière, et que je t'envoie promener celui qui voulait nous enlever le pain de la bouche! Après tout, trois mois de loyer impayés, ce n'était pas la fin du monde, hein?

Nous avons roulé pendant deux bonnes heures. Le camion s'est enfin arrêté dans une petite rue éclairée par de faibles lampadaires. Maman en est descendue, puis elle nous a rejoints à l'arrière.

Où sommes-nous? lui a demandé Adèle.

En Floride? a risqué Olivier. Est-ce qu'on peut dire à tout Rouyn…

On est à Barraute, a chuchoté maman. Demain, nous aurons une vraie maison à nous. L'oncle Aurèle, le frère de papa, s'en est occupé. En attendant, on s'arrête ici. Tâchez de dormir.

Le chant des grillons me portait au sommeil. Demain, c'était à peine dans trois heures. Dès qu'il ferait jour, avait ajouté maman, nous irions frapper à la porte de nos grands-parents Beaudet, histoire de nous faire inviter à déjeuner. Ensuite, nous nous installerions dans la jolie maison que l'oncle nous avait dénichée.

À Barraute, il n'y avait pas de briques d'or pour nous faire rêver tout en jaune soleil, Monsieur. La manne à présent, c'était le bois de construction que les forêts fournissaient généreusement, et qui devait ramener notre père dans le droit chemin de la famille.

Maman a souri, en apprenant que l'oncle Aurèle lui avait aussi trouvé un travail de gouvernante chez le maire. Elle aurait le libre arbitre de l'entreprendre quand elle le déciderait. Elle aurait ses dimanches libres, aurait droit à deux semaines de vacances par année, payées s'il vous plaît, à un mois de congé quand elle mettrait son enfant au monde et, pour finir, au blanchissage gratuit de nos vêtements. Avec les paies que papa lui enverrait bientôt de la scierie de Senneterre, où il comptait se faire embaucher, du beurre, on en aurait tous les jours sur la table, Monsieur. Le bois de Senneterre est éternel, disait papa, car il repousse. Et puis, ce serait bon pour lui de travailler au grand air. Papa disait que ça ferait du bien à ses poumons. La poussière de concassé de la Noranda l'avait rendu consomption, et il ne savait pas pendant combien de temps encore il aurait pu se tuer à la tâche. Maman avait jeté : Te tuer à la tâche… Toi ? Pfft ! C'est tes maudites Export A qui te font tousser. Prends donc l'argent que tu brûles en cigarettes pour acheter du lait aux enfants. Tout le monde s'en portera mieux…

Sous la grande jupe de notre mère, son ventre lui faisait mal. Le bébé lui donnait des coups. Maman a dit qu'elle serait chanceuse s'il nous laissait nous installer dans notre nouvelle maison, avant de se montrer. Elle l'appellerait Josué, comme le commerçant de Sainte-Marguerite qui avait pitié des pauvres. Josué, le successeur de Moïse, vous savez ? L'homme qui conduisit les Hébreux à la conquête de la Terre promise. Ça ne vous dit rien ? Eh ben… Pour un prêtre, je ne m'explique pas votre ignorance… Peu importe. Papa nous promettait cette terre où maman, enfin, pourrait s'occuper de nous comme elle le désirait. Il pourvoirait désormais à nos besoins, comme tout chef de famille digne de ce nom.

Barraute… Au lever du soleil, c'était des maisons colorées, coquettes, avec de beaux rideaux aux fenêtres derrière lesquelles il devait faire bon vivre, Monsieur. Il y avait une école aussi, une église, un Cinq-dix-quinze, puis la gare, tout au bout, avec plein de voyageurs, et des rails qui devaient mener jusqu'en Floride. On avait emporté nos lunettes d'approche. Chez Reily, on avait appris que toute leur vie, Capone et ses frères s'étaient fait surveiller par la police. Comme quoi, quand elle vous colle aux trousses, elle ne vous lâche pas. Eliot Ness les avait dans le nez, les Capone ! Adèle appelait ça du harcèlement, Monsieur. Du har-cè-le-ment ! Qu'importe.

La maison qui devait nous attendre nous avait fait faux bond, quand son propriétaire avait appris qu'il manquait quatre cents beaux dollars à papa, sur l'acompte qu'il demandait pour nous en remettre les clés. Même si notre père les lui avait promis dans trois mois, l'homme avait dit : Vous m'en direz tant ! L'hiver viendra, et on ne jette pas dehors une pauvre femme avec quatre enfants et un ventre bombant. Revenez quand vous aurez l'argent.

Il parlait comme un Mackoy. Il fumait un cigare à la Mackoy, marchait les mains dans les poches et le torse par en avant, comme Pat Mackoy.

Papa nous a menés au garage qui appartenait à son père, juste à côté de la maison de ses parents. En attendant, a-t-il dit à maman, qui s'était remise aux larmes. En attendant de faire fortune à la scierie de Senneterre et de pouvoir nous bâtir une maison à notre goût, à deux étages, à trois même s'il le fallait, avec une chambre pour chacun, un plancher en ciment dans la cave, — finies les montées d'égouts et les sales draps —, et des lucarnes après la maison pour faire joli. T'as de si grandes intentions, tout d'un coup, a fait remarquer maman. Aurais-tu autre chose que ton fornicage avec la mère Mackoy à te faire pardonner, cette fois?

D'ici un an, a continué papa, sans tenir compte de sa remarque, j'aurai de l'argent plein les poches et un plan de la maison de tes rêves…

Maman a séché ses larmes.

Je te laisse une autre chance, qu'elle lui a dit, mais ne me rends pas à bout de patience…

Pour toute réponse, papa a laissé échapper un soupir, puis il a baissé la tête.

On a jeté un coup d'œil aux alentours. Il faisait grand vent. On pouvait l'entendre siffler, aux fenêtres mal calfeutrées du garage. Il faudra boucher toutes les entrées d'air si on ne veut pas mourir frigorifiés cet hiver, a commenté maman. Mais elle avait le soleil dans l'œil. L'espoir, je veux dire. Du doigt, elle a montré à papa la vaste étendue de prairie qui s'étendait derrière nous. Son regard portait loin, Monsieur. Là, au sommet de cette belle colline, nous aurons notre ferme, lui a-t-elle dit. J'aurai un grand potager, des poules, des chèvres, une ou deux vaches, des cochons, un poney pour les enfants… Moi, Monsieur, j'ai cherché des yeux une jolie rivière, dans ce nouveau décor, avec un vieil orme majestueux qui se penchait peut-être au-dessus de l'eau et d'où il ferait bon plonger.

Puis maman est entrée dans le garage. Elle a promené ses grands yeux sur l'unique pièce que nous occupions, en attendant d'avoir notre toit à nous. Deux grands lits y étaient déjà montés. Il y avait aussi une table et six chaises. Puis une armoire, un poêle à bois, dont la plaque était si grande qu'on aurait pu y faire dorer des croûtes pour tout un camp de bûcherons. Un long banc pour la visite, aussi, et une malle pour y entreposer nos vêtements de l'autre saison. Des rideaux jaunes aux fenêtres. Les photos des parents de papa, dans deux cadres ovales, sur un mur. Nous avons chargé l'oncle Nicolas de remiser les biens du propriétaire de Rouyn, en attendant de faire une bonne affaire avec. *Qui vole un œuf,* Monsieur…

Ça sentait le renfermé dans le garage. Maman a ouvert grand, portes et fenêtres. Elle a pris une longue respiration, s'est appuyé les mains sur les hanches, puis a donné le signal aux hommes : Entrez les boîtes!

Une fois vidées, Adèle et Édith ont eu la tâche d'en défaire les cartons et moi, je les ai tendus à maman. C'est un très bon isolant, nous a-t-elle dit en les clouant sur les murs du garage. À tout moment, elle me faisait de jolis sourires. Édith n'aimait pas ça. J'augmentais mon allure et je vous demande de me donner l'absolution pour ce péché d'ambition. Les murs avaient pris une couleur brun beige avec, ici et là, des inscriptions publicitaires, mais on était avec maman qui ne prévoyait pas retourner au travail avant deux bonnes semaines, grâce à son libre arbitre.

Après le recouvrement des murs, on s'est gavés de rôties, dorées sur la plaque du poêle, pendant que papa rentrait le bois que son frère Aurèle avait fendu pour nous. Je me croyais en vacances. C'est magnifique, l'odeur des rôties sur un vrai poêle à bois. Ça donne le sentiment qu'on est à l'abri des intempéries et des orages impétueux, Monsieur.

La Terre promise, ce n'était pas encore pour nous, mais l'oncle Aurèle nous avait déniché une maison abandonnée, dans le Rang deux. Elle était placardée à chaque fenêtre, mais avec l'ardeur de ta femme, avait dit l'oncle Aurèle à papa, ce sera la plus jolie de tout Barraute. La maison des Mongeau ne nous coûtera rien, a renchéri notre père, puisqu'ils ont pris le bord de Montréal. Les solives sont encore ben bonnes… Maman a poussé un soupir, a porté la main à son ventre, et elle lui a dit : C'est bon, mais c'est en attendant d'avoir la nôtre que tu me bâtiras, mon Laurent. *Ce que femme veut, Dieu le veut.* Ne l'oublie pas.

La Chevrolet Bel Air grondait devant la porte du garage. Maman s'est installée sur le siège avant. Papa parlait de la maison Mongeau avec enthousiasme, mais maman se contentait de regarder défiler le paysage. Elle avait appris à ne pas s'emballer avec les promesses de notre père, vous savez.

On a pris le Rang deux. On l'a suivi jusqu'à ce qu'il se transforme en sentier envahi par les hautes herbes. Puis on s'est arrêtés devant la maison Mongeau. Elle était grande, avec des bardeaux verts qui en recouvraient les murs jusqu'au toit. Adèle nous a murmuré : C'est au bout du monde, ici. Personne ne nous embêtera. Alors, qu'elle a demandé à papa, quand est-ce qu'on y déménage ?

Papa a regardé sa femme, qui a répondu : L'électricité est à installer, on dirait. Et je ne vois pas de puits…

Maman est retournée s'asseoir dans l'auto. Papa a eu beau lui faire toutes les promesses du monde, Monsieur, maman ne voulait rien savoir. Ramène-nous au garage, qu'elle a dit. Ça presse !

Adèle s'en est mêlée : On n'a qu'à creuser nous-mêmes un puits. Je l'aime, cette maison, moi. Avec quoi ? a objecté maman. Tu crois que les puisatiers font ça pour une chanson ? On se débrouillera, a répliqué Adèle. On l'a toujours fait, à Rouyn. Je prenais soin de mon frère et de mes sœurs, et ça ne nous a pas fait mourir.

Justement, lui a dit maman. Pour une fois que je peux m'occuper de vous, je ne le ferai pas dans un endroit aussi isolé…

Papa a pris la part d'Adèle :

Pourquoi ne pas faire plaisir aux enfants, Laure ? Puis quand je reviendrai, le printemps prochain, je nous ramènerai suffisamment d'argent pour qu'on puisse s'établir où tu voudras.

On pourra déménager en Floride ? a risqué Olivier.

J'y pensais, justement, a dit papa. C'était une surprise que je voulais faire à votre mère. Qu'est-ce que t'en dis, Laure ?

Maman l'a regardé d'un drôle d'air. Papa s'est un peu embourbé dans ses mots, mais il a ajouté : À force d'entendre les enfants en parler, ça m'a fait en rêver, moi aussi. Tu sais, Laure, des mines, y'en a partout. Tu te vois pas passer ta vie au soleil ? Loin du frette pis de la misère... T'as dit, un jour, que si t'avais eu de l'instruction, les enfants seraient nés en Floride. Qu'est-ce qui nous empêche de nous exiler aux États ?

Maman a regardé papa d'un air un peu plus intéressé : Où est-ce qu'on prendra l'argent pour s'installer là-bas ?

J'ai un an pour le ramasser à travailler dans le bois, a insisté papa. Penses-y, Laure, je vais revenir avec de l'argent plein les poches et un plan de la maison de tes rêves, en Floride, en plus...

Adèle faisait de grands oui de la tête, Monsieur. Olivier a applaudi et a dansé sur place pendant qu'Édith, le sourire aux lèvres, se frottait les bras pour faire venir sur sa peau la rougeur d'un coup de soleil. Ce serait long, un an, mais mon cœur battait très fort. Parmi des millions de baigneurs, sur les plages de la Floride, comment la police ferait-elle pour nous mettre la main au collet ? Les lunettes d'approche, on pourrait faire exprès de les oublier au garage, Monsieur...

Je dois y réfléchir, Laurent, a dit maman. Prends le temps d'amasser de l'argent avant de me faire des belles promesses. J'en ai assez de rêver dans la brume. J'ai besoin de les voir se réaliser, tes fameux plans, tu comprends ? Va travailler pour la scierie, et on s'en reparlera l'an prochain... Si t'as encore ton emploi, bien sûr...

Adèle a perdu le sourire.

Tu gâches toujours tout ! a-t-elle reproché à maman. Pour une fois que papa t'offre la Floride, tu lèves le nez dessus ? Tu veux passer le reste de ta vie seule ?

Qu'est-ce que tu veux dire ? a rétorqué maman.

Rien, a dit Adèle. Je me comprends... Mais si tu dis non à l'offre de papa, je te détesterai jusqu'à la fin de mes jours, t'entends ?

Maman a porté la main à sa bouche. C'était comme si sa fille venait de lui planter un couteau en plein cœur. J'ai même eu peur qu'Adèle ne déballe à maman tout le lot de nos secrets. Édith s'est approchée de moi et Olivier nous a pris la main : Sauvons-nous !

Maman a dû affronter bien des tourments dans sa vie. La colère de sa fille aînée, à part lui faire verser des larmes, ne l'a pas

désarmée. Tu ne feras pas la loi dans cette famille ! lui a-t-elle
répondu... Entre dans l'auto, et vite !

Papa a été le premier à y suivre maman. Adèle nous a bous-
culés en s'assoyant sur le siège arrière, et elle n'a pas desserré les
dents tout au long du retour. Au garage, pendant que papa filait
chez ses parents, une grosse Dow à la main, Adèle a crié à
maman : Je m'en vais me tuer ! Elle a filé droit vers le boisé,
Monsieur, sans que maman ne bronche d'un poil. On a entendu Adèle jeter : J'en ai assez de vous tous ! Maman nous a dit :
Allons, ne vous en faites pas. Elle reviendra. Tous ces change-
ments depuis ces derniers jours... Le déménagement, le
garage... C'est un peu normal. Quand elle aura faim, elle
reviendra, vous verrez.

On a regardé désespérément maman, Édith, Olivier et moi.
Elle aurait dû courir rattraper Adèle, même avec son ventre bombant. Ou plutôt, j'aurais dû supplier ma sœur de revenir, de ne
pas aller se tuer pour une simple querelle ! La Floride, on finirait
bien par y déménager. Papa y croyait et maman n'avait pas dit
non. Mais je suis restée là, à la regarder aller se perdre en forêt, et
j'ai pleuré. Pardonnez-moi ma lâcheté, Monsieur.

Je peux avoir du jus d'orange ? Je sens que ma vitamine C se
tarit in-si-dieu-se-ment dans mon corps. C'est à force de parler,
sans doute... Merci. Vous êtes aimable... Adèle, c'est vrai. Je l'ai
vue disparaître derrière un fourré. Maman a tourné les talons et
est rentrée s'allonger. J'avais beaucoup de peine. Je me suis
demandé si c'était vrai qu'Adèle en avait assez de nous trois. Je me
suis demandé aussi si nous n'aurions pas dû la suivre. Discuter
avec elle. Lui dire que ça ne se faisait pas de nous laisser tomber.
Qu'à crier à la tête de maman comme elle venait de le faire,
maman pouvait très bien nous dire d'oublier la Floride. J'espérais
qu'Adèle se rappellerait de nous, dans sa colère, et qu'elle bais-
serait la tête devant notre mère. Mais les heures passaient et la
forêt gardait notre sœur pour elle. J'ai dit une prière, Monsieur,
et j'ai imaginé Édith qui prenait la place d'Adèle, auprès de nous.
Qu'allait-on devenir ?

Treizième soir

Chut ! Rose. Regarde : la voie est libre. Mais on ne pourra pas sortir avant dimanche.

Pourquoi donc ?

Tu vois, il y a toujours deux gardiens qui font le tour de l'établissement. À l'exception de la nuit du dimanche. Il nous reste quatre jours. Peux-tu tenir jusque-là ?

Je tiendrai, Adèle. J'ouvre la bouche le moins possible. Ne t'en fais pas.

Je te fais confiance, Rose.

…

Treizième nuit

Des gardiens, la nuit, il y en a toujours. J'en ai vu deux, dimanche dernier, qui rôdaient dans la cour. Mes sœurs et mon frère dormaient. Les deux hommes tenaient des chiens policiers en laisse. Est-ce qu'on a besoin de chiens, quand on s'occupe d'un orphelinat ? Dans les camps d'extermination, oui. Même si Adèle dit que ça n'existe que chez Reily. D'autant plus que nous, les Beaudet, avons toujours nos parents… Parmi les garçons qui se battent sans cesse dans la cour, il y en a un qui est talonné par un gardien. Il ne sort jamais longtemps. On dirait Billy-les-portes-de-grange. Est-ce que son oncle serait mort ? Sœur Marie lui disait : Un jour, mon garçon, tu finiras en prison. Qu'est-ce qu'il ferait à l'orphelinat, à se faire suivre comme moi quand je sors de notre chambre ?

Édith fait toujours la grève de la parole. C'est la première fois qu'un de nous garde la bouche fermée aussi longtemps. Avant, quand on n'avait pas de vrais problèmes, c'était un jeu. Je gagnais presque tout le temps. Je suis habituée à me taire. Même qu'une fois, Adèle m'a défendu d'y participer. Mais comme une famille doit tout faire ensemble, j'ai dû suivre Édith, Olivier et Adèle qui se promenaient, en ville, en agitant des pancartes qu'on avait fabriquées et sur lesquelles on pouvait lire : *Nous sommes condamnés au silence perpétuel. Les dons en argent sont acceptés.* Moi, je les suivais, une tasse de métal à la main, prête à recevoir les sous qu'on espérait récolter grâce à nos pancartes. La cagnotte serait pour celui ou celle qui garderait le silence le plus longtemps. Il y avait des gens qui riaient et d'autres qui faisaient non de la tête. Un homme a même lâché à Adèle : Vous avez pas d'école, les jeunes ? Vous avez rien que ça à faire, perdre votre temps à de pareilles niaiseries ? Le don de mon pied dans le cul, ça vous irait ? Adèle se préparait à l'envoyer chier quand Édith l'a regardée, avec un air qui semblait vouloir dire : Vas-y ! Dis-lui ta façon de penser, et c'est moi qui gagne la cagnotte…

Adèle m'a reluquée comme si c'était à moi de répondre à l'homme, vu que je ne participais pas à la grève de la parole. Il fallait bien défendre l'honneur des Beaudet. Mais moi, je ne parle pas aux étrangers. C'est une simple question de prudence, nous disait maman. Même un sans-génie comprendrait ça.

J'ai suivi mes sœurs et mon frère qui entraient au magasin Kresge. À la queue leu leu, on s'est rendus au rayon des bonbons. Il y avait une employée qui versait des boîtes pleines de boules noires dans des jarres. Adèle lui a tapé sur l'épaule et, du doigt, lui a indiqué la phrase sur sa pancarte : *Un don serait apprécié.* La vendeuse nous a souri. Elle a dit : Voilà les premiers participants à mon concours. Qui va répondre à cette question toute simple : Combien font quatorze plus trente-sept ? Celui ou celle qui me donne la bonne réponse aura droit à autant de bonbons qu'il voudra…

Personne ne répondait. Adèle, les yeux grands d'envie, m'a donné un coup de coude. Mais je ne savais pas combien faisait quatorze plus trente-sept. Adèle a fait le geste de toucher les doigts de sa main gauche avec son pouce, comme pour compter. Elle a ensuite articulé, devant moi, la somme des deux nombres. La dame a paru très émue. Elle a demandé à Adèle : Vous êtes tous muets ? Adèle a fait oui, et puis non de la tête, pour faire comprendre à la gentille vendeuse qu'il n'y avait que moi qui avais l'usage de la parole. J'ai compté sur mes doigts, par trois fois parce que j'étais nerveuse, et à cause de la retenue qu'il ne faut pas oublier d'ajouter à la colonne des dizaines, et j'ai fini par dire à la dame : Est-ce que ça se pourrait, par hasard, que ça fasse cinquante et un? Elle m'a fait le plus joli sourire du monde et m'a dit : C'est exact, petite. T'as le droit de manger autant de bonbons que tu veux…

Adèle, Édith et Olivier allaient s'en fourrer de bonnes poignées dans les poches quand la dame, d'un geste vif, a posé le couvercle sur la jarre de bonbons. Désolée, qu'elle leur a dit, mais le règlement est strict. Les bonbons sont uniquement pour la gagnante et, pour y avoir droit, il faut les manger sur place. C'est écrit, juste là…

Je me suis bourrée de bonbons devant Adèle, Édith et Olivier, qui en bavaient d'envie. Je faisais exprès pour les trouver bons et pour dire à la dame que j'en mangerais jusqu'au lendemain. J'en ai croqué jusqu'à en avoir mal au ventre; j'en avalais tout rond pendant que la vendeuse me disait : Te gêne pas, petite. Prends-en d'autres. C'est toi la reine des bonbons, aujourd'hui.

Quand on est sortis du Kresge, Adèle a lancé sa pancarte : finie sa grève de la parole! Elle m'a dit, avec un regard de sorcière enragée : Tu vas me payer ça, Rose Beaudet… Tu vas le perdre, ton titre de péteuse, tu vas voir!

J'ai pris mes jambes à mon cou et j'ai filé, rue Gamble, puis rue Dulac en direction de la Perreault. Adèle me poursuivait en hurlant qu'elle allait m'étriper, quand elle me mettrait la main dessus. Les bonbons me remontaient dans la gorge. J'ai fini par les vomir. Adèle m'a rejointe. Elle m'a regardée me vider l'estomac sur le trottoir et m'a dit : La gourmandise et la mesquinerie sont toujours punies. Bien fait pour toi, Rose Beaudet, reine de la vomissure!

Je n'ai rien répondu. Ce n'était pas important. Quand je mange des friandises, c'est sur ma langue que tout se passe. Les bonbons fondent dessus et il suffit que je les avale pour que le plaisir cesse. Je l'ai souvent remarqué. Ce qui a été plus plaisant encore, le jour du concours de reine des bonbons, c'était de voir mes sœurs m'envier d'une manière incroyable pendant que je me goinfrais. Je me sentais au sommet du plaisir, ce jour-là. Je devais être en plein orgasme. Demain, je m'en confesserai au prêtre. Par ma faute, par ma faute… par la faute d'Adèle, aussi, à qui était venue l'idée brillante de faire la grève de la parole.

Si elles savaient le nombre de fois où je suis retournée au Kresge, après le fameux concours de bonbons! C'était devenu mon secret. Chaque fois, la vendeuse de bonbons me disait bonjour avec un beau sourire et me donnait un petit sac de jujubes. Nous discutions pendant qu'elle faisait son travail et que je savourais mes bonbons, jusqu'au dernier, pour ne pas en rapporter un seul à la maison. Il y avait toujours un sac de jujubes qui m'attendait à son comptoir, et ce serait comme ça aussi longtemps que j'en aurais envie, m'avait dit la dame au grand cœur. Il paraît que je ressemble beaucoup à Ange-Aimée, sa petite fille qu'elle avait perdue deux ans plus tôt. La dame m'a dit que ma présence lui faisait un bien immense et qu'elle souhaitait que je devienne une femme bien, un jour, comme elle l'avait rêvé pour Ange-Aimée. Comme ça, m'a-t-elle expliqué, j'aurai l'impression que ma petite fille n'est pas morte pour rien…

J'imagine que du moment qu'on se confesse d'un péché véniel — c'en est un d'avoir eu du plaisir à faire baver mes sœurs —, on peut répéter la faute indéfiniment, puisque l'absolution nous sera donnée aussitôt le péché confessé.

Quand je sortirai d'ici, j'irai au Kresge récupérer les dizaines de sacs qui doivent m'attendre, au rayon des jujubes. Je dirai à la dame que je vais très bien, que je veux devenir la femme qu'elle souhaite que je sois, un jour, et je lui promettrai de lui rendre visite, même quand elle sera très âgée. Il n'y a pas de raison d'avoir peur des vieux ni des vieilles. Même si les rides les rendent épeurants, des fois, j'essaie de m'imaginer, quand je leur parle, qu'ils ont déjà été beaux et que leur peau ridée n'est pas pire que de la soie qu'on n'a pas eu le temps de passer au fer chaud. Plus jamais je ne serai aussi longtemps sans vous voir, Madame, c'est promis.

Quatorzième jour

ADÈLE N'EST RESTÉE que l'après-midi en forêt, Monsieur. Édith, Olivier et moi avions passé presque tout notre temps aux fenêtres, ou dehors, à l'attendre. Nous avons reçu notre sœur à bras ouverts. Nous lui avons fait promettre de ne plus jamais nous laisser seuls. Elle était souriante. Elle nous a dit : Je me sens merveilleusement bien. Si vous saviez ce qui m'est arrivé…

C'était comme s'il ne s'était rien passé, le matin même. Mieux : comme si maman l'avait comblée d'amour plutôt que de lui faire des reproches. Il y a des choses qu'on arrive pas toujours à saisir, dans la vie.

Adèle a dit qu'elle avait découvert, éloigné en forêt, un endroit où il se passait des choses extraordinaires. J'ai pensé qu'il pouvait s'agir de Martiens. Mais non, ce n'était pas ça. Adèle nous a raconté qu'après avoir quitté la maison, ce matin-là, elle avait eu la ferme intention de marcher jusqu'à son dernier souffle. Mais après une heure de ce régime, à se meurtrir dans les ronces ou à s'enfoncer dans la mousse, parfois jusqu'aux genoux, elle s'est sentie en paix avec elle-même. Elle venait de percevoir une présence. J'étais certaine que c'était mon ange gardien, a observé Adèle. Elle a fondu en larmes et, aussitôt, l'ange lui est apparu. C'était près d'un ruisseau où nageaient des truites arc-en-ciel, le mets préféré de Jacô, mais dont il ne pouvait se régaler que lorsqu'il rendait visite à Tom. L'ange avait les traits de notre grand frère, Monsieur. C'était bien Jacô, vêtu d'une longue jaquette blanche et qui portait, au dos, des ailes magnifiques.

Il m'a prise par la main, a poursuivi Adèle. Il m'a dit : Viens avec moi… Jacô et ma grande sœur ont suivi la remontée de la truite jusqu'au pied d'une montagne. Ils sont entrés dans une vaste caverne, l'ont visitée dans tous ses recoins, puis ils se sont entretenus de notre vie depuis son départ. Jacô lui a dit qu'on n'avait plus à s'en faire, qu'il serait désormais à nos côtés. Il nous éviterait les embêtements, préserverait aussi papa des questionnements de la police concernant l'affaire Mackoy. Adèle en a profité pour lui faire part des soupçons qui pesaient sur Billy et Pat. Bien entendu, Adèle n'a pas osé parler de Tom à Jacô, Monsieur. Le petit diable devait veiller sur le laitier, son ami, et Adèle le savait parfaitement.

Dès demain, si vous le voulez, je vous conduis à Jacô, nous a proposé ma grande sœur. Il vous réclame.

Adèle est entrée dans le garage et a dit bonjour à maman. Ensuite, elle s'est mise à la lecture du grand livre des Proverbes de la Bible. Maman a dit : Te voilà plus calme, Adèle. Tu me fais plaisir. Adèle a expliqué : J'ai enfin trouvé la paix de l'âme… C'est un miracle ! que maman s'est exclamée.

Un peu de temps s'est écoulé, puis Adèle s'est mise à nous citer des versets de la Bible et à prier. Maman paraissait heureuse de ce revirement. Moi, j'avais la triste impression, Monsieur, qu'Adèle n'allait pas bien du tout. Je suis sortie me promener dans le village. Je me suis rendue, la tête basse, jusque devant le Cinq-dix-quinze. Il m'a pris l'envie d'y entrer pour me régaler la vue des jarres de bonbons sur le comptoir. Et là, il s'est produit un vrai miracle !

Entre deux marches d'escalier, j'ai aperçu un papier tout froissé, rosâtre, avec dessus le visage de la reine d'Angleterre et le chiffre deux, dans chaque coin. Le papier était crotté de boue, mais, comme aurait dit maman, de l'argent, c'est de l'argent. J'ai pensé : C'est sûrement Jacô qui m'a fait regarder là. J'ai levé les yeux au ciel mais, je n'y ai vu qu'un gros corbeau. Les anges sont blancs, eux, et quand on en aperçoit, c'est sous forme de colombes, si je me rappelle bien. J'ai voulu tremper le billet de banque dans une flaque d'eau pour lui rendre ses couleurs, mais je me suis dit : D'un coup que ça les fait disparaître ? Dans ma tête, je le dépensais déjà comme une folle. Puis, j'ai réfléchi. Je suis entrée dans le Cinq-dix-quinze. Mon cœur battait très fort. J'ai demandé au marchand : Combien coûte une enveloppe ? Il m'a dit : Cinq sous. Et un timbre ? Il m'a répondu : Cinq sous aussi... Je me suis lancée : Je veux envoyer 1,25 $ à un ami. Est-ce que ça se fait ? Il m'a dit : Tu tombes bien, je suis Mario Langevin, marchand général et maître de poste. Et toi, petite ? Rose Beaudet, Monsieur. Mais tu peux pas envoyer d'argent comme ça. Ça risquerait de se perdre... J'ai eu envie de pleurer, Monsieur. Le marchand s'est repris : Faut l'envoyer sous forme de mandat-poste... Un mandat quoi ? que j'ai fait. Laisse... m'a dit Monsieur Langevin. Il a rempli un papier de mots et de chiffres, puis il m'a demandé : À qui dois-je l'adresser ? J'ai souri : À mon ami Tom le pied bot, sur la rue Perreault, à Rouyn. Le marchand a insisté : T'as son adresse exacte ? J'ai dit : Non, mais il livre le lait dans notre quartier. Monsieur Langevin a hoché la tête : Ça doit être pour la laiterie Dallaire. Je fais affaire avec eux... Il a pris le téléphone. Il a appelé la laiterie et, après avoir raccroché, il m'a fait un sourire. Pendant qu'il écrivait l'adresse de Tom sur le mandat, il m'a dit : Il s'appelle Tom Bibeau, petite...

Monsieur Langevin a glissé le mandat dans l'enveloppe, y a collé un timbre, a pris mon billet de deux dollars et a dit : Oh ! il a fait du chemin, ce bout de papier... Je l'ai trouvé dans la boue, ai-je admis. C'est mon frère Jacô qui m'a dit de regarder là. Vaut-il quand même quelque chose ? Le marchand m'a répondu, en souriant : De l'argent, c'est de l'argent, petite. Même s'il sortait du cul... pardon ! du derrière d'un cheval... Puis, il m'a demandé si je voulais ajouter un petit mot à l'intention de mon ami et j'ai dit oui. Sur une belle feuille blanche lignée, je me suis appliquée à écrire : *Pour toi, Tom, c'est quelque chose que je te dois et je te demande pardon au nom de trois autres personnes...* Et j'ai signé : *Rose*, Monsieur. Oui, j'ai signé parce que j'en avais assez de faire des choses hors-la-loi. Le marchand a passé sa langue sur le rabat de l'enveloppe et y a mis l'adresse de Tom, avant de la déposer dans une grosse boîte aux lettres. Il m'a dit : Ça partira demain matin. Ton ami la recevra dans quatre ou cinq jours. Ça te va comme ça ? J'ai fait oui de la tête, et j'ai pensé : Je peux enfin dormir en paix.

Monsieur Langevin m'a passé une main dans les cheveux, comme j'aimerais que papa le fasse, de temps en temps… s'il revient parmi nous, bien entendu. Je lui ai fait un beau sourire et j'ai ajouté : Merci de votre gentillesse… Je me sentais merveilleusement bien. J'allais sortir. Le maître postier m'a dit : Il te revient soixante-cinq cents, petite. Je te les rends, ou tu désires te procurer autre chose ? J'ai jeté un coup d'œil aux jarres à bonbons. J'ai pensé que je pourrais m'en régaler jusqu'à en avoir mal au ventre, et sans en rapporter un seul aux miens, puis j'ai une autre fois réfléchi. Je lui ai demandé : Vendez-vous du beurre ? Il m'a répondu : C'est pas pour rien que j'administre un Cinq-dix-quinze… Monsieur Langevin n'utilise pas la négation, Monsieur, mais c'est un homme bon ; alors je me suis dit qu'il n'avait pas à se forcer pour parler avec la bouche en cul de poule.

On peut se procurer presque tout, chez moi, m'a dit le marchand. Il a sorti une belle livre de beurre bien jaune de son réfrigérateur. J'ai dit : C'est pour donner un peu de bonheur à ma mère… Il m'a encore souri, puis m'a rappelé : Il te reste quinze cents… Je n'ai pas lésiné : Est-ce que je peux avoir des boules noires ? Il a cligné de l'œil : Bien sûr, Rose… J'ai ajouté : Et du *chewing-gum* ? Mais oui, qu'il a dit. Tant que tu veux ! Aujourd'hui, je me sens généreux. Voici un petit sac…

J'ai plongé ma main dans la jarre aux boules noires, Monsieur, et je me suis dit qu'il y avait des citoyens au grand cœur partout dans le monde, même si Adèle prétendait le contraire. J'ai dû retirer une dizaine de boules de la jarre. Le marchand me regardait. Son sourire m'a fait comprendre : Retournes-y, Rose… J'y suis retournée. Cinq fois. Jusqu'à ce que je vide la jarre. Ce n'était pourtant pas Noël ni l'Halloween. Je trouvais même que ça ressemblait à un vol, cette façon de faire, mais peut-on voler quelqu'un qui vous regarde lui prendre ses boules noires avec le plus long sourire de la terre ? Puis il m'a présenté la jarre aux *chewing-gum*. J'en ai rempli mon sac, tout en me demandant s'il n'avait pas déjà perdu, lui aussi, une petite Ange-Aimée. J'avais hâte de partir. J'avais peur qu'il me dise : Remets ça là. C'était une blague. Il m'a hélée : Pas trop vite, Rose! J'ai figé. T'oubliais ta livre de beurre, qu'il a dit. Je lui ai confié : Maman adore en étendre sur ses rôties. Voilà bien la plus généreuse petite fille que j'ai rencontrée de toute ma vie! a-t-il dit. Va! Partage tes bonbons avec les tiens. La générosité amène la générosité, Rose.

J'ai trouvé ce proverbe si beau, Monsieur, que j'ai eu hâte de pouvoir le mettre en pratique. Voilà le miracle qui m'est arrivé…

Quand Adèle m'a vue entrer, dans le garage, elle a demandé : Où t'as volé ça? J'ai protesté : J'ai rien volé! Adèle a fait : Ta négation! J'ai répété : J'AI RIEN VOLÉ! C'est le marchand du Cinq-dix-quinze qui m'a donné ces bonbons… En quel honneur? m'a jeté Adèle. Il me trouve généreuse, que je lui ai répondu. Tiens donc! a fait ma sœur, qui ne croit jamais en moi.

Je lui ai raconté toute l'histoire d'un seul trait, Monsieur. C'est plus facile de dire la vérité que de se dépêtrer dans ses mensonges. Je lui ai tout dit, à propos du billet de deux dollars entre les deux marches, de la lettre à Tom, de la livre de beurre pour maman et Adèle a demandé : Pourquoi avoir envoyé 1,25 $ au laitier? Tu me fais pitié, Rose. On aurait pu avoir trois ou quatre gros sacs de plus pour le même montant… Je vous demande de l'absoudre pour ça, Monsieur. J'ai eu envie de pleurer, sur le moment, mais je me suis rappelée ce qu'on dit dans la Bible : que celui qui donne aux autres donne aussi à Dieu. J'ai séparé, en parts égales avec les miens, le contenu de mon sac, et puis j'ai cherché maman. J'avais hâte de lui remettre la jolie livre de beurre où il était écrit, sur l'emballage : *Beurre Dallaire frais.* Mais elle était chez mes grands-parents et comme je ne les aime pas… Pardonnez-moi. Alors, j'ai déposé la livre de beurre au réfrigérateur en me disant que maman saurait bien de qui elle venait.

Elle est rentrée, a voulu se faire une rôtie, a découvert le présent que je lui réservais, m'a regardée, m'a souri, puis a voulu savoir où j'avais pris l'argent pour me procurer le beurre. Elle m'a écoutée lui répondre, puis a dit simplement : Je reviens… Elle est retournée chez grand-mère, où elle a téléphoné à Monsieur

Langevin. Puis elle est rentrée, m'a fait un sourire encore plus grand, et m'a dit : Viens là, toi… Je suis allée à elle, Monsieur. Maman avait les larmes aux yeux. Elle a murmuré : Dire que c'est toi la plus sage, mais dont je m'occupe le moins… Elle m'a serrée dans ses bras. Longtemps. Très fort. Je me suis mise à pleurer dans son cou, là où c'était chaud et où ça sentait le plus maman. Ma mère m'a donné des tas de baisers sur les joues. Elle m'a dit : Allons, Rose, ne pleure plus. Je suis si contente !

Ma mère était fière de moi et c'était un miracle encore plus grand, Monsieur, qu'elle soit contente, qu'elle me traite enfin comme elle traite toujours Édith, moi qui n'en rêvais plus…

Maman m'a dit : Assieds-toi là. Je nous fais de belles rôties au beurre… Elle nous en fait à tous. On les a mangées avec elle et je me suis dit que si on passait un si bon moment, c'était grâce à moi, Rose Beaudet. Moi à qui, d'après mes sœurs, il n'y a aucun saint danger qu'il pousse des ailes au dos, un jour, tellement je ne fais jamais rien de bien, mais à qui il arrive pourtant des miracles.

Je croyais que je ne vivrais jamais de plus grand bonheur que le jour où je m'étais offert des frites. Je parlais à tort et à travers, j'en conviens aujourd'hui, Monsieur. La livre de beurre a duré deux semaines parce que maman en mettait, chaque fois, une mince couche sur nos rôties. Quand je suis allée me promener dans le village, par la suite, les gens ont pu penser que j'étais d'une affreuse timidité. Mais en fait, je gardais les yeux au sol, au cas où un autre miracle se produirait.

Depuis l'apparition de Jacô, Adèle causait plus souvent avec maman qu'auparavant. Elle lui faisait de larges sourires, lui servait son déjeuner, le matin. Même Olivier appréciait ce nouveau mode de vie. Il lui arrivait maintenant de lâcher la jupe d'Adèle pour s'accrocher à celle de maman. Édith tournait autour de notre mère comme le faisaient les mouches, autour de la tartine d'Olivier. Moi, je faisais une prière tous les soirs pour remercier Jacô, car maman s'occupait beaucoup plus souvent de moi. Je demandais à mon grand frère de lui apparaître, en rêve, pour la convaincre de dire oui à papa, à propos de la Floride. Il n'y avait que là, il devait quand même le savoir, que nous pourrions vraiment cesser de vivre dans la crainte. Je pensais aussi à Tom. Je me demandais comment il allait, s'il faisait toujours sa livraison de lait, si on avait trouvé le corps de Lucie Mackoy, si… Quand je n'en pouvais plus de me torturer l'esprit avec des *si*, je posais toutes sortes de questions à Jacô, dans l'espoir qu'il me réponde. Je l'imaginais avec ses grandes ailes, flottant à quelques pieds du sol ; je le suppliais de m'apparaître, au moins en rêve, pour lui dire que ça allait beaucoup mieux chez nous. Et lui parler, aussi, du changement d'attitude chez Adèle, qui nous accordait, à tous un peu de répit. Je préférais croire qu'elle allait mieux, depuis qu'elle lisait la Bible. Bien sûr, je prie, moi aussi, mais je n'ai jamais perdu la tête pour autant, Monsieur.

Un jour, pendant que maman faisait la grasse matinée, nous avons suivi Adèle derrière le garage et nous nous sommes enfoncés dans le bois. Elle tenait à nous montrer l'endroit où elle avait capturé son premier lièvre — savez-vous s'il y en a, en Floride ? —, puis un autre emplacement, celui qui longe le ruisseau aux truites arc-en-ciel. Il lui était venu une idée ! On pourrait aménager l'endroit et y passer le plus clair de notre temps, si on n'a pas le droit de vivre ailleurs !

Ça faisait une bonne heure qu'on la talonnait, dans ce coin dense de la forêt, et Jacô ne s'était pas encore montré. Adèle nous a dit : Allez, soyez patients. Je le sens tout près.

Une brise a glissé sur ma joue et j'ai entendu un fort bruissement d'ailes. Là ! a fait Adèle, en pointant un buisson du doigt. Non, derrière ce gros sapin, a corrigé Édith.

Un gros oiseau à pupilles jaunes venait de se poser, sur une branche de sapin rabougri.

Olivier a dit : Ce qu'il a changé, notre frère… Tu lui as vu les yeux, Édith ?

C'est un hibou, espèce d'idiot ! a rétorqué Édith. Puis, elle s'est tournée vers Adèle et lui a dit : On en a assez de marcher. T'as décidé de garder notre frère pour toi ?

Adèle a répliqué : Ce n'est pas en vous moquant de lui qu'il se montrera. Gardez vos railleries pour vous ou rentrez ! En admettant que vous vous rappeliez le chemin qu'on a pris, pour nous rendre jusqu'ici…

Que pouvions-nous lui répondre, Monsieur ?

Bien ! a fait Adèle. Vous verrez. Vous ne voudrez plus en repartir…

Merci pour le jus d'orange, Monsieur. Je sentais en moi une pénurie criante de vitamine C et ma patience allait en prendre pour son rhume…

Où en étais-je ? Ah ! oui. Un peu de temps a passé. Édith s'est remise au chialage : Et maman ? a-t-elle lancé au visage d'Adèle. Et papa qui sera bientôt là ? Et la Floride… Qu'est-ce que t'en fais ? Et l'enfant à venir ? Tu te fiches pas mal de lui, Adèle. Il n'est pas question qu'on transporte nos pénates ici ! a tranché Édith. Papa reviendra bientôt avec une bonne paie, et nous deviendrons des citoyens. Pourquoi ne pas l'attendre, au lieu de virer le monde à l'envers pour une simple querelle entre toi et maman ?

Adèle a pesté : Je n'ai obligé personne à me suivre !

On a regardé devant nous, derrière, de chaque côté… Que des arbres ! Tous pareils. Quelle direction prendre ?

On a marché dans le cours d'eau peu profond, pendant quelques minutes, histoire de vérifier, nous disait Adèle, si nos traces pourraient trahir notre présence en ce coin de terre… C'est le refuge de Jacô. Donc, une terre sacrée.

En écartant des branches, on a trouvé l'entrée de la caverne. Adèle nous a invités à nous y asseoir. Puis, elle a fait mine de laisser une place auprès d'elle. Elle a esquissé un sourire des yeux et a dit : Il est ici, avec nous. Il vous fait savoir qu'il est heureux de vous revoir. Il te regarde, Rose… Il te passe une sucette aux framboises sous le nez. En sens-tu l'arôme ?

J'ai cherché des yeux, Monsieur, mon frère tant aimé. J'étais prise de frissons. J'ai respiré tout l'air que je pouvais, pour parvenir à me rappeler l'arôme qui le suivait, si souvent, grâce aux sucettes de Tom. J'ai dit à Adèle : Oui, c'est vrai. Je le sens. Il est partout autour de moi…

Adèle m'a dit : Il ne veut plus que tu aies peur, ni que tu pleures, la nuit. Il t'accompagne sur ton chemin… Jacô s'adresse maintenant à toi, Olivier. Il dit que tu grandis bien. Que tu seras fort, une fois grand. Que tu pourras le remplacer auprès de nous. Jacô te confie la mission de nous protéger contre le danger. Il vient de te donner une chiquenaude, sur l'oreille droite. Est-ce que tu l'as sentie?

Euh… je crois que oui. Oui. L'oreille me pince, juste là, lui a répondu Olivier. Moi aussi, j'ai senti la sucette, quand il me l'a passé sous le nez. Un peu plus, et j'en prenais une bonne croquée!

Puis Adèle s'est tournée vers Édith : Il vient de t'effleurer la joue avec le bout de son aile. L'as-tu sentie?

Non.

Laisse tomber tes barrières, petite sœur. Tu fais de la peine à notre frère.

À son tour, Édith a cherché Jacô des yeux. Je voudrais bien te faire plaisir, Adèle, lui a-t-elle dit, mais je ne sens que du vent sur ma joue. Désolée!

Adèle a poursuivi : Je le vois te couvrir de ses grandes ailes, à présent. Sens-tu leur chaud duvet sur ta peau, Édith?

C'est rien que du vent, Adèle.

Ouvre ton âme à notre frère, Édith, a dit Adèle.

…

Le jour baissait et les oiseaux retrouvaient leurs nids. Adèle a suggéré : On est bien, ici. On pourrait y vivre, si on y mettait du nôtre…

Quand je lui ai dit, Monsieur, que je sentais l'odeur de la sucette de Jacô tout autour de moi, j'ai menti et j'en demande pardon à Dieu. J'ai pourtant fait de gros efforts pour sentir sa présence. Mais il est dit dans la Bible que les miracles ne se produisent pas tous les jours.

Le lendemain, au réveil, Adèle nous a raconté, tout en s'étirant, la dernière vision qu'elle venait d'avoir de notre frère. Nous vivions sur son nuage; nous étions pourvus d'ailes magnifiques, comme lui…

J'ai pensé que je devais être jolie avec des ailes, Monsieur. Mais où étais-je allée les chercher?

Maman s'est mise à faire la cuisine chez le maire de Barraute. Peut-être pour gagner le plus d'argent possible afin d'assurer notre exil en Floride, l'année d'ensuite. Grand-mère est venue mettre son nez dans nos affaires, mais elle s'est vite rendu compte qu'on n'avait pas besoin d'elle. Jamais maman ne nous parlait du projet de papa. Je pensais, moi, qu'elle gardait ça dans son cœur, le temps de bien y penser. Peut-être était-elle en train de décider, dans sa tête, sur quelle plage de Floride on déménagerait? Peut-être même qu'elle se demandait si on ne devait pas apprendre à parler l'anglais, pour ne pas se sentir isolés une fois là-bas. Elle pouvait aussi essayer de prévoir les achats nécessaires. Il faudrait de la crème solaire pour ne pas rôtir au soleil dès la première journée. Il nous faudrait aussi des sandales de plage, des seaux et des pelles pour les châteaux de sable… Tout ce qu'il faut à une famille qui vit en Floride, quoi. Sur le carton qui faisait face à mon lit, je me suis dessiné un calendrier. Chaque soir, avant de m'endormir, je faisais une croix sur la journée qui venait de passer. Sœur Marie-de-la-Providence disait que pour qu'une chose se réalise, il faut la voir, dans sa tête, et mieux encore, si on met son rêve sur papier. Sur du carton, ça doit faire pareil, que j'ai pensé. Si les commerçants font la publicité de leurs produits sur des boîtes de carton, je devrais pouvoir y mettre aussi ce que je veux…

Un jour, maman est sortie dans la cour, la hache à la main. Elle avait décidé de ne pas demander l'aide de l'oncle Aurèle pour fendre son bois. Son ventre suivait les grands coups de hache dans le tremble vert, et nous, assis sur de grosses bûches, on la regardait faire. Quatre coups dans la bûche et elle devait prendre une pause. Adèle lui a fait observer : Tu n'aurais pas à faire ça, en Floride. Il y fait chaud à longueur d'année… Alors, maman nous a confié qu'elle s'ennuyait de l'océan et de sa mère. De l'océan de la Gaspésie, Monsieur, qui est bien loin de la Floride. Notre mère est Gaspésienne, vous voyez? Grand-mère Banville venait de mourir, à Rimouski. Maman aurait bien voulu s'y rendre, pour lui dire un dernier adieu, mais avec Jacô qu'on avait laissé à Rouyn, elle a dit : Ça me ferait trop de route à parcourir pour honorer la mémoire de mes morts.

Olivier lui a demandé pourquoi on n'avait pas pensé à déménager la tombe de Jacô au cimetière de Barraute. Maman lui a répondu que ça ne se faisait pas de transporter une dépouille à l'arrière d'un camion, comme s'il s'agissait d'une banale carcasse d'orignal, et de l'inhumer une seconde fois. On ne peut pas traîner nos morts dans tous nos déplacements, a-t-elle ajouté. Ce serait un sacrilège. Une fois que quelqu'un est retourné à la terre, il ne faut pas troubler son dernier repos.

Maman achevait de fendre la corde de tremble quand deux hommes en uniforme se sont pointés au garage. Maman a lâché sa hache et a demandé : Est-ce que je peux faire quelque chose pour vous? L'un d'eux a répondu : On peut vous poser une ou deux questions? Puis : Votre mari est-il là? À quel sujet? a demandé maman. Nous pouvons entrer? a proposé le premier homme. Mais oui, a répondu maman.

Ils se sont assis à la table. Tout est devenu bruyant, dans ma tête, et Adèle m'a dit : Calme-toi… Mais elle avait le teint blême. Édith avait perdu sa langue. Même Olivier semblait comprendre qu'il y avait du danger dans l'air. On s'est faufilés derrière le garage. L'oreille contre la fenêtre fermée, Adèle a tenté de comprendre ce qu'ils se disaient, à l'intérieur. Édith a demandé : Et alors? Qu'est-ce qu'ils racontent? Je n'entends pas assez bien, a fait Adèle. Tu ne peux pas lire sur leurs lèvres? a renchéri Édith. À moins qu'ils aient une bouche derrière la tête, non. Ils ont le dos tourné, a repris Adèle. Mais je crois avoir entendu le nom de papa, celui du laitier et celui de Lucie Mackoy…

Les hommes en uniforme ont donné la main à maman, lui ont fait un sourire charmant, puis ils sont sortis. On a couru se cacher dans la remise. Adèle m'a dit : C'est ta faute, tout ça… Qu'est-ce que j'ai fait de mal? que je lui ai demandé. Cette stupide lettre que t'as envoyée au pied bot. Ça lui aura allumé une lumière…

Je n'ai pas su quoi lui répondre, Monsieur.

Idiote! a pesté Adèle. Il aura fait le lien entre ton mandat et son tricycle… Est-ce que je savais, moi? que je lui ai dit. T'aurais dû y penser! m'a-t-elle répliqué. Qu'est-ce qu'on va faire, maintenant? Pourquoi ne pas demander à maman ce que les *Fédéraux* sont venus faire? a suggéré Édith. T'es malade? lui a jeté Adèle. Pour lui raconter quoi, ensuite? Ce qu'on a fait sur la rue

Perreault? À quoi papa jouait pendant qu'elle travaillait? Tu crois qu'elle voudra tous nous suivre en Floride? Fais un effort de réflexion, Édith, bon sang de bon sang! N'y a-t-il que moi pour avoir de la jugeote, ici? Et Jacô? lui a fait remarquer Édith. Il me semblait qu'il veillait sur nous? Il y veille, a riposté Adèle. Mais du moment qu'on ne lui met pas des bâtons dans les roues, comme cette stupide lettre que t'as envoyée au pied bot, Rose…

Puis ma sœur aînée s'est enfermée dans le cabanon, juste à côté du garage. C'était un réduit qui nous servait de toilettes, comme dans votre jeune temps, j'imagine. Vous devez savoir de quoi je parle, Monsieur? Olivier se tenait les fesses à deux mains. J'ai envie de chier, moi! qu'il a crié à Adèle. Je vais faire dans ma culotte… Fais-le! lui a crié Adèle à son tour. Tu changeras de caleçon ensuite! Et on ne dit pas *chier,* mais *aller à la selle.* T'as compris, espèce d'ignorant? J'ai pas de cheval pis j'ai envie de chier, a tempêté Olivier. Vite! Ça presse! Ouvre-moi!

Édith a hurlé elle aussi : Ouvre! Pas tout de suite, lui a répondu ma sœur. Je suis occupée… Dis-nous à quoi… À quelque chose… Édith a donné un bon coup de hanche et la porte a cédé. Nous avons surpris notre sœur, assise sur le banc de bois, en train d'écrire.

T'écris à qui? lui a demandé Olivier. À personne, a rétorqué Adèle… Alors, t'écris à quel sujet? a insisté Édith. T'as décidé de mettre les *Fédéraux* au courant? Pas les fé-dé-raux! Édith! Vas-tu te l'enfoncer dans la caboche? On n'est pas encore en Floride. On dit la police, au Canada, et non les *FÉDÉRAUX*!

Quand je vous disais, Monsieur, qu'Édith aime provoquer Adèle…

T'écris à quel sujet? a répété Édith. J'écris un poème, a fait Adèle. Un pô-ême… s'est moquée Édith. Je croyais que t'avais horreur de cette manière d'écrire… On peut voir? Non! a jeté Adèle. Un poème, c'est confidentiel, tu saisis? Ce n'est pas une lettre que t'écris, plutôt? a demandé Édith. Ça ne te regarde pas, a répondu Adèle. Va, Olivier, a ajouté ma sœur aînée. Fais ce que t'as à faire, avant que je me retrouve avec ton caleçon à lessiver…

C'est vrai, Monsieur. Mon frère n'a pas d'autre caleçon. Mais en Afrique, c'est encore pire : tout le monde s'y promène, la craque, les fesses et la bite à l'air et ils s'en portent bien. Ils doivent chier partout. Je sais pas. Je ne sais pas. Alors n'avoir qu'un caleçon… pas grave.

Je pourrais poursuivre cette confession demain, Monsieur ? Je suis près de l'exténuation et j'aurais bien besoin d'un bon repos. Vous conviendrez avec moi qu'il n'y a rien comme la tranquillité et le sommeil, pour réparer les forces du corps et de l'âme…

Quatorzième soir

Qu'est-ce qu'il a Olivier, Adèle ?

Depuis hier, il refuse de manger, Rose. Je ne sais pas si on pourra tenir encore quatre jours.

Ses gencives ?

Normales, pour le moment.

En as-tu parlé à quelqu'un ?

Non, Rose. Un plan pour qu'on nous l'enlève ! Ne le dis surtout pas à l'enseignant. T'as compris ? On tentera de s'enfuir avant la fin de semaine.

Quatorzième nuit

Je viens d'ouvrir les bras de maman et je les ai refermés sur moi. Je me sens rougir, autant que la plaque du poêle qui pète de chaleur. Maman rit, me berce ensuite en chantant *La Belle de Cadix*, et ce que je souhaitais se produit : ça fait chier Édith. Pour une fois, j'ai une envie folle de rire. Je m'en confesserai au prêtre demain matin.

Papa est revenu de forêt. Il sourit à maman. Il lui dit que c'en est fini des malheurs et des éloignements, de manger du lièvre et de vivre au froid. Il l'a trouvé son filon d'or, et en Floride ; d'ailleurs, il a un dentier tout en or dans la bouche. Il sort d'une grande poche de son manteau six diplômes sur lesquels on peut lire : *Laurent Beaudet, citoyen et découvreur d'or. Laure Beaudet, citoyenne et meilleure serveuse de tout l'univers. Adèle Beaudet, citoyenne et grande lectrice. Édith Beaudet, citoyenne et fille préférée de Laure Beaudet. Olivier Beaudet, citoyen et deuxième Ti-Jos connaissant de Rouyn…* Mon diplôme ne mentionne pas le mot citoyenne. C'est écrit : *Rose Beaudet, bavasseuse des péchés de la famille et bloquée de la tête.* Ça me donne une grosse envie de pleurer. Dès que papa nous remet à chacun notre diplôme, les mots s'effacent, sauf sur le mien…

Papa porte une peau d'ours polaire, les revolvers de Roy Rogers de chaque côté de la tête — de la tête, parfaitement ! — des éperons à ses gants de cow-boy, et son cheval, c'est rien qu'une tête en peluche, au cou de laquelle dépasse une batte tachée du sang de Jacô. Papa galope sur le faux cheval, mais tout ça est normal. À chacun de ses pas, des billets de cinquante dollars tombent de ses poches. Adèle balaie le tout et nous dit : C'est rien qu'un rêve. À quoi bon les ramasser ? Elle en fait un tas, comme s'il s'agissait de feuilles mortes, et elle y met le feu. Je les regarde flamber. Je me dis : *Quand la manne passe, on la ramasse,* pourtant… Papa porte une main au ventre enceint de maman et lui demande : Est-ce qu'il est de moi, cet enfant ? Elle lui répond sans détour : Non, il est de l'avocat. Papa lui réplique : De toute manière, je n'ai pas l'intention de revenir vivre avec vous. Je me suis mis en ménage avec la mère Mackoy et elle tire le chariot jusqu'à l'hôpital, rien que pour nous deux. Voici un certificat attestant que Lucie est morte en bonne et due forme, et l'endroit où pourrit son corps… Une guillotine nous attend tous, dehors… Allons-y. Nous serons enfin réunis jusqu'à la fin des temps. N'est-ce pas ça que vous souhaitez ? Maman y jette un coup d'œil, dit que c'est normal que les Beaudet paient pour leurs crimes. Qu'on meure donc. Ça fait si longtemps que je n'ai pas pris de vacances. Ça me ferait un grand bien, c'est moi qui vous le dis. Une famille, on ne le dira jamais assez, ça fait tout ensemble… Maman sent une grosse crampe et accouche de l'enfant, devant son mari. C'est un garçon, mais il ne porte pas de « Germaine ». Maman dit que c'est notre pauvreté qui l'en a privé. Olivier s'agite dans le lit et je me réveille, sans avoir eu le temps de dire à maman qu'il fait froid sur le plancher, et qu'il faudrait recouvrir l'enfant pour ne pas qu'il crève.

Quinzième jour

TANTE MADELEINE, la sœur de papa qui habite Perron, tout près de Val-d'Or, et avec qui maman avait gardé un bon contact, était venue visiter notre toit sur la tête. Notre tante n'avait pas fait trois pas en direction du garage qu'Adèle lui sautait au cou en lui disant : Merci beaucoup d'être venue... Tante Madeleine était très surprise : Eh ben! Avant, c'était à peine si tu m'adressais la parole. Qu'est-ce qui a changé, Adèle? Ma sœur lui a répondu : Je m'ennuyais de vous, c'est tout. Vous allez rester un bout de temps? Tante Madeleine lui a souri. Avoir su que tu me recevrais de si gentille manière, qu'elle a dit, je me serais déplacée avant.

Adèle était aux anges. Elle suivait tante Madeleine dans tous ses déplacements, vivement intéressée à ce que celle-ci racontait à maman, en profitant pour lui faire part du projet de papa de déménager en Floride. Tante Madeleine s'est écriée : Quelle chance! La Floride! Laure... c'est vrai? Adèle a répliqué : Tu vois, maman? Tante Madeleine pourrait même venir avec nous... Dites-le à maman, tante Madeleine... Notre tante a ri. Puis, elle a jeté un regard de dépit sur les slogans qui recouvraient nos murs. Je lui ai fait observer : Le carton est un sacré bon calfeutrant, vous savez. Elle m'a souri et m'a dit : Eh ben... Il y en a de la réflexion dans la tête de cette petite fille timide... S'adressant ensuite à maman, elle a jeté : T'as pas envie de passer l'hiver ici, Laure ? Maman a protesté : La Floride, c'est sérieux, tu sais. Laurent a besoin de changer d'air. Sa consomption, c'était vrai, finalement. Le docteur de la scierie l'a examiné, et il dit que mon Laurent passera pas deux hivers avec ses poumons malades comme ça. Il tousse comme un damné depuis qu'il a commencé à bûcher. Il me l'a écrit, dans une lettre… L'été à longueur d'année, depuis le temps que j'en rêve, ça me plairait, Madeleine. Viens donc t'installer avec nous…

Tante Madeleine, Monsieur, avait une petite pension de veuve qui la protégeait des périodes de vaches maigres, vous comprenez ? Je me suis demandé de quoi elle se mêlait, à la voir lever le nez sur nos murs de cartons, mais je me suis tue. Maman a tenu à ajouter : Le garage, c'est rien que pour l'hiver, Madeleine. Le sacrifice en vaut la peine. La Floride, Laurent me l'a promise…

Puis, on a vu tante Madeleine tendre la main vers une guenille, enfoncée dans une fissure du mur. On l'a vue tirer sur la guenille, lentement, comme dans un film au ralenti, l'étaler devant elle, pour se rendre compte que ça avait déjà été une jupe, blêmir, faire une face de beu, et dire à maman : J'avais acheté cette jupe à ma mère pour Noël. Tu te rends compte ? Elle me reprochera ensuite de ne pas penser à elle. La vieille baleine !

Tante Madeleine a aussitôt filé chez grand-mère avec la jupe mitée en main, le visage rouge de colère. On a entendu des cris, tout de suite après, des claquements de portes, puis maman s'est perdue dans un grand rire. Si on pouvait rire comme ça tous les jours, ça nous ferait, à tous, le plus grand bien, nous a-t-elle dit. Est-ce péché de rire de la colère de quelqu'un, Monsieur ?

Maman qui riait… J'ai cru que Jacô avait exaucé ma prière. J'ai pensé : S'il me répondait chaque fois que je l'appelle, aussi… Il pourrait le faire d'un signe, pour me montrer qu'il est revenu parmi nous. Tiens… l'oiseau qui piaille sur cette branche de sapin, que je me suis dit. S'il allait se poser sur le toit de la maison blanche, de l'autre côté de la rue, je saurais que mon frère est à mes côtés. L'oiseau a secoué les ailes, a regardé d'un côté, puis de l'autre. J'ai pensé : Ça y est : il s'envole ! Il a fait un vol gracieux dans le firmament, puis il a pris la direction opposée à celle que j'avais en tête. Quand je vous disais que les *si*, chez nous, vont toujours avec les doutes…

Un jour, Adèle a fait une flambée dans le poêle et a murmuré : *La révélation se fera par le feu.* Elle fixait les flammes qui y grandissaient, et il a fallu que maman crie son nom pour la tirer de sa fixation. À quelques matins de là, ma sœur aînée dormait encore, quand on s'est levés. Elle avait eu une nuit si agitée qu'elle nous avait tous empêchés de dormir. On entendait seulement le pétillement du bouleau sec, dans le poêle, alors qu'on mangeait nos rôties en compagnie de maman. Ne faites pas de bruit avec vos ustensiles, nous a-t-elle demandé. Pour une fois qu'Adèle a le sourire aux lèvres… Les yeux de notre sœur s'activaient sous ses paupières, dans un va-et-vient rapide, et ses respirations étaient longues et profondes. Comme si elle était en train de vivre un rêve intense.

Après le déjeuner, on l'a laissée à son sommeil et on a suivi maman chez grand-mère. C'était la journée de toutes les lessives, Monsieur. Celles des vêtements comme celles des corps. Grand-mère avait installé une cuve d'eau tiède près du poêle, puis avait tendu deux longues cordes en travers de sa cuisine pour y suspendre des draps. Ils allaient nous servir de paravent. Pendant qu'Édith se débarbouillait, j'écoutais la conversation de maman et de grand-mère. Maman lui disait que ça devait être très beau, la Floride. Tout à coup, j'ai vu Adèle sortir du garage avec la Bible et l'encyclopédie sous chaque bras. Elle a regardé à droite, à gauche, puis elle s'est dirigée tranquillement vers le boisé. Elle me paraissait reposée.

Je me sentais bien devant la fenêtre, à écouter maman parler avec entrain des plages de Fort Lauderdale. De beaux nuages en forme d'animaux décoraient le ciel. Dehors, des grillons me faisaient l'aubade. J'avais perdu Adèle de vue. Jacô l'avait-il appelée ? De ma place, je pouvais voir tout l'intérieur du garage. La fenêtre aux rideaux jaunes était ouverte. Des rayons de soleil frappaient la théière en acier inoxydable, sur la table. J'avais l'impression qu'ils grandissaient, qu'ils débordaient de la théière. Ils prenaient de l'ampleur. Comme si j'assistais à la création d'un autre soleil.

C'était un spectacle éblouissant. On aurait dit… des flammes! De vraies flammes étaient en train de prendre vie dans le garage. Je les ai vues sauter sur les jolis rideaux que maman avait mis des heures à confectionner… J'ai crié : Mamaaan! Le feu! Le feu est pris au garage!

Elle a bondi de sa chaise. Olivier s'est mis à hurler et Édith, dans sa cuve, s'est prise pour Iouri Gagarine.

Restez ici! nous a crié maman, avant de sortir. Adèle! Mon Dieu, ma fille! Ma pauvre fille!

Maman était prise de panique. J'ai crié : Non, maman! Adèle est…

L'enfer avait fait son nid dans le garage. L'oncle Aurèle se bataillait avec maman pour l'empêcher d'y foncer. Alors, j'ai vu Adèle qui revenait du boisé. Elle assistait au spectacle avec le plus grand calme. Édith, Olivier et moi avons couru la rejoindre.

Olivier a lancé : Le garage flambe, Adèle. Wow! On part pour la Floride, cette fois? On n'a plus le choix, hein?

Ma sœur s'est dirigée vers maman, que l'oncle Aurèle retenait toujours. Quand elle a aperçu Adèle, elle l'a serrée dans ses bras, l'a embrassée sur les joues, sur le front, et l'a regardée comme si ça faisait des années qu'elle ne l'avait pas vue. Puis elle lui a crié : Où étais-tu? Tu finiras par me faire mourir d'inquiétude… Je n'étais pas très loin, a répondu Adèle. Je m'instruisais…

Tout un pan du garage venait de tomber. Les slogans sur les murs s'étaient transformés en cendres. Notre instruction publicitaire et mon calendrier de la Floride, eh! bien, c'était fini, Monsieur. Notre toit sur la tête était devenu un immense brasier. Grand-mère a dit à maman : Je t'avais pourtant demandé de pas utiliser de naphta pour allumer le poêle… Vous autres, les damnées femmes de la ville…

Maman était sans voix. On a tout perdu, qu'elle répétait pour elle-même.

On n'avait pourtant rien à nous, Monsieur. Sauf sa paie que venait de lui remettre le maire, pour sa première semaine de travail.

Adèle restait là, comme en admiration devant les flammes. Alors, maman a posé la main sur son épaule et ma sœur a soupiré : Quel dommage! Un si beau garage…

Une fois qu'on s'est retrouvés seuls avec elle, ma sœur aînée nous a dit : Il est temps d'aller voir ailleurs si on y est. Édith n'a pas pu résister : Je parierais que c'est toi qui as mis le feu au garage... Tu m'en croirais capable ? s'est indignée Adèle. Oui, a répondu Édith. T'as du culot de croire ça ! a répliqué ma sœur aînée. Et puis, on s'en fiche ! On n'a plus rien à faire ici, de toute façon... Et Jacô ? a fait Édith. Jacô ? a répété Adèle, comme si le nom ne voulait plus rien dire pour elle. Ouais, Jacô... a repris Édith. Chut ! Maman ! a coupé Adèle.

Allons chez vos grands-parents, nous a dit maman, l'air abattue. Qu'est-ce qu'on va devenir, mes enfants ? Mais qu'est-ce qu'on va devenir ?

Adèle a passé le reste de la soirée dans la berçante de grand-mère, Monsieur, dans une étrange immobilité, à fixer par la fenêtre les décombres du garage. Comme si elle attendait un signe. Édith, Olivier et moi sommes allés tourner autour de ce qui restait du garage, avec le sentiment que notre frère décédé avait émigré pour la Floride.

Le lendemain, maman est revenue du village avec une lettre de tante Madeleine. L'estampille sur l'enveloppe indiquait que notre tante lui avait écrit quatre jours avant que le garage flambe. Tante Madeleine disait que sa maison était suffisamment grande pour nous loger tous les cinq. Elle disait aussi qu'elle n'avait pas peur de partager la douceur de son foyer avec une femme enceinte et ses enfants, qui ne faisaient pas plus de bruit chez les gens qu'une marmotte dans son trou en plein hiver. Nos grands-parents, observait tante Madeleine, n'auraient pas à nous céder leur chambre, pour rapporter ensuite à toute leur descendance que Laure Banville et ses enfants vivaient aux crochets des autres. *Oui, Laure,* ajoutait-elle enfin, *je vous attends, toi et tes enfants. Il ne sera pas dit que je n'aurai pas ouvert ma maison et mon cœur à une femme dans le besoin.*

Tu parles d'un adon, nous a dit maman. Votre tante nous invite à passer du temps avec elle, au moment même où on se retrouve à la rue. Elle n'a pourtant pas dû apprendre la perte du garage... Mais ça tombe bien. On partira demain. Il faudra compter sur tante Madeleine pour quelque temps, mais avec sa pension de veuve, comme elle dit dans sa lettre, on ne devrait pas trop tirer le diable par la queue. Et si votre père tient sa promesse, les enfants, du bois, on n'aura plus jamais besoin d'en fendre pour nous chauffer, l'hiver... Des cocotiers, ça doit faire joli devant une maison...

Adèle était ravie, Monsieur. Les malheurs cachent souvent les plus grandes révélations, disait sœur Marie-de-la-Providence...

Cet après-midi-là, Édith m'a soufflé des mots à l'oreille. Ça m'a fait tout drôle, Édith qui me confiait des secrets. Comme si nous n'étions pas des sœurs, mais des filles qui pourraient bien devenir de bonnes amies. Elle m'a raconté qu'elle avait cherché à provoquer l'apparition de notre frère, une nuit. Elle lui a lancé des bêtises par la tête, mais je suis certaine qu'elle le regrette et que c'est oublié, car il est dit, dans la Bible : *Péché regretté est pardonné.* Bref, elle a injurié notre frère décédé avec les mots qui l'insultaient le plus, quand la bagarre prenait entre eux : Tu ressembles à grand-père Beaudet avec tes grands yeux de poisson, tes taches de rousseur sur le nez... Nez rouillé! T'es en amour avec Lucie Mackoy! Mais Jacô ne s'est pas montré, Monsieur.

À mon tour, j'ai avoué à ma sœur avoir tellement prié Jacô, pour qu'il se manifeste, que si ce qu'Adèle disait était vrai, il restait encore à notre frère toute une nuit pour nous prouver qu'il s'était bel et bien transformé en ange. J'attendrais. Mon frère était censé savoir ce qu'il avait à faire... J'attends toujours, Monsieur.

Papa, qui venait tout juste d'arriver de Senneterre, n'a pas eu le temps de mettre le pied chez ses parents que maman lui montrait la lettre de tante Madeleine. Elle lui a dit qu'elle était prête à retourner en Gaspésie, y retrouver son vieux père, si le nôtre refusait de nous suivre jusqu'à Perron en attendant la Floride. Papa a trouvé à répondre : Va chez ma sœur, Laure. La Floride, ce sera dans un mois ou deux, si ça se trouve. Le docteur Legros, de la scierie, m'a encore dit de m'exiler dans le Sud. Va chez Madeleine. Je vous ferai signe dans une couple de semaines.

Maman lui a dit : Bon, alors, amasse ton argent au plus vite et viens nous retrouver à Perron. Il n'est pas question qu'on reste ici une minute de plus, les enfants et moi...

Puis, maman lui a demandé de mettre les mains dans ses poches et d'en retirer quelques dollars. Les places dans le train ne sont pas gratuites, lui a-t-elle dit, et il faudra bien payer notre aller jusqu'à Perron. Pour nous cinq, a-t-elle ajouté, en calculant mentalement, ça devrait nous coûter… hum… pas moins de dix dollars de billets. Il faudra changer de train à Senneterre, en plus, et passer la nuit à l'hôtel. Celui qui fait le tronçon Senneterre-Pascalis ne part qu'à dix heures, le lendemain. J'ai besoin d'environ trente dollars. T'as cet argent?

Papa lui a dit non. La Chevrolet Bel Air avait rendu l'âme et il avait dû emprunter à un ami le coût de son retour à Barraute. Le contremaître n'avait pas encore payé un seul de ses hommes mais ça allait venir, maman ne devait pas s'en faire.

Bon, a-t-elle dit en poussant un long soupir. Vingt, alors? Ne me dis pas que tu n'as même pas vingt dollars en poche?

…

Dix? On dormira sur un siège de la gare…

…

Pour quelle compagnie travailles-tu, dis donc? Pour l'Armée du salut?

Papa a éludé la question : Appelle ton frère Nicolas. Il te refuse rien, tu le sais.

Il n'a pas le téléphone et tu le sais aussi! lui a rétorqué maman. Comment ferons-nous pour nous rendre à Perron?

Papa lui a dit : Suivez-moi.

On s'est dirigés tous ensemble vers la gare. Il semblait si sûr de lui que maman le regardait d'un air drôlement étonné. Moi, j'avais l'impression qu'il allait poser un geste héroïque et je me sentais, tout à coup, fière d'être sa fille. On aurait dit, cette fois, Jessy James se préparant à attaquer le CN. Oui, Monsieur, on les a tous vus, ces films de braves hors-la-loi qui n'ont pas peur d'affronter la justice, pour faire vivre leur famille. Je voyais déjà papa braquer le cheminot du train avec un doigt dans sa poche, pour lui faire croire qu'il tenait en main un revolver chargé à bloc, comme Jessy. Je l'imaginais envoyer valser dans la nature tous les employés de la gare qui refuseraient de se soumettre, prendre ensuite le contrôle du train, avec sa femme et ses chers enfants ébahis par sa bravoure, puis foncer vers la Floride à une vitesse folle.

Adèle ne lâchait pas ses livres et je me suis demandé ce qui arriverait, si elle avait à choisir entre eux et nous. Le train était déjà sur le point de partir. Papa s'est entretenu avec le chef de gare pendant que maman nous chuchotait : Vite, les enfants ! Grimpez l'échelle.

On s'est engouffrés dans le wagon des bagages, Monsieur, et là, j'ai eu peur. Papa était resté à terre à discuter avec le chef de gare. Je me suis demandé s'il savait seulement vers où le train se dirigeait. J'ai pensé qu'il ne nous manquait qu'un pyjama et un numéro sur le bras, pour qu'on prenne la direction des chambres à gaz…

Maman a été la dernière à monter et elle a pris place entre deux énormes malles. De la main, elle a envoyé un baiser furtif à son mari. On s'est assis dans de la paille et on a retenu notre souffle, un moment. Tout allait très vite et de plus, papa ne venait pas avec nous ! Le ventre de plus en plus bombé de maman la faisait souffrir. J'espérais qu'il n'y aurait personne, au bout des rails, pour nous traiter comme des chiens. Je suis allée jusqu'à me demander si l'enfant à venir ne naîtrait pas dans un camp d'extermination. J'en ai déjà vu un, en miniature, au poste de police de la rue Portage. On y avait enfermé un chien dans une grosse boîte de bois. Il s'appelait Jack. La police avait branché un long tuyau qui reliait l'extrémité du silencieux d'une auto à un trou, pratiqué dans la boîte. On a fait démarrer le véhicule. J'ai entendu le chien aboyer, gratter les panneaux de la boîte et puis, plus rien. Plus rien, Monsieur, et ça n'a même pas duré une minute ! La police a ensuite sorti le cadavre du chien et moi, j'ai pleuré. J'aurais pu l'emporter à la maison pour le sauver, mais je savais que maman n'en voudrait pas. Elle aurait dit : L'argent est si difficile à gagner, mes enfants, ne comptez pas sur moi pour faire vivre un chien, en plus… J'ai laissé mourir Jack dans sa boîte, Monsieur, et ça m'est resté sur la conscience. Je l'ai laissé mourir sans rien dire ni rien faire.

Quand je pense à lui, je lui demande pardon de n'avoir pas réagi, quand il aboyait pour avoir de l'aide. Parfois, je lui parle. Je lui dis qu'un jour, j'ouvrirai une pension pour tous les chiens qui n'ont personne pour les aimer. Je le ferai, Monsieur, c'est juré, et je l'appellerai : *Le refuge Jack*. Comme ça, sa mort aura servi à sauver d'autres animaux sans défense. J'adopterai aussi un petit chiot qui lui ressemblera, afin de payer ma faute, Monsieur.

Le train s'est ébranlé avec effort et a donné quelques secousses. Il m'est venu en tête l'image de grand-mère Beaudet, quand elle peine pour sortir de sa berçante. Elle doit se faire aller les hanches de droite à gauche, plusieurs fois d'affilée, avant d'arriver à en déloger son gros derrière.

Le frottement régulier des roues sur les rails a fait sombrer maman dans un profond sommeil. Je voyais son ventre enceint se faire bercer par la cadence du train. Tout était silence, Monsieur, mis à part le bruissement de la paille dorée sur laquelle nous étions assis. Des bribes de lumière s'infiltraient, dans notre wagon, par les brèches des cloisons. Un rayon de soleil s'est mis à danser sur la joue de maman, comme si c'était le petit diable qui la taquinait dans son sommeil. Tour à tour, on s'est collé un œil à une fente, pour voir de quoi il retournait à l'extérieur. Que des rivières et des épinettes, qui défilaient de chaque côté.

Le rayon de soleil a fini par déranger maman. Je l'ai vu sourire et je me suis demandé si un être cher n'était pas en train de lui rendre visite.

BELCOURRRRT! a lancé une voix grave. Le train a perdu de sa vitesse. Le sifflet de la locomotive a retenti. On a redressé la tête, sauf maman, qui semblait se reposer, ce jour-là, de la fatigue de toute une vie.

Je me suis collée à nouveau un œil à la fente de la cloison. De l'autre côté, un homme faisait signe à un Indien d'embarquer. La locomotive a repris son roulement et nous a emportés avec elle. Dites, qu'est-ce qu'on ressent quand le gaz nous entre dans les poumons? Cette question, je me la suis posée plusieurs fois pendant le trajet. Il m'est déjà venu à l'idée de garder mon air en moi, le plus longtemps possible, tout en fixant la montre de grand-mère Banville au poignet de maman, pour voir combien de temps s'écoulerait pendant que je retenais mon souffle. J'ai ainsi passé une minute sans respirer. Une minute, ça passe vite, Monsieur. Jack le chien l'a appris à ses dépens. Après, on est obligé de prendre un grand coup d'air, même si on sait que ce sera le dernier.

Édith s'est approchée d'Adèle. Elle lui a dit : Je gagerais que tu nous en veux, à Rose et à moi, de ne pas avoir cru autant que toi en Jacô. Dis-le-nous, qu'est-ce que tu manigances ?

Moi ? Rien, lui a répondu Adèle. Mon amour pour lui a su triompher de la faiblesse de votre foi. Je prends soin de vous, au cas où vous ne vous en rendriez pas compte. Si on est encore libres, nous, les Beaudet, c'est bien grâce à moi…

Puis, en baissant le ton, Adèle nous a raconté avoir vécu une grande anxiété, quelques jours auparavant. Elle avait passé en vain de longues heures en forêt, à la recherche de notre frère qui semblait parti au diable vauvert. Je l'appelai en vain, nous a-t-elle dit ; il ne me répondit point.

Elle parlait comme dans la Bible, Monsieur, et ça m'a donné des frissons. Elle a continué : Le matin du brasier, juste avant que je remonte des profondeurs d'un songe, il se manifesta à moi. Il me confia la Bonne nouvelle : notre Terre promise ne se trouvait pas là où on l'avait cru, à la caverne.

Édith lui a dit de cesser de parler en paraboles. Adèle a rétorqué : Que veux-tu dire, sœur bien-aimée ?

Tu te prends pour Maria Goretti ? s'est moquée Édith.

Chuuuuuuuuuuut ! a fait Adèle. N'éveille point les soupçons de notre mère. Aie confiance en la parole de Dieu, chère sœur. Laisse-moi me recueillir, maintenant. Papa a besoin de toutes mes pensées pour mener à bien sa mission : nous conduire bientôt en Floride, notre Terre promise…

Olivier était accaparé par une fourmi qui lui montait sur la jambe. Il lui a donné une chiquenaude et a chuchoté à Édith que la bestiole serait bien avancée, quand elle descendrait du train, à des lieues de sa fourmilière. Elle serait toute seule et devrait se faire de nouvelles amies — des fourmis à qui elle ne pourrait pas nécessairement faire confiance, qui sait ? Elle avait peut-être des secrets à cacher, elle aussi.

Édith a répliqué : Écoute, on a déjà assez de nos problèmes. Tu ne vas pas t'en faire pour un stupide insecte, tout de même ?

Pardonnez-lui cette offense, Monsieur. Les fourmis sont aussi des créatures de Dieu.

Le soleil tapait de plus en plus fort sur les cloisons de notre wagon et la chaleur nous écrasait. Adèle a fini par s'endormir.

SENNETERRE ! a crié une voix.

Le bruit aigu du sifflet m'a percé les oreilles. Le train a ralenti, pour freiner ensuite dans un crissement épouvantable. Maman a ouvert les yeux. Elle a balayé l'intérieur de notre wagon d'un regard apeuré, puis elle a dit : Si vous saviez le rêve que je viens de faire…

L'œil rivé à la fente qui traversait la porte du wagon, maman s'est rendu compte, à son tour, de la situation.

Il faut descendre, et vite, avant qu'un gardien nous trouve ici, nous a-t-elle jeté. Le 1314 n'arrivera de Chibougamau que demain matin. Il faut trouver un endroit où se cacher et dormir.

Adèle a lâché un juron. Pardonnez-lui, Monsieur, cette vulgarité de langage, mais ça m'a soulagée de l'entendre. Le sommeil venait de lui rendre sa tête.

Maman a fait glisser la porte du wagon et nous avons descendu l'échelle, pour nous faufiler derrière un buisson. Olivier a trouvé la chose drôle, mais Édith a pesté, pendant qu'Adèle cherchait le chemin de la liberté.

Maman a fait : Chut ! Écoutez…

Deux hommes discutaient entre eux. L'un d'eux a dit qu'un train de fret arriverait de La Tuque dans trois heures, avec un chargement spécial : des meubles pour un commerce de Rouyn. Il resterait une bonne demi-heure en gare. J'ai pensé à Tom et je me suis dit : Qui sait si son tricycle n'a pas voyagé dans notre wagon ? De nouveau, je me suis demandé s'il vivait bien, s'il mangeait à sa faim, s'il avait pu conserver sa livraison de lait… et sa tête.

Allons par là, vers cette grange, nous a dit maman. Je ne vois pas de maisons dans les environs. Nous y attendrons le train.

Le bâtiment était vaste, Monsieur, et des bottes de foin occupaient presque toute la surface du sol. Il y avait une échelle qui menait à un grenier, un grand espace où Olivier était déjà rendu.

Montons rejoindre votre frère, nous a dit maman. Nous pourrons surveiller la gare en toute tranquillité.

Elle a consulté sa montre.

Il est cinq heures. Le train devrait arriver vers huit heures, a-t-elle annoncé. Reposons-nous un peu.

Maman me paraissait à bout de forces, Monsieur.

Olivier a jeté un coup d'œil rapide sur une grosse botte de foin et a pleurniché : J'ai pas envie de jouer…

Maman a sorti cinq sandwiches de son havresac. Tous au *baloné*. Avant de partir de Barraute, elle en avait coupé des tranches très épaisses, devant grand-mère qui s'était exclamée : Sainte misère de Dieu, Laure ! Tu l'aimes, mon saucisson ! Tu vas me ruiner, à ce compte-là. T'en as pas eu assez de sacrer le feu au garage ? Grand-mère aurait pu se forcer pour bien parler, Monsieur. Mais peu importe… Maman n'avait rien trouvé à lui répondre, mais elle avait levé les yeux au ciel à notre intention, comme pour nous faire comprendre à quel point les Beaudet ne pouvaient s'empêcher de mettre leur grain de sel sur tout, même sur la manière de trancher le *baloné*.

De la viande comme celle-là, Monsieur, jamais un citoyen comme vous n'en mangerait. Mais c'est divin quand on a l'estomac vide. Surtout quand le sandwich est tartiné de moutarde. Maman avait aussi rempli de thé un gros thermos. On a mangé et on a bu en silence, le pique-nique a vite pris fin, et on s'est remis à attendre.

Maman a fermé les yeux. J'ai posé mon regard sur elle. Elle était très belle, Monsieur, malgré son ventre bombant. Belle dans son sommeil, comme dans la vie de tous les jours, même quand elle portait un tablier de serveuse. Je me suis promis que la prochaine fois qu'elle allait me serrer dans ses bras, je lui dirais : Je t'aime, petite maman. Si je la revois, un jour, je le ferai, Monsieur. Je le jure. Tout ce temps que j'ai perdu à garder ces mots doux pour moi, et maman qui n'est plus là… Merci pour le *kleenex*.

J'aimerais avoir les mains agiles comme ma mère, avoir sa jolie voix quand elle chante *La Belle de Cadix*. Et son courage, aussi. Je voudrais lui ressembler, un jour. Sauf que je n'aurais pas d'enfants. Je pourrais alors le suivre, l'avocat au grand cœur qui me permettrait de faire tout ce que je désire dans la vie.

Je me suis assise en face d'elle, dans le foin de la grange. Je l'ai regardée dormir. Elle respirait doucement. Elle avait croisé ses mains sur son ventre et je me suis dit que le petit à venir devait bien sentir qu'elle était là, à penser à lui, à regretter, peut-être, de n'avoir rien de plus intéressant à lui offrir que notre manie de fuir pour toutes sortes de raisons. Quand, dans ses cauchemars, maman échappait : Si je pouvais perdre cet enfant... est-ce que le bébé l'entendait, Monsieur ?

De savoir que maman se vidait le cœur de la sorte, dans son oreiller, n'était pas réjouissant. Est-ce qu'on entend les colères de sa mère, quand on grandit dans son ventre ? Adèle dit que oui. Il paraît que c'est écrit dans l'encyclopédie. Maman aurait-elle pensé la même chose, quand elle me portait ? Répondez-moi : Bien sûr que non, Rose... Ça me ferait du bien, Monsieur.

Un bruit nous est parvenu, faible encore. Maman s'est réveillée. Elle avait très souvent ce sommeil léger qui lui permettait de rester aux aguets, comme si notre présence, en quelque endroit que ce soit, constituait une faute. J'imagine qu'elle ne doit pas dormir beaucoup, dans sa chambre d'hôpital. Il doit y avoir des fous qui hurlent, tout autour d'elle... Des gardiens qui leur disent de se taire, qui font exprès de faire du bruit avec leurs clés, en les frottant contre les murs... Elle doit avoir très peur.

Le bruit s'est rapidement intensifié. Dégageons-nous de cette botte de foin, mes enfants, nous a dit maman. Soyons discrets. Il ne faut pas manquer ce train.

On ne voyait s'affairer que le chef de gare et un cheminot, autour des wagons de fret. L'une des cloisons était ouverte. Maman nous a fait grimper dans le compartiment, puis elle a tendu la main à Édith, qui l'a aidée à y monter à son tour. Son corps frottait contre les barreaux de l'échelle, et je me suis dit qu'il ne manquait plus que quelques serrements dans son ventre, pour qu'elle abandonne notre futur bébé sur le sol de Senneterre.

Ne vous faites pas remarquer, a-t-elle chuchoté, après nous avoir rejoints. Votre père m'a dit que la police arrête des clandestins ici, tous les jours.

Clandestins… J'ai trouvé que ce mot nous allait très bien. Un mot qui nous faisait adopter le même comportement que les Capone, quand ils avaient les *Fédéraux* à leurs trousses.

On s'est retirés derrière de grosses malles. Maman a sursauté, alors qu'elle forçait pour refermer la cloison. Des hommes en uniforme déambulaient de chaque côté du train. Nous avons retenu notre souffle, Adèle posant une main sur la bouche d'Olivier, maman continuant, le regard rivé au chas dans la cloison, de suivre ce qui se passait de l'autre côté. Il y avait des chiens. Deux. Du genre de ceux que j'ai vus dans la cour de l'orphelinat, encore ce matin. Ils grognent, a chuchoté maman.

Tout doit avoir une fin, disait l'oncle Nicolas.

Les grognements se rapprochaient de notre wagon.

Baissez-vous et ne bougez plus, a murmuré maman.

La cloison a vibré. Maman s'est dandinée en notre direction, puis elle nous a rejoints dans notre coin sombre. Les chiens sont montés. Les deux hommes ont suivi. Un espace entre les malles nous a permis de les épier pendant qu'ils scrutaient la pénombre du wagon. Le premier a aperçu maman, son ventre enceint ensuite, puis nous quatre. Il nous a fait un geste discret de la main, comme pour nous dire : Je vous ai pas vus. Compris ?

Les chiens refusaient de descendre. Les deux hommes ont dû tirer sur leur laisse pour se faire obéir. Notre bienfaiteur a dit à son comparse : Y'a rien. Sortons !

Mes chiens ne grognent pas pour rien, a répliqué l'autre. Une femme et des enfants se cachent quelque part, dans ce train. J'ai mis la main sur un télégramme de Barraute destiné à une certaine Madeleine, qui les attendrait à la gare…

Le premier a insisté : Ils ont dû prendre un autre train. C'est moi le chef de gare. Descendons, j'ai dit !

Je vais quand même télégraphier à Pascalis pour leur dire de se tenir prêts, a repris le deuxième homme. Les clandestins ne s'en tireront pas comme ça, fie-toi à moi !

Le silence est retombé et le train s'est remis en branle. Maman s'est redressée, s'est arqué la taille, a secoué sa jupe pour l'en débarrasser de la paille, puis elle a posé son derrière sur une malle. Elle a dit : Ce qu'a fait le chef de gare, tantôt, me surprend. Mais il arrive, dans la vie, que des gens de compassion croisent un jour notre chemin. Faites une prière pour lui, ce soir. Pourvu qu'à Pascalis, on puisse sortir du train sans se faire prendre! Mais comment est-ce qu'on va s'y prendre avec les gardiens qui nous y attendent? Comment, mes pauvres enfants?

Olivier s'est mis à pleurer. Viens là, mon petit, lui a dit maman. Viens dans mes bras. Il y a si longtemps que je ne t'ai pas senti contre moi.

Olivier s'est blotti contre sa poitrine et son ventre bombant, son regard entièrement à maman, comme si cet instant de bonheur ne risquait pas de se reproduire.

Adèle gardait un œil rivé à une fente, dans la cloison. Édith se crispait et moi, même si j'avais peur de ce qui pouvait nous attendre, là-bas — pourquoi pas un four crématoire? — je me laissais porter par le wagon. J'étais si fatiguée. J'enviais mon frère de recevoir toute l'attention de maman. Il faut me pardonner, Monsieur. La fois de la livre de beurre, au garage, ne m'avait pas rassasiée. Mais je me suis dit que j'écraserais le bébé, si je m'avisais de m'installer avec autant de sans-gêne dans les bras de ma mère. Aussi, j'ai retenu mon élan.

L'homme de compassion avait jeté sur nous un regard si tendre. Il aurait pu être notre père, que je me suis dit. Pourquoi pas? Même s'il n'avait pas le droit de faire ce qu'il avait fait, il n'avait pas hésité.

Pendant que le train roulait, je regardais maman bercer Olivier. Ça m'a fait penser que notre mère aussi avait des choses à se reprocher. J'en ai soufflé quelques mots à l'oreille d'Adèle pendant que maman, les yeux fermés, chantait à Olivier : *J'étais heureuse au logis maternel.* Adèle m'a dit : Ça fait vingt fois que je vous dis de tourner la page. Que dois-je faire pour que vous vous l'enfonciez dans la tête?

Je ne pouvais faire autrement que de me taire. Et j'avais appris à prendre Adèle au sérieux. Ma sœur aînée nous avait même menacés de nous faire porter le fardeau de nos crimes, le jour où nous nous ouvririons la trappe. Avec tout le vocabulaire qu'elle avait accumulé au fil de ses lectures, elle saurait y faire, Monsieur. Elle dirait au juge : Mes sœurs et mon frère ont commis ces crimes de leur propre chef, votre Honneur. Si vous saviez à quel point, votre Grandeur, à quel point, hélas oui, ces enfants ont l'esprit aux actions illicites. Prêts à enfreindre la loi dès que je leur tourne le dos. Vous croyez, Monseigneur, qu'avec toutes les connaissances que j'ai acquises grâce à mon encyclopédie, je serais assez bête pour les suivre dans cette voie ? Dans votre grande sagesse, votre Grâce, vous médailleriez mes efforts en faisant guillotiner ces vauriens sans autre forme de procès. C'est moi qui vous le dis.

On file vers le nord-ouest, nous a dit maman. Le Far West ? a demandé Olivier. Non, le nord-ouest, a répété maman, avec le sourire. Étendez-vous dans la paille et dormez. Je vous réveillerai quand nous serons à Pascalis. Il nous restera un bon six milles à parcourir, avant d'arriver chez tante Madeleine. Je me demande bien comment on les franchira, en admettant qu'on arrive à quitter ce wagon...

Je voyais que maman portait souvent la main à son ventre. Mais le train nous menait vers tante Madeleine et je priais pour qu'il augmente sa vitesse. Je craignais qu'elle ne mette l'enfant au monde rien qu'entre nous.

J'avais les paupières lourdes. J'aurais bien aimé prendre la place d'Olivier dans les bras de maman. Me faire croire, pendant un moment, que j'avais l'âge permis pour dormir aussi longtemps contre elle. Une seule fois, pour rêver d'une autre vie, plus facile, celle-là, où nous pourrions parler librement de tout ce qu'on fait, et faire comme tout le monde, c'est-à-dire, payer nos places dans le train quand on a besoin de voyager, nos pintes de lait quand on a soif. J'ai ramené Jacô dans mes pensées. Je lui ai demandé s'il serait à la gare de Pascalis pour nous cacher sous ses grandes ailes, quand on descendrait du train.

La gare n'était plus qu'à une courte distance. Il faisait très sombre. Maman nous a dit : Chut ! Soyez prêts à faire ce que je vous dirai... Elle nous a serrés chacun notre tour dans ses bras. Moi, plus longtemps que les autres. J'aurais voulu que l'instant dure jusqu'à la fin de mes jours.

J'avais envie de pisser, j'avais sommeil, mais ce n'était pas le moment de faire des caprices. Le train a ralenti. Maman a fait glisser la cloison et a dit : Vous voyez ces hautes herbes, juste là ? Sautez-y et roulez-vous aussitôt dedans, pour amortir votre chute.

Et toi ? lui a presque crié Édith.

Je ne peux pas vous suivre avec mon ventre, lui a dit maman. Sautez et restez là. Je vous y rejoindrai dès que je le pourrai.

Comment ? lui a demandé Adèle. Comment feras-tu, avec les gardiens qui nous attendent à la gare ?

Obéissez !

Adèle a récupéré son encyclopédie et sa Bible, les a flanquées sous son bras droit, puis elle a agrippé la main d'Olivier. Édith lui a jeté : Tu ne peux pas les oublier, pour une fois ?

Ouais ! a ajouté Olivier. Tu vas m'échapper avec ça.

La connaissance est la source du pouvoir, a rétorqué Adèle. Le pouvoir de changer notre vie. C'EST ÉCRIT LÀ-DEDANS ! VOUS NE COMPRENEZ RIEN À RIEN !

Allons ! les enfants. Sautez, et vite, nous a enjoints maman.

Les hautes herbes nous faisaient face. Adèle a pris une bonne respiration, puis elle s'est retrouvée dans l'herbe avec ses livres et Olivier. Mon frère a manqué passer sous les roues du train. Il a saigné du nez et s'est mis à enguirlander Adèle : J'ai failli me faire couper le cou à cause de tes livres ! QU'EST-CE QUE ÇA CHAN-GERAIT ? lui a crié ma sœur. T'AURAIS PRÉFÉRÉ FINIR LA TÊTE DANS UN PANIER ?

Édith a sauté à son tour. Puis ç'a été à moi. Édith est restée étendue sur le sol, le visage de côté, inerte. Du train qui reprenait sa course, maman a crié : ÇA VA ? Puis : Que Dieu nous protège tous ! Faites attention à vous, les enfants !

Je l'ai regardée s'appuyer contre la cloison du train, se tenir le ventre pendant qu'elle grimaçait de douleur, et j'ai eu l'impres-sion, Monsieur, que c'était la dernière fois qu'on la voyait.

Adèle s'est précipitée sur Édith pour la secouer.

Elle est morte ? que je lui ai demandé.

NON ! a répondu Édith à la place d'Adèle. Mais j'en ai assez de courir et je reste exactement à l'endroit où je suis. Que les *Fédéraux* viennent. Je suis prête à tout leur confesser, et tant pis pour le reste.

Lève-toi ! l'a sommée Adèle. Il faut retrouver maman.

Elle nous a dit de l'attendre ici, a objecté Édith.

Si la police lui a mis la main dessus, on pourra l'espérer jusqu'à l'an prochain, espèce de sotte, lui a jeté Adèle. Grouille-toi!

Des bruits nous sont parvenus depuis la gare éclairée. C'est bon, a concédé Édith. Allons chercher maman.

On s'est dirigés vers la gare, en faisant attention de ne pas nous faire remarquer pendant qu'on longeait la voie ferrée. Mais on n'avait pas fait cent pas qu'on a aperçu une silhouette qui se dandinait, en notre direction.

Maman! a crié Olivier.

Chut! les enfants, a dit notre mère. Cachons-nous. Vous n'êtes pas blessés? J'étais si inquiète pour vous…

Comment t'as fait pour t'en sortir? a demandé Adèle.

J'ai fait croire au chef de gare que s'il me laissait partir, je lui rendrais sa faveur.

De quelle manière?

Eh bien… Je lui ai dit qu'après avoir fait un brin de beauté, je le rejoindrais dans le wagon des marchandises…

Et alors?

Ben… il m'a laissé me rendre à la salle des toilettes et, là, j'ai filé par l'arrière…

Est-ce qu'il t'a touchée? s'est inquiétée Adèle.

À peine. Ne t'en fais pas, ce n'est rien.

Même avec ton ventre?

Ce n'est pas un gros ventre qui empêche quoi que ce soit, lui a répondu maman. Profitons de la brume pour nous éloigner. Le chef de gare se rendra vite compte que je lui ai faussé compagnie.

Est-ce qu'il a des chiens? lui a demandé Édith.

Heureusement non, l'a rassurée maman. On ne peut pas avoir toutes les malchances, quand même. Filons! Et en silence, cette fois.

Pendant une bonne vingtaine de minutes, nous avons marché dans le fossé qui longeait la voie ferrée. Puis, nous avons retrouvé la route. La lune avait la rondeur du ventre de maman. Il y avait des grillons, des grenouilles et beaucoup de moustiques. Olivier rechignait. Adèle ne lâchait pas son encyclopédie ni sa Bible. Elle a ordonné à mon frère de se taire, pendant que je me disais, moi, que si Jacô était à nos côtés, il ne nous laisserait pas dans une pareille situation. Il nous enverrait un automobiliste rempli de compassion qui nous embarquerait et nous mènerait, ensuite, jusque chez tante Madeleine, avant que maman donne la vie dans le fossé.

Édith a jeté qu'elle en avait assez, de marcher en pleine nuit sur un chemin raboteux, dans une brume si épaisse qu'on ne pouvait faire dix pas sans buter contre des cailloux. Qui nous dit qu'on va dans la bonne direction, hein ? qu'elle a demandé à maman.

Adèle s'en est mêlé : Fie-toi à notre ange gardien.

ANGE GARDIEN MON ŒIL ! lui a crié Édith…

Pardonnez à ma sœur, Monsieur, ce sacrilège outrancier. Ouvre ta Bible, a continué Édith, et trouve une carte qui nous dira dans quelle direction il faut marcher. On est loin de la Terre Sainte, ici, tu sauras !

Allons ! Allons ! a fait maman. Arrêtons-nous au bord du fossé et reposons-nous. Le matin va venir vite. On profitera de la lumière du jour pour reprendre notre route.

ÇA NE VA PAS ? a ragé Édith. Tu n'as pas l'intention de nous faire marcher six milles ? Tu y as pensé, avec ton ventre ? Tu veux faire de nous des orphelins ?

AS-TU UN AUTRE MOYEN, ÉDITH ? a rugi maman.

Adèle en a rajouté : Paix, paix en vos cœurs, femme et fille de Dieu ! Vous blessez le Seigneur.

TOI, FERME-LA ! lui a crié Édith. Et tous ces moustiques, en plus. J'EN AI ASSEZ !

La marche a repris, Édith comme soulagée d'avoir déballé toute sa colère à maman, Adèle qui poursuivait sa route, avec les deux livres qui pesaient de plus en plus lourd sous son bras, mais qui refusait de lâcher la main d'Olivier. Qu'aurait-il pu lui arriver de tragique, sur cette route déserte ? Notre frère, lui, revenait à la charge : Pourquoi tu lâches pas tes livres ? Tu pourrais me prendre dans tes bras. On irait plus vite.

Adèle a répliqué que ses livres lui servaient plus que lui. Si tu ne veux pas que je t'abandonne dans le fossé, a-t-elle ajouté, t'es mieux de te taire. Marche plus vite et tâche d'utiliser la négation quand tes phrases l'exigent. COMPRIS ?

Nous avons poursuivi notre route. Maman se tenait de plus en plus souvent le ventre. Édith et moi l'épiions avec inquiétude.

Tu veux qu'on s'arrête ? lui a proposé Édith.

Non, a dit maman. Regardez de chaque côté de la route pendant que vous marchez. On découvrira peut-être un campement pour s'y reposer quelques minutes.

Olivier avait cru voir quelque chose, dans le noir :

Les *Fédéraux* ! Non… Des yeux !

Ce sont des phares, a rectifié maman. J'espère que ce n'est pas le chef de gare de tantôt… Non… Dieu soit loué ! Je n'aurais pas pu faire un pas de plus.

Le véhicule s'est rapproché, puis s'est rangé sur le bord de la route. Un homme était au volant. Il y avait une femme, aussi.

Ma pauvre Laure ! a lancé tante Madeleine, aussitôt qu'elle est sortie du camion. À quoi as-tu pensé, surtout dans ta condition ?

Maman a senti une grosse contraction. Il lui restait encore deux mois, avant de mettre l'enfant au monde ; sa belle-sœur n'en revenait pas du risque qu'elle venait de prendre.

Notre tante nous a raconté qu'après notre départ de Barraute, papa lui avait fait expédier un télégramme, pour la prévenir de l'heure de notre arrivée à Senneterre.

Le problème, a dit tante Madeleine, c'est que Laurent a fait écrire au télégraphiste que vous voyageriez dans le wagon de marchandises. Quelqu'un, à la gare, a mis la main sur le télégramme, évidemment.

Notre tante nous a présenté monsieur Dieudonné, un homme timide mais charmant. Puis, elle a dit qu'elle était au rendez-vous de Senneterre, mais elle s'était trouvée très inquiète en ne nous voyant pas descendre du wagon de marchandises. Elle et son voisin avaient filé jusqu'à Pascalis, Val-d'Or, et finalement Rouyn, la mort dans l'âme. Ils craignaient pour maman, pour l'enfant à venir, aussi. Et vous voilà enfin ! qu'elle s'est exclamée, et au beau milieu d'une route isolée, à la grosse noirceur, à marcher six milles ! Est-ce Dieu possible ? Surtout dans ce coin isolé où les coyotes se régalent de chair fraîche…

Olivier a fait un tour complet sur lui-même, les yeux grands comme des bouchons de Dow, et il a dit : Des coyotes? Où ça?

Le voisin a aidé maman à grimper sur le siège avant du camion. Nous, on a retrouvé la boîte arrière. Tante Madeleine a dit : Ne nous attardons pas ici. Les patrouilleurs de la gare ne sont pas très affables avec les clandestins.

Le camion s'est finalement immobilisé devant un pâté de maisons. Maman nous a rejoints à l'arrière.

Descendez et ne faites pas de bruit.

Pourquoi? lui a demandé Adèle. On n'a pas le droit de venir ici non plus?

Il ne faut pas réveiller les voisins, c'est tout, lui a répondu maman.

Tante Madeleine s'est empressée de dire à notre mère : Laisse, Laure. Tes enfants sont si sages. Même en plein jour, je parie qu'on ne doit pas les entendre.

Tante Madeleine avait raison, Monsieur. Avec le lot de secrets qu'il fallait garder pour nous, il ne nous restait pas grand-chose à dire…

C'était grand et il faisait doux, dans sa maison. Tante Madeleine s'est empressée d'installer maman dans une berçante. Pour finir, elle nous a servi, à chacun, un bon bol de chocolat chaud. Elle a dit à maman : Bois! Ça va te réchauffer le cœur. Ton ventre, ça se calme un peu? Oui, le bébé s'est endormi, a répondu notre mère. Qu'est-ce qu'on deviendrait sans toi, Madeleine?

Allons! Allons! a protesté tante Madeleine. Laurent t'a promis la Floride, le printemps prochain. Tu l'as déjà oublié?

C'est vrai, a fait maman. Quand le découragement me prend, je ne vois que du noir devant moi…

Sèche tes larmes, lui a-t-elle dit doucement. Dans quelques mois, tu seras au soleil, et j'irai même passer du temps avec vous tous…

On s'est assis sur une épaisse moquette et, la fatigue aidant, j'ai eu la brève impression, Monsieur, que j'étais en suspension sur le nuage de Jacô. J'ai serré, entre mes mains, mon bol de chocolat chaud. Tante Madeleine y avait ajouté de minuscules guimauves. Elles fondaient doucement à la surface du chocolat et je les regardais disparaître. J'en aurais avalé des dizaines. Mais j'aurais alors commis le septième péché capital, Monsieur, et me désole d'y avoir seulement pensé.

Pendant qu'Adèle suivait avec attention la fonte des siennes, elle m'a glissé : On dirait des icebergs… Il fait bon, ici. Jacô n'est sûrement pas loin.

Le crépitement du feu, les lueurs des flammes sur mon visage m'amortissaient, comme si j'avais bu une grosse Dow. Je me suis dit : C'est peut-être ça, le bonheur ? Moi qui avais pensé qu'il ne voudrait jamais de nous, quand on se croyait perdus, un peu plus tôt. L'oncle Nicolas disait : Ne t'inquiète pas, Rose. On a le droit de se tromper, dans la vie. C'est humain…

Si c'est humain de dire le contraire de ce qu'on a déjà dit, Monsieur, je suis très contente d'être humaine plus souvent qu'à mon tour. Parce que si je ne me trompais jamais, est-ce qu'on se serait retrouvés chez tante Madeleine, à savourer un délicieux chocolat chaud et à regarder maman dormir sans sursauter ? À en croire Adèle, qui sait toujours tout et mieux que les autres, on devait finir en se balançant au bout d'une corde, Monsieur. Ce n'est pas ce qui nous attend, ici, j'espère…

À notre réveil, le soleil était à son plus haut. Notre tante a dit : Eh ! bien, mes chéris, vous en aviez du sommeil à rattraper !

Ça sentait bon les rôties. Tante Madeleine nous a invités à passer à table. Maman avait les traits radieux. Comme si elle revenait à la vie, après avoir passé de longues années sous terre. Vous comprenez ? Elle a dit à tante Madeleine : J'ai rêvé qu'on vivait sur les plages de la Floride, Madeleine, et toi aussi… Tante Madeleine lui a souri et a conclu : Tu vois, Laure, pour qu'une chose arrive, il faut commencer par en rêver. Ton Laurent va t'y installer, en Floride, c'est moi qui te le dis.

Maman a dit de sa belle-sœur que c'était une vraie sainte. Alors, Monsieur, j'ai pensé qu'il ne pourrait arriver aucun malheur aux enfants et à leur mère enceinte qui vivaient sous son toit.

Tante Madeleine a redemandé à maman : Ton petit, ça va?
Maman lui a fait signe que oui.
Comment vas-tu l'appeler?
Josué.
Si c'était une fille?
Je porte le ventre pointu. Regarde.
C'est vrai. T'as des langes pour lui?
Non.
Pas grave. J'ai un tas de retailles. Je lui en coudrai de très
jolies. Et des robes pour tes filles, aussi, sans oublier des pantalons
pour Olivier.

Maman a observé, un peu confuse : Ça lui prendrait surtout
des souliers.

T'en fais donc pas avec ça, lui a répondu tante Madeleine. Je
te prêterai l'argent et tu me le rendras en paradis.

Maman lui a souri, mais derrière ce sourire, j'ai senti une
vague d'incertitude lui brasser le cœur, Monsieur.

Notre tante avait l'électricité. Et un lustre au plafond de son
salon, tout comme des radiateurs dans chaque pièce. Par une nuit
plutôt fraîche, on les avait entendus grésiller. C'était un bruit
agréable qui me rappelait les braises pétillantes, dans le poêle du
garage et qui me donnait l'impression, surtout, qu'on avait peut-
être fini de courir.

On s'est installés à l'étage. Maman, en bas, avec tante
Madeleine. Les murs étaient blancs et lisses, calfeutrés au plâtre.
Ça m'a fait penser à un hôpital, puis à la dame en blanc au regard
si tendre, il y avait longtemps.

Tante Madeleine nous a dit que chez elle, il n'y avait que deux
règles : le calme et la discrétion. Pas de problème, a commenté
Adèle. Nous avons l'habitude de vivre entre nous et nos secrets…
pardon! nos conversations, je veux dire, sont toujours posées. En
plus, tous les soirs, je fais la lecture à mes sœurs et à mon frère.
Vous ne nous entendrez pas beaucoup.

Des anges! voilà ce que vous êtes! s'est exclamée tante
Madeleine. J'ai bien fait d'accepter la demande de votre mère de
vous prendre chez moi. Oui, j'ai bien fait.

La dernière lettre que maman a reçue de papa mentionnait qu'il ne pourrait pas lui envoyer de l'argent avant quelques semaines. La compagnie pour qui il coupait du bois avait fait faillite. Mais il venait de se faire embaucher à la *Quebec Lithium Corporation*, à une douzaine de milles de Barraute et il demandait à maman de ne pas perdre courage. Déjà, il s'était procuré de la publicité sur la Floride... Il était possible, et pour presque rien, lui écrivait-il, de s'acheter une petite maison à Miami... Miami... j'aimais ce mot. Ça ressemblait à ami, un mot dont je n'avais pas eu l'occasion de me servir depuis longtemps. Mi-ami... ou la moitié d'un ami... C'est mieux que pas d'ami du tout, Monsieur. Ah! que j'avais hâte d'aller vivre à Miami!

Maman dormait mieux depuis qu'on vivait chez notre sainte tante. Elle espérait même, en attendant la naissance du bébé, se faire engager comme bonne chez des citoyens de l'endroit. Question de ne pas vivre complètement aux crochets de notre tante et, aussi, d'amasser la petite somme d'argent qui manquerait peut-être à papa pour nous payer, le moment venu, des billets de train avec couchettes, pour le trajet jusqu'à Miami.

De chez tante Madeleine jusqu'à l'école Saint-Pascal-Baylon, que nous allions bientôt fréquenter, il y avait bien un bon mille à marcher. La bâtisse comptait cinq classes et Olivier allait y commencer son instruction. Nous devions y recevoir l'enseignement catholique. Mais il y avait aussi, dans ce village, une école protestante pour les Anglais. Adèle était certaine qu'ils n'avaient qu'un seul dieu : l'or des mines. C'est vrai, ça, Monsieur? Ç'aurait été pour ça que notre père se serait acharné en vain sur les arbres, pour la scierie de Senneterre? Le bois n'attire que les moustiques et les catholiques, disait Adèle, et maman ajoutait : Sans oublier que les billets de banque, tout comme l'or, ne collent jamais aux pauvres...

Quinzième soir

Olivier a bu un grand verre de jus de citron, Rose.
Qu'est-ce que tu as à murmurer comme ça?

Chut! Fais mine de rien. Je lui ai fait croire que demain matin, on va nous ramener chez tante Madeleine où nos chats nous attendent. Je cherche à lui redonner le goût de manger.

Hé bien! qu'est-ce que j'apprends? T'es content, Olivier?

Oui, Rose, mais je veux aussi revoir maman...

Euh... L'enseignant m'a dit qu'on passerait la chercher. Veux-tu manger ta tartine à la confiture, maintenant?

Oui.

Quinzième nuit

Olivier dort tout contre moi. Sa tartine, il n'y a pas goûté, finalement. Il a toujours froid et il est blême comme la mort. Ne meurs pas, Olivier! Tu m'entends?

Tu m'as réveillé, pas fine! J'étais avec Jacô. Il me dessinait des soleils dans le dos. Tu l'as fait partir, pas fine de pas fine!

Je te demande pardon. Veux-tu que j'en dessine d'autres pour lui?

Ça serait pas pareil. T'as les mains froides et tes ongles m'égratignent la peau.

Je peux les couper...

Laisse faire. Ça serait pas pareil, je te dis.

...

Seizième jour

MAMAN NOUS A DIT : Désormais, nous passerons tout notre temps ensemble. Votre père a finalement trouvé un bon travail, à la *Quebec Lithium*. Regardez : il nous a envoyé sa première paie. Désormais, ce sera comme ça tous les mois.

Entendre parler de papa… Ça me faisait tout drôle, Monsieur. Olivier lui a demandé : Est-ce qu'on va déménager avec lui en Floride ?

Bien sûr que oui, lui a-t-elle répondu. Votre papa m'écrit qu'il fait beaucoup d'argent. On ne manquera de rien en attendant son retour. Tante Madeleine souhaite qu'on demeure ici pendant ce temps-là. Je pourrai rester à la maison et m'occuper de vous, comme j'en ai toujours rêvé. Qu'est-ce que vous en dites ?

Avant de rendre une réponse à maman, Adèle a demandé à notre sainte tante : Est-ce que la police vient souvent dans le coin ?

La police ? a répété tante Madeleine. Tu parles d'une question ! Ça doit bien faire quinze ans que je n'ai pas vu d'hommes en uniforme, ici. Pourquoi ? Vous êtes recherchés ?

Euh… non. Mais, comme on a pris le train en hors-la-loi, vous comprenez…

Tante Madeleine s'est fait rassurante : Ce ne sont pas de pauvres enfants comme vous, ni leur mère enceinte que la police cherche à mettre sous les verrous, mais les filous qui voyagent en train toutes les semaines, sans payer leur place et qui font perdre au CN de jolis profits. Vous saisissez? Je gagerais que la police a même oublié que Perron existe, a ajouté tante Madeleine. Vous êtes rassurés?

Beaucoup, a répondu Adèle, le sourire aux lèvres. Ça ne nous fait rien de déménager à Miami rien qu'au printemps. On est bien, ici.

Ici, a fait tante Madeleine, vous êtes chez vous. Qu'en dites-vous?

Adèle nous a jeté un regard radieux dans lequel il fallait lire, Monsieur, que nos secrets et ceux de notre père, on pourrait les emporter dans la tombe.

On s'est retirés dans notre chambre. On s'est vite endormis. Quand le soleil s'est levé, le matin suivant, j'avais l'impression de revivre. C'était une sensation incroyable. Je ne pensais presque plus à Tom. Ça sentait bon partout dans la maison. Une douce odeur de pain chaud montait jusqu'à nous. Mm! Tante Madeleine nous avait dit : Le champ que vous voyez, devant, fait cinquante acres. Il m'appartient. Ne vous gênez pas pour y courir et vous y amuser.

Il est venu des idées merveilleuses à Adèle : Et si nous allions aux fraises? Ces petits fruits appartiennent tous à notre sainte tante. On pourrait aussi cueillir des fleurs de trèfle, pour fabriquer notre miel; aller à la recherche de fleurs sauvages et en décorer notre maison… On pourrait décider d'avoir un chat. Pourquoi pas? a renchéri Édith. Et bien vivant, celui-là. Pourquoi pas deux? a fait Olivier. Pourquoi ne pas posséder chacun le nôtre? ai-je dit à mon tour.

Adèle a décrit le sien : il aurait des yeux de la couleur du soir. Édith était prêtre à accueillir sous notre toit une mère et toute sa portée. Elle leur verserait à boire du lait crémeux que, chaque matin, un laitier tout souriant déposerait, et en toute légalité, sur nos marches d'escalier. Olivier en voulait un tout noir, mais avec les pupilles de la couleur des briques d'or de papa.

Moi, je rêvais de posséder une chatte comme on en voyait souvent, dans une publicité chez Reily. Vous savez, ces chats si mignons au poil long et soyeux, d'une blancheur extraordinaire et aux yeux de la couleur d'un firmament sans nuages? Des persans, c'est comme ça qu'on les appelle, m'a dit Adèle, la très grande lectrice.

Oui, je rêve depuis longtemps de serrer sur mon cœur un chat de cette race, au nez aplati et aux yeux pleins de confiance. Un chat de citoyen, mais que personne d'autre que moi ne pourrait approcher; qui serait friand de gratouilles sous le menton, et qui m'en redemanderait, avec un ronron qui ferait rire le petit diable de bonheur, c'est sûr; qui me lécherait les doigts pour aussi me faire comprendre son grand besoin d'être aimé et choyé. Qui mettrait à son tour des chatons au monde, et ainsi de suite, pour que mon bonheur d'en posséder ne s'épuise jamais. Vous en avez déjà eu un, Monsieur?

Quand j'en ai parlé aux miens, chez tante Madeleine, Adèle m'a dit : Ça prend peut-être un permis, pour se procurer un chat de race. Édith le pensait aussi. Moi, je me suis dit que si un cadeau pareil m'arrivait, j'aurais enfin la preuve que, dans la vie, les Beaudet aussi ont droit au bonheur. Adèle dit toujours que rêver ne coûte rien. Que même si les rêves qu'on fait sont en couleur et au-dessus de nos moyens, il ne faut pas renoncer à l'idée qu'ils se réaliseront un jour.

Serait-ce trop vous demander de nous rendre nos chats, Monsieur? Le temps passerait plus vite, dans notre chambre... On verra ça à la fin de ma confession? Quand je vais dire ça aux miens... Oui, je poursuis...

On s'est tous mis à la recherche de paniers à petits fruits, dans les armoires de notre sainte tante — cela après lui en avoir fait la demande, bien entendu — pourquoi voler ce qui était à nous? —, et on est sortis avec l'impression d'être libres comme l'air dans le village de tante Madeleine, où aucun malheur ne risquait de nous arriver. C'était comme si on vivait dans une boule de verre, vous comprenez? Il m'a semblé aussi, ce jour-là, que nous pourrions recommencer à avoir du plaisir ensemble, comme du temps de Jacô. Et puis, de savoir que papa travaillait dur pour amasser l'argent de notre future vie à Miami portait nos cœurs à s'ouvrir aux beaux rêves.

Maman est rentrée du travail. Vous avez trouvé des fraises ? nous a-t-elle demandé. Adèle lui a tendu le panier au fond duquel il en restait quatre belles grosses, en disant : On les a gardées pour toi…

Notre mère s'est assise sur une marche de l'escalier, avec nous, et elle a sorti une lettre qu'elle venait de recevoir de tante Thérèse. Elle s'est mise à nous la lire :

Comment ça va par chez vous, Laure ? Ici, c'est toujours pareil. J'entretien, comme tu me l'as demandé, la tombe de Jacô. T'en fais pas, je désherbe, j'arrose les marguerittes que t'as planté devant sa stèle. Je lui parle en ton nom, pour pas qu'il pense qu'on l'a abandoné à son sort. Quand est-ce que tu viens me voir ?

As-tu entendu parlé de ce qui est arrivé au laitier ? C'était pas lui, le coupable. Luigi qui demeure en face et qui travaillait à ses lucarne, ce soir-là, a dit qu'il avait vu le laitier, par la fenêtre de son salon, regardé sa tévé toute la soirée et une grosse partie de la nuit. Tout le monde icitte a peur. On a pas encore trouvé la fille de Pat et si elle a été tuée, le meurtrier court toujours. La mère Patoine prétend que ça pourrait être Billy Bilbowig, vu qu'on le revoit plus dans le boutte depuis une secousse. En tous cas… C'est la panique à Rouyn. Pu question de laissé les enfants joué dehors à la brunante. Et celui qui pousse, dans ton ventre, il va bien ?

Vous me manquez, toi et les enfants. Si Adèle lit ma lettre, dis-lui de pas remarqué les fautes. Je suis trop vieille pour les courts du soir, mais je lis beaucoup de livres depuis qu'elle m'a dit que les gens qui écrivent sans fautes font belle inpression, même sans instruction. Je vous embrasse.

Thérèse XXX

Tom dormira tranquille, désormais, que je me suis dit. Billy, je n'en avais rien à faire, Monsieur. Le soir même, j'ai remercié mon frère d'avoir mis la police sur sa piste, et j'ai décidé de tourner définitivement la page.

Le moment était enfin arrivé, pour maman, de mettre Josué au monde. C'était la nuit. Nous dormions à l'étage. Quand le matin est venu, elle avait le teint pâle. Son ventre avait perdu de sa bombance, comme la lune, la veille. Elle nous a dit : C'est un garçon… Mais Josué est allé rejoindre Jacô. Elle le berçait tendrement, pourtant, comme si Josué dormait paisiblement dans son linceul.

Papa se trouvait au nord de la province, toujours pour le compte de la *Quebec Lithium*. Son fils n'a pas vécu plus d'une heure. Le bébé souffrait de malformations, nous a expliqué maman. Il serait préférable que vous ne le voyiez pas, mes enfants.

Nous n'avons pas osé nous en approcher. Édith, Olivier et moi, nous attendions qu'Adèle fasse un geste, n'importe lequel, pour chasser le malaise qui nous figeait en présence de notre mère et de notre nouveau frère. C'était, Monsieur, quelque chose de voir maman dans la berçante, de l'entendre chantonner devant le foyer pétillant de chaleur : *Ferme tes jolis yeux…* à Josué, pendant que tante Madeleine, dans la sienne, les mains croisées avec raideur sur ses cuisses, un sourire forcé aux lèvres, ne nous lâchait pas des yeux, comme prête à bondir sur celui ou celle qui tenterait de lever le voile sur le visage de Josué.

On est restés là un bon moment, à ne rien dire. Seuls les petits bruits de la journée, comme le vol agité des mouches bleues dans les fenêtres, les hirondelles qui se chamaillaient dans les arbres s'entendaient, dans la pièce, quand maman se taisait. J'avais, sous les yeux, l'image de Josué dans ses langes, se faisant bercer par maman, et je comprenais qu'une autre vie s'était débattue pendant des mois, pour rien… Pourquoi?

Il est déjà difficile de vivre quand on n'a pas d'argent, nous a dit maman, pour rompre le lourd silence qui nous embarrassait; ç'aurait été un trop grand sacrifice de faire vivre un enfant aussi peu choyé par la vie. Josué est maintenant un ange. Il a choisi d'aller partager le nuage de Jacô, avant qu'on s'y attache trop. Ce n'est la faute de personne.

Notre tante a fait remarquer que c'était mieux ainsi. Et puis, a-t-elle ajouté, maintenant que maman allait se retrouver avec un ventre vide, elle pourrait s'occuper entièrement de nous et, pour elle, nous serions une consolation.

Elles l'ont habillé d'une jolie robe de dentelle blanche, sont allées le montrer au prêtre de Val-d'Or, l'ont fait baptiser, puis elles sont rentrées. Maman a déposé Josué dans son berceau pendant que tante Madeleine se mettait à la recherche d'une pelle. Puis, monsieur Dieudonné les a conduites au petit cimetière de Pascalis, à un mille et demi de Perron. Elles sont allées enterrer notre nouveau frère aux côtés de l'oncle Camille, le frère jumeau de tante Madeleine, pour qui maman avait toujours eu de l'affection. Ainsi, l'oncle Camille pourrait veiller sur son neveu et maman pourrait s'y rendre à loisir, quand l'envie lui prendrait d'aller verser une larme sur sa tombe.

Nous aurions voulu voir le visage de Josué au moins une fois, Monsieur, même si le corps qui le portait était celui d'un infirme. Pour voir s'il nous ressemblait et s'il aurait quand même pu, un jour, vivre avec nous à Miami. Adèle s'était fait dire par grand-mère que lorsqu'un enfant meurt, il revient parfois à la vie sous les traits de l'enfant qui naît le suivant, dans la famille. Qu'en pensez-vous, Monsieur ?

Le lendemain, en après-midi, Adèle a pris sa Bible, Édith un havresac, moi, la pelle, Olivier une bière qu'il avait trouvée dans la remise, et nous nous sommes rendus au cimetière de Pascalis. C'était le moment propice ; maman se reposait et tante Madeleine était à prendre le thé, chez la voisine.

C'était une journée paisible et ensoleillée. Une brise chaude berçait les têtes de blé de chaque côté du chemin. Nous avons marché côte à côte, au centre de la route graveleuse, en silence, main dans la main, attentifs aux cricris des grillons qui semblaient habiter les hautes herbes. Il nous semblait avoir une mission solennelle à remplir : faire la connaissance de notre nouveau frère. Était-ce lui, l'envoyé dont Adèle nous parlait ? Alors, il nous faudrait lui dire de transmettre à notre grand frère le message qu'il nous manquait toujours. Notre peine de l'avoir perdu était encore immense. Adèle avait même accroché les photos de lui aux murs de notre chambre, chez tante Madeleine, afin que son image ne meure pas : Jacô faisant le drôle devant son gâteau d'anniversaire ; Jacô en compagnie d'Édith au lac Kiwanis ; Jacô assis sur le plancher de la balançoire de madame Patoine, une jambe par-dessus celle d'Olivier… Ma photo préférée, justement, où nous nous accrochions les uns aux autres. Une famille, ça se tient près les uns des autres. Vous comprenez, Monsieur ?

Le cimetière était désert.

Adèle a sorti les outils.

Édith a décapsulé la bière. Elle était tiède, mais nous en avons pris de bonnes rasades, histoire de nous engourdir les sens quand viendrait le moment de faire connaissance avec Josué. Nous avons remarqué un petit monticule de terre fraîche, juste au pied d'une stèle au nom de l'oncle Camille. Adèle a demandé à Olivier de mettre lui-même la petite fosse à nu. Ce serait son initiation au métier de fossoyeur, celui dont l'oncle Nicolas souhaitait l'instruire, un jour.

Je lui ai tendu la pelle.

Olivier l'a plantée en terre, a appuyé fortement dessus avec son pied et, par trois fois, a arraché du sol des pelletées de terre meuble, qu'il déposait ensuite, au bord du trou ; il s'est essuyé le front, a pris une gorgée de bière, n'a pas oublié de faire son signe de croix, puis il a dégagé la boîte à chapeau dans laquelle repo-sait le messager de Jacô. Il a dit, comme on se penchait sur la boîte encore fermée : C'est pas de veine pour Josué de naître avec une infirmité… Adèle a répliqué : Si ça se trouve, il est au ciel avec Jacô et c'est le plus normal de tous les petits garçons. Jacô a un message à nous transmettre par Josué. Il suffit de le com-prendre.

Olivier a ouvert la boîte. Notre petit frère dormait dans un linceul de satin, immaculé comme sa jeune âme, sûrement. Il était presque aussi blanc que le linceul, le contour des lèvres bleuté, et il lui manquait les bras. On a tenté d'en comprendre la cause. J'ai dit : Peut-être que ça les prenait, pour donner des ailes à Jacô…

Adèle, en contemplation devant notre nouveau frère, m'a répondu : T'as peut-être raison, Rose. De toute manière, Josué est un ange lui aussi, à présent. Qui sait ? Ses ailes sont peut-être en train de germer en lui…

On a longuement examiné les minuscules moignons qui avaient poussé, au bout de chaque épaule. On y a distingué un début de quelque chose, comme des poils blancs, du duvet de plume, peut-être... Monsieur, vous croyez aux anges, vous aussi, n'est-ce pas? Les prêtres croient aux anges, c'est sûr.

On dirait un commencement d'ailes, a dit Adèle.

Olivier a ajouté : Peut-être, aussi, que Jacô a voulu revenir dans le ventre de maman pour nous dire un beau bonjour? Pourquoi il aurait pris la peine de se faire pousser des bras, quand il a déjà de grandes ailes?

Ta remarque n'est pas si bête... a dit Adèle.

Josué avait le visage de Jacô. La tête penchée sur une épaule, tout comme Jacô quand il dormait. Il n'y avait que lui dans la boîte. Pas de vers. Ses mèches blondes étaient abondantes et nous lui avons trouvé, en plus, une ressemblance avec Olivier. Ce qui a donné une certaine fierté à notre frère. Qui a pris une autre rasade de bière, pour l'aider à ravaler la peine qui aurait pu le rendre ridicule à nos yeux. Il aurait bien aimé prendre le petit Josué avec nous, pour l'inhumer dans notre cour, histoire de nous recueillir plus souvent sur sa tombe. Mais ç'aurait été passer outre à la règle sacrée dont maman avait parlé : disait qu'il ne fallait pas troubler le repos des morts. Adèle a même craint que notre action ait pu interrompre, d'une certaine manière, la transformation de Josué en ange.

Adèle a ouvert sa Bible et nous a demandé de nous recueillir, pendant qu'elle récitait une prière funèbre :

La mort est parfois essentielle à la naissance de l'âme.

Elle lui permet de retrouver la lumière.

Il ne faut pas pleurer celui qui part. La porte des anges s'ouvre devant lui.

Amen!

Amen, a-t-on fait à notre tour.

Un rayon de soleil a éclairé le visage de Josué. Sa chaleur s'est attardée sur les nôtres. Sur celui d'Adèle, on pouvait lire une grande paix. Alors, ma sœur a ajouté : Le message de Jacô nous est finalement parvenu. Il demeurera toujours à nos côtés, sous la forme d'un ange. Que la paix soit avec nos deux frères décédés.

Nous sommes rentrés.

Notre sainte et généreuse tante avait toute une surprise pour nous : Regardez, dans le coin de la cuisine...

Il y avait un panier. Dedans, ronronnait une chatte grise à qui manquait un bout d'oreille. Des chatons affamés la tétaient. Il y en avait quatre et ils n'avaient pas encore les yeux ouverts. J'ai senti une grande chaleur me traverser le cœur.

Tante Madeleine nous a dit : J'ai pensé que vous pourriez vous en occuper. Je les ai découverts dans la remise.

Elle a souri. Adèle lui a demandé : On a le droit de les garder ?

Mais oui, a répondu tante Madeleine.

Vous ne les avez pas volés ? s'est enquis Olivier.

Mais non, quelle question ! a dit tante Madeleine, tout étonnée.

Édith a renchéri : Vous êtes certaine qu'ils n'appartiennent à personne ? On ne voudrait pas se les faire enlever, une fois qu'on s'y sera attachés, vous comprenez ?

Tante Madeleine s'exaspérait :

C'est une chatte abandonnée, faites-moi confiance ! Juste à voir sa robe terne et sa faim... Ça ne prend pas la tête à Papineau pour comprendre ça, il me semble.

C'est qui, lui ? a demandé Olivier. Le frère de Marie-Antoinette ?

Mais enfin ! a répondu vivement tante Madeleine. Vous m'étonnez avec toutes ces questions. Et toi, Rose ? T'en as aucune à me poser ?

Oui, tante : Je pourrais en prendre un dans mes bras ? Vous êtes sûre ?

Qu'est-ce que vous avez, à la fin ?

Rien. Rassurez-vous, tante Madeleine, lui a répondu Adèle. Tout va bien.

J'ai pris un chaton dans mes mains. La chatte me surveillait. Mes sœurs et mon frère m'ont imitée. Mon chaton miaulait. Il cherchait à téter le creux de ma main et ses petites griffes roses s'agrippaient à ma peau. J'ai eu une envie folle de rire, Monsieur. De rire et de pleurer à la fois. Tante Madeleine m'a dit : C'est une femelle. Serre-la contre ton cœur. Elle cherche ta chaleur. Comment veux-tu l'appeler?

Je sais pas… je ne sais pas. Constance, peut-être…

Quel joli nom, m'a fait remarquer tante Madeleine. T'es brillante, Rose. Tu sais ce que veut dire le mot constance?

Pas encore, que j'ai répondu, mais Adèle le cherchera, dans l'encyclopédie.

Le mot constance, m'a expliqué tante Madeleine, c'est une qualité. Ça représente le courage, la fidélité et la ténacité. L'amitié durable, si tu préfères.

Je préfère l'amitié durable, que j'ai dit. Une amie, j'en rêve depuis la rue Perreault!

Constance avait réussi à grimper jusqu'à mon cou. C'était quelque chose. J'étais si grande, comparée à elle. C'est comme si vous deviez escalader une montagne, quand vous n'avez pas encore appris à marcher, Monsieur. Constance avait mérité un gros baiser sur le front. Elle m'égratignait la peau mais je la laissais faire, me disant que si je la grondais, elle ne voudrait plus me faire confiance. J'ai ri, j'ai regardé mes sœurs et mon frère, affairés eux aussi à donner de l'amour à leur chaton et, pour la première fois, Monsieur, j'ai senti la présence de Jacô à nos côtés. Je me suis dit que le bonheur vivait, chez tante Madeleine.

De son panier, la chatte nous observait. On aurait dit qu'elle savait que ses petits ne manqueraient jamais de rien. Nous avons même eu la permission de courir au réfrigérateur remplir un bon bol de lait, pour en abreuver la mère. C'est Édith qui s'est appliquée à cette tâche. Elle l'a fait avec une grande douceur, transvasant, de la pinte de lait au bol des chats, la riche crème qui flottait sur le dessus. Elle a dit à la chatte : Tu vas voir. C'est très bon pour les os et les dents, du bon lait. On est bien, ici. Ne t'inquiète pas. Il ne t'arrivera jamais rien de déplaisant.

La chatte s'est étirée de tout son long, a posé ensuite sa tête sur le coussin qui garnissait son panier, puis elle a piqué un long ronron. Je lui ai rendu Constance, après lui avoir donné une bise sur le front. Les autres ont fait de même. Il n'aurait pas fallu que les chatons se mettent en tête qu'ils venaient de perdre leur mère, vous comprenez?

Ils sont si maigres, a fait remarquer Adèle. C'est avec leur maman qu'ils doivent grandir. Les enfants doivent toujours grandir auprès de leur mère. Tout le monde devrait savoir ça.

Nous les avons observés pendant une bonne heure, tout en parlant de choses et d'autres avec tante Madeleine, sauf de nos secrets, bien sûr. Et nous avons pensé à la remercier, pour son geste si généreux. Tante Madeleine nous a fait un grand sourire, puis elle a proposé : Pourquoi ne pas prendre toute la portée de chats avec vous à l'étage ? Vous pourriez leur donner des soins, puisque vous passez déjà là-haut le plus clair de votre temps.

Sans blague ? a fait Adèle.

Sans blague ! a repris tante Madeleine, en riant.

Nous avons passé la soirée dans notre chambre, à regarder les chatons téter leur mère. Nous les avons repris, puis les avons rendus à leur maman, plusieurs fois, pendant qu'Adèle nous disait : Faisons la promesse de ne jamais nous désintéresser d'eux, de leur assurer de la nourriture fraîche et régulière, de ne jamais les changer de toit... Nous n'avions pas besoin de bière pour faire ce serment, Monsieur. Nous avons aussi invité notre mère à venir s'asseoir près du panier, pour regarder cette famille s'aimer. Adèle s'est approchée de maman et elles ont discuté, entre elles, du nom qui conviendrait le mieux à la chatte. Maman a proposé Mirtylle, à cause de sa robe gris bleu et de la couleur de ses prunelles, qui faisaient penser à celle des bleuets. Adèle a trouvé l'idée géniale.

Puis m'est venue une subite chaleur. Qui m'a recouvert tout le haut du corps et le visage. L'intérieur de mes mains, aussi. Mon cœur battait fort. Le moment était venu de dire à ma mère : Je t'aime très fort, petite maman chérie... Le premier mot était difficile à sortir. Comme s'il restait accroché au creux de ma gorge, à cause de la gêne que j'avais toujours ressentie, quand c'était le temps de faire comprendre à ma mère que j'étais heureuse d'être sa fille. Mais le reste de la phrase a suivi, pendant que je regardais maman dans les yeux. Moi aussi, m'a-t-elle répondu en souriant. Je t'aime très fort, Rose... Ces mots m'ont touché le cœur si fort, Monsieur, que je me suis mise à pleurer. Encore une fois. C'est toujours ainsi quand maman s'occupe de moi. Je me déteste d'être aussi faible... J'ai ouvert ses bras et les ai refermés sur moi.

C'est comme ça qu'il faut faire quand on tient à sa mère, Monsieur, et je me suis dit : Tant pis pour la gêne, tant pis pour Édith !

Vous savez, Monsieur, qu'il y a beaucoup à faire quand on a une famille sur les bras ? Changer les langes du panier, désinfecter et panser l'oreille de la chatte, récupérer l'audacieux chaton qui veut faire son chemin, à l'écart des autres, et qu'Olivier a baptisé Petit diable ; nettoyer le bol à nourriture, le remplir de viande fraîche tous les jours, remplacer le lait crémeux du matin par du tout frais, et, en plus, donner de la tendresse à tous les chatons, la mère comprise... C'est tout un travail que d'élever une famille, Monsieur. Mais grâce à maman et à tante Madeleine, on s'est appliqués avec plaisir à la tâche... J'avais presque envie de déballer tout le lot de nos secrets à maman. Je me suis dit qu'elle comprendrait que les crimes qu'on avait commis sur la rue Perreault, c'était pour rester ensemble, pour continuer de vivre dans la dignité. Une maman, Monsieur, c'est là pour tout comprendre, vous me suivez ? Les seules règles dont elle doit tenir compte, ce sont celles de la famille. Capone vous le dirait en personne, s'il vivait encore.

J'ai eu envie de lui en livrer de petits pour commencer, pour voir comment elle pourrait réagir quand je lâcherais les plus gros. Pourquoi n'avouerais-je pas ceux de papa, aussi ? Je voyais là le moyen de reconstruire notre famille, me disant que lorsqu'on commencerait notre seconde vie, sur les superbes plages de Miami, il ne devrait plus y avoir de place pour les cachotteries et les tromperies, chez les Beaudet. Puisque rien ne pouvait nous arriver de tragique, dans le merveilleux village de tante Madeleine, il n'y avait pas lieu d'hésiter. Il me suffirait de choisir le bon moment.

Il y a deux semaines, deux hommes en uniforme sont venus frapper à la porte de tante Madeleine. Ils avaient la silhouette de ceux que j'ai eu l'impression d'entrevoir, derrière le grand miroir, là... Ils ont dit à maman : Nous devons vous parler, Madame. Pouvons-nous entrer ? Notre mère a été très étonnée, mais elle les a invités à s'asseoir à table. Constance me griffait. Olivier a demandé : C'est Eliot Ness?

Ness n'avait pas d'uniforme, lui a répondu Adèle. Il portait un complet rayé gris et un chapeau, et ça fait plus de trente ans de ça.

Maman paraissait inquiète. Est-il arrivé quelque chose de grave à leur père? a-t-elle demandé à l'un des hommes.

En me regardant caresser Constance, l'un d'eux lui a répondu que la police de Rouyn venait de découvrir, dans le sol boueux de la cave de notre maison, rue Perreault, la vermine qui nous avait suivis, en ce dimanche où nous nous dirigions vers l'hôpital avec notre chariot. Celle qui avait crié à tue-tête : *Les Beaudet sont des ânes qui mangent dans la main des autres!* pendant qu'elle donnait une brusque poussée dans le dos de Jacô. Notre frère s'était retrouvé au beau milieu de la rue, au moment même où l'auto noire s'amenait et que son conducteur observait Tom qui pédalait sur son tricycle. Il n'avait pu être témoin du geste de Lucie, pas plus que de son empressement à quitter les lieux.

C'est Adèle qui a donné le premier coup de batte. Édith, le deuxième. Dans les genoux. Olivier a donné le troisième aux reins de Lucie et il a ri. Moi, c'est à peine si je lui ai touché. Adèle m'a traitée de pissouze. Alors j'ai remis ça. Adèle m'a dit : Comme ça! Rose. Pense aux statuettes de Jacô, en mille miettes sur le plancher de la cuisine. Tu seras capable ensuite de te regarder dans un miroir, en sachant que tu n'as rien fait pour venger l'honneur de ton frère?

J'ai pleuré. Je me serais plutôt enfuie. Jusqu'au bout du monde. Mais j'ai donné un deuxième coup de batte, Monsieur. Pour qu'Adèle cesse de me crier après et que je puisse de nouveau me regarder dans un miroir. Du sang a coulé du front de la vermine Mackoy, quand Édith s'y est mise à son tour. Lucie a commencé à gémir. J'ai même cru l'entendre râler : Pitié! Lucie Mackoy, demander pitié aux Beaudet... Vous vous rendez compte, Monsieur? Puis elle s'est écrasée sur le sol de terre battue, juste à nos pieds.

Je suis d'accord avec Adèle, Monsieur : profaner les biens d'un décédé méritait une punition exemplaire. On lui a donné une bonne leçon, à cette peste. Les figurines de porcelaine, c'était tout ce qui nous restait du petit diable, vous comprenez ? Capone, lui, n'a jamais hésité à venger l'honneur des siens.

Papa n'était pour rien dans tout ça, Monsieur. Qu'on n'aille plus lui mettre ce crime sur le dos ! Le plancher de bois, c'était la seule façon pour lui de nous garder les pieds au sec, quand on se rendait à la cave. Les lettres de chantage qu'il recevait ne venaient pas de Lucie, comme nous le croyions. Sa princesse, c'était la danseuse de l'hôtel et c'était à elle qu'il offrait des balades en Chevrolet Bel Air, dans les rues de Rouyn, pendant que maman se tuait à la tâche au restaurant. On a accusé faussement Lucie de vouloir briser le mariage de nos parents, Monsieur, mais vous conviendrez avec moi que cette pécheresse, qui ne recherchait que le vice, nous y a poussés. Eliot Ness dirait qu'il y a eu erreur sur la personne, n'est-ce pas ?

On a fait une erreur, bon… Et alors ? Notre père a dupé notre mère autant de fois qu'il l'a voulu et elle le lui a toujours pardonné. D'ailleurs, il est dit dans la Bible que le pardon est la seule issue pour le ciel. J'oubliais de vous mentionner qu'avant de déménager pour Barraute, papa avait avoué tous ses péchés de luxure à maman. Tout était redevenu net entre eux. Alors, pourquoi ne nous ont-ils rien dit ? Une famille, ça sert à quoi ? Et voilà que la police s'en est mêlé en nous enlevant à maman, lui causant bien sûr une peine immense.

Papa n'a pas voulu entendre nos explications. À cette heure, je le devine sur quelque plage de Miami, à gaspiller les économies qui devaient nous servir à y vivre tous. Mais Adèle dit qu'il y a une justice au-dessus de celle des hommes. Un jour, on reconnaîtra les efforts qu'on a faits pour garder les Beaudet ensemble. Il faut y mettre du sien si on veut que le Ciel nous entende, Monsieur. Il y a un proverbe de la Bible qui le dit.

En attendant, c'est le monde à l'envers. On nous retient contre notre libre arbitre dans cet orphelinat, quand nous avons toujours nos parents. Billy n'en a jamais eu, lui. Qu'aurait-il à perdre d'y passer le reste de ses jours ? Faute avouée doit être pardonnée et oubliée, Monsieur.

Voilà, je me suis soumise à vos règles. Je vous remercie de votre hospitalité et vous prie d'agréer nos salutations distinguées. On doit nous rendre à notre mère, maintenant. Elle a eu tout le temps de réfléchir au bien-fondé de nos actions, j'imagine. Il est grand temps qu'on retourne tous chez tante Madeleine. Constance m'y attend. Nous avons une famille à faire vivre, vous savez.

Table

PAO : Éditions Vents d'Ouest inc., Hull

Impression et reliure : Imprimerie Gauvin ltée
Hull

Achevé d'imprimer en mars
deux mille un

Imprimé au Canada